留在草原的琴声

艾克拜尔·米吉提 著

图书在版编目（CIP）数据

留在草原的琴声 / 艾克拜尔·米吉提著 . —北京：人民日报出版社，2020.10
ISBN 978-7-5115-6576-1

Ⅰ.①留… Ⅱ.①艾… Ⅲ.①散文集—中国—当代 Ⅳ.①I267

中国版本图书馆 CIP 数据核字（2020）第 186639 号

书　　名：	留在草原的琴声
	LIUZAI CAOYUAN DE QINSHENG
作　　者：	艾克拜尔·米吉提
出 版 人：	刘华新
责任编辑：	陈　红　　王慧蓉　　刘天一
封面油画：	朝　戈
封面设计：	左左工作室
出版发行：	人民日报出版社
社　　址：	北京金台西路 2 号
邮政编码：	100733
发行热线：	（010）65369509　65369527　65363531　65369512
邮购热线：	（010）65369530　65363527
编辑热线：	（010）65369844
网　　址：	www.peopledailypress.com
经　　销：	新华书店
印　　刷：	大厂回族自治县彩虹印刷有限公司
开　　本：	880mm×1230mm　1/32
字　　数：	230 千字
印　　张：	10
版次印次：	2021 年 3 月第 1 版　　2021 年 3 月第 1 次印刷
书　　号：	ISBN 978-7-5115-6576-1
定　　价：	48.00 元

目录

辑一
记忆的回声

- 002　祖母给了我人生底色
- 004　还你一片蓝天——
　　　写给我孙女玛丽娅的一封信
- 007　最美的人永远是妈妈
- 009　让孩子们多一些无忧无虑的笑脸
- 012　翻越山脊
- 016　黄庄路口
- 019　记忆的回声
- 023　祝贺胜利　祝贺和平
- 025　土地
- 032　窗前鲜花
- 035　椰子树
- 038　蓝天白云
- 041　措手不及
- 044　草籽千年

048 智慧与天真

051 清泉

054 无中生有

059 雪花飘舞

067 雪压黄花

071 春风吹来

076 撕书引起的思索

080 一杯酒改变一个世界

084 与满树葱翠的叶片一同步入春天

088 节日盛多的地方

091 家风如镜

093 语言的故乡

辑二
笔上忆峥嵘

100 史超——笔上忆峥嵘

103 光谷奇迹

108 拥有自己读者的作家

112 目览两个世纪的人

115 我和王蒙老师的民族文学情缘

121 生命力顽强的张胜友

124	苏叔阳的世界
129	碑前长者
134	青铜雕像
138	方寸邮票的世界——
	读《雕刻时光——中国邮票雕刻凹版口述史》
143	知心的朋友——
	关于阿拜作品在中国的翻译出版与传播
146	浮躁与沉静——
	记我的小学语文老师
150	留在草原的琴声

辑三
生命台坎

154	黄河金岸
158	飞天逐梦的地方
161	修水老表
168	黄河在这里拐了一个弯
171	茶圣之乡
176	哀牢山下
178	牧马秦人
181	桑植与天山

186	雨城即景
190	金玉之城
193	中山"三边"
196	一座金桥的消逝
199	赛里木湖随想
203	额敏的阳光
207	生命台坎
212	一马平川
216	阿斯塔纳：一座年轻的都市
220	边疆牧场：一座城市
224	新年唱响七声音阶
229	沿江而下
232	龙舟精神

辑四
书香伴随人生

236	节日礼物
239	一封快递
242	提案带来的成就感
248	朋友的智慧
252	我与作代会

255	我的酉年春节
258	黄河为界
264	我和新疆文坛那些事儿
281	书香伴随人生
283	"闲事"不是小事
286	我与书院
290	我的语言学习和作家之路
294	我在政协25年——纪念人民政协成立70周年
299	见证影视文学的全面发展——《中国作家·影视》诞生记
303	一次难忘的评委会
308	春的脚步从这里启程

辑一

记忆的回声

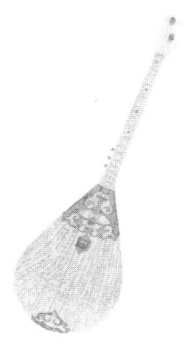

祖母给了我人生底色

我迄今难忘小时候祖母对我的教诲。

还在我懵懵懂懂时,祖母便教导我,抬脚迈门槛时一定要先抬右脚,不能踩踏门槛;穿衣服时,要先穿右袖笼、右裤脚;吃饭时,要用右手拿勺子或筷子,我一生都是按照祖母的教诲来做的。

上小学后,我曾按捺不住藏在心中多年的好奇,问祖母,为什么凡事要以"右"为先?祖母说,在哈萨克民族有这样一种说法,从右始,事事顺,反之,事事都背。当时我似懂非懂。后来参加生产活动后才发现,哈萨克游牧民族生产和生活方式,一切都是以右为先,这是一种生产、生活秩序,也是一种不成文的劳动协作纪律,成为一个民族的文化积淀,代代传承,沿袭至今。

祖母几乎每天还告诉我,要做一个正直善良的人,做人不能失信,不能撒谎,不能偷盗,不能记仇,不能计较,不能背地里议论他人,即便你在说悄悄话,上苍也会闻知。不可以有害人之心,要心胸豁达、勇于承担、善于施舍,等等。祖母的这些教导都浸入了我的骨髓,成为我一生的内在行为准则。

现在国家在重扬家风、重视家庭教育的功用,我也在思考家庭教育对个体的意义。我想,家庭教育应是一切教育的源头,在非智力因素方面对孩子的影响是其他教育所不能替代的。比如，如何做人，如何面对社会、面对生命、面对挫折，孩子更需要从家庭教育中获得给养。遗憾的是，现实生活中很多家庭几乎将本民族优秀的传统文化抛之脑后，在浮躁的社会风气之下，很多家长简单地将家庭教育变成了花钱请老师教文化课，生怕孩子输在所谓的起跑线上，他们忘却了作为家长本该给予孩子的教育。

其实，社会空间是广阔的，现实生活中可供选择的空间很大。除了成名成家，这个社会更需要大量的具备某一领域特殊劳动技能的职业劳动者，需要他们以健康的身心，随着社会步伐一同前进，在行进中来体现人生的价值。对于人生价值的理解，我认为首先一个人要能在社会上立足，成为一个自食其力的劳动者。再者，要有自省的能力，能够恪守社会道德底线，遵守国家法律，不突破公共底线。在做到这些的同时，争取向社会道德的崇高境界迈进，将本民族优秀文化、传统道德化为自己的日常行为。这样的劳动者，是社会最需要的。要培养出这样的劳动者，家庭——教育的源头环节，首先应该把属于自己民族的优秀教育观念继承下来，把正确的家庭教育理念发扬光大。只有家长责任意识到位，正确的理念到位，内心期许的孩子的美好人生才有可能实现。

还你一片蓝天——
写给我孙女玛丽娅的一封信

亲爱的孙女玛丽娅：你好！

马年年初开始的雾霾，在那些时日让你咳嗽、发烧，看着你受煎熬我心里很难过。虽然我们买来空气净化器，屋里的空气相对清洁些，或者说，应当达标，但是，一眼望出去，连对面的楼都灰蒙蒙的看不太清楚，让人伤神。你清澈的视线，被阴暗的雾霾遮蔽着，我只能用我心灵的阳光来为你扫清雾霾。

的确，北京的天空就像今天一样，曾经很蓝很蓝。但是，近年来，北京屡屡遭遇雾霾。这是我们一度只顾经济发展，顾不上江河污染，顾不上大地呻吟，结出的苦果之一。在北京周边，远自内蒙古，近至山西、河北、天津，北自辽宁，南至河南、山东，形成了巨大的污染源。于是，在大气的作用下，145万平方公里国土面积被雾霾深锁，PM2.5成了时髦词汇，降低它的指数成为全社会上下共同努力的目标。

孩子，其实大自然是连在一起的。生物链、大气环流、雨露滋润、白雪飘飘、风的走向是无国界的。每到冬季，南下的西伯利亚寒流掀起北京上空逆温层锅盖的西北劲风，都是来自遥远的地方。就连西北、华北的大范围降雨的形成也是如此：源自巴尔卡什湖上空形成的气流在5500米高空东移，与从印度洋升起的暖湿气流在祁连山以北相遇时，便会化作甘霖降在辽阔干渴的大地上。所以，保护大自然，保护我们共有的家园——蔚蓝色的地球，是我们共同的责任。

我和我的同代人会努力解决雾霾问题，这是历史交与我们的责任。因为，我们这一代人和我们的前辈没有树立良好的环保意识，对人与自然的和谐相处认识不足，所以备尝苦果。现在，客观规律教育了我们。从上到下形成了必须树立尊重自然、顺应自然、保护自然的生态文明理念，把生态文明建设放在突出地位，融入经济建设、政治建设、文化建设、社会建设各方面和全过程，努力建设美丽中国，实现中华民族永续发展。同时提出了加强生态文明宣传教育，增强全民节约意识、环保意识、生态意识，形成合理消费的社会风尚，营造爱护生态环境的良好风气。我想，坏事将会转化为好事，在治理雾霾的过程中，人们将会探索更多的好办法，采取更多的好措施，让像今天这样的蓝天变得更多，让你清澈的视线不受阻碍。

当然，大自然是有强大恢复力的，只要我们人类不过于贪婪自大，给自然以喘息的机会，它会在自己的周期内逐渐恢复。孩子，事实上，最有力量的是阳光和空气看不见的手。你看看那些公路、建筑，如果在一定的期限内不加以维护，便会龟裂、破损。其实谁也没动它，就是阳光和空气无形之手，通过昼夜交替抚摸，形成了热胀冷缩，就会出现方才的变化。这其实也是一个物理原理，将来通过学习你会搞懂它的。我期待你和你的同代小朋友，从小就学会认识自然、顺应自然、保护自然，成为比我们这一代更文明的人。

哈萨克人有一句谚语：你的坚忍，要像大地，一切它都能承载。是的，大地不仅承载了山河、草原、湖泊、动物、植物、矿物，也承载着我们人类，包容着我们人类的狂妄、贪婪和无知。地球每天都在按既定的轨道运行，给我们带来新的白天与黑夜，因此，时间也在前行。随着时间的前行，你也会一天天长大起来。为了你们，为了将来，我们这一代人会努力挥扫雾霾，还你们一片蓝天！

我最美丽的孙女玛丽娅，这封信，当你识字了就会看到；当你懂事了就会明白，爷爷为什么要给你写这样的一封信。

祝你健康、美丽、快乐成长！

最美的人永远是妈妈

儿不嫌娘丑,这是中国的一句老话。母亲永远是最美的人。妈妈的美不分年龄段。年轻的妈妈当然是最美丽的,但是,中年母亲依然美丽,而老年的母亲更是格外慈祥美丽。

一个家庭的素质,是由母亲来决定的。哈萨克人有一句话:雏鸟在巢里看到了什么,飞翔时自然会带着它(秉性)。显然,母亲的教育是第一位的,她赋予你生命的同时,赋予你天性,更赋予你一种良好的习性。这一点会决定你与社会的融合力和创造力。

当然,母亲的素质不仅意味着她所具有的文化程度,还有她的善良、她的包容、她的豁达、她的勤劳、她的心灵手巧,等等。有这样的母亲,她并不识文断字,甚或并没有多少书卷文化,但是,她的坚忍、她的超人毅力、她对世间一切源于生命的洞察和彻悟,也是那些貌似有文化的人所不具有的一种原初能力。而且,母亲承载了一个民族独特的生存、生活、生产方式和经验,由她来传承、积累和延续下去,而这一切往往在教科书上是找不到的。更何况,孩子从咿呀学语到学会说话,那就叫母语,可见母亲的伟大。

有母亲的人永远不会老。这是一位哈萨克诗人的著名诗句,也是一首歌。是的,我见到过这样的人,已经步入老年,当见到年迈的母亲时,依然流露出童年的亲昵与憨态在撒娇。而在母亲眼里,你无论长到多大年龄,依然是当年那个孩子。娘在家在,这也是中国人的一句老话。

"中国最美妈妈"这个活动很有意义,体现了组织者独具的慧心和眼光。相信会吸引更多的妈妈参与其中,相互结识,相互交流,相互学习,相互提升,相互携手变得更加美丽。唯愿各位母亲切勿被所谓不要输在起跑线上的短视行为误导,搞得穷于应对,精疲力竭;要给孩子们更多时间和空间,让他们轻松、健康、快乐成长。这才是"中国最美妈妈"分内的责任之一——孩子是祖国的未来。

让孩子们多一些无忧无虑的笑脸

我是在草原上长大的。跟着爷爷奶奶,草原上的什么活儿都学着干。在蓝天白云下,跟着他们做什么活儿都像是在玩儿,那快活劲儿就甭提了。后来进城上学后,每个暑假寒假,我都要被父母送到爷爷奶奶那里去,参加那里的劳动,也是一种享受。当然,我的学习并没有因此而受影响,反倒是一直在有所长进。我父亲当时就是一位教师,他并没有对我苛求什么,他常常说的一句话就是,平安就好,健康就好。母亲还要求我们完成每天的作业后,在家里都要帮她做家务。有时,做完家务跟着父母在家里唱唱哈萨克族的歌曲,摆弄摆弄家里的冬不拉、手风琴、吉他、笛子几样乐器。我和我的几个弟弟妹妹,就是在这样的家庭环境鼓励和鞭策下长大的。

后来,我插队下乡,做公社干部,又上大学,参加工作,成家立业。有了孩子以后,我才感受到父母对我的教育方式其实很是讲究的。孩子的童年,除了学习知识,还有一些更重要的事情。那就是,快乐成长,健康成长。而不是把孩子们培养成准机器人。

我对我的孩子们,从来不检查作业,不守着他们做作业。自打进了小学,我就告诉他们,学习是你自己的事儿,学得好坏,全靠你自己,我帮不了你什么忙。作为家长,我们会认真负责提供一切必要的学习保障,其他全靠你自己。你的学习将决定将来你在社会上做一个什么样的人,能不能为社会做出一点力所能及的奉献。守着孩子做作业,其副作用是影响孩子的人格形成,孩子从小就会产生心理依赖,长大了,即使博学多才,也会因为精神上没有断奶而缺少自主意识,缺少创造活力。所以一些宅男宅女、啃老族等出现,也是有其社会成因的。

现在的教育体制,是在当初全民脱盲这样一个历史大背景下形成的,在特定的历史时期,有它的积极作用。但是,当九年义务教育制普及、全民基本实现脱盲,跨越了这一历史阶段时,它的积弊已经显露无遗。真正的教育,远不止教会一个人能够识文断字、掌握基础知识,而是要实现对一个人综合素质的培养。那就是健康的体魄,健康的心灵,有文化,有知识,有活力,有创造力。

与此同时,应当培养孩子具有同情心,具有团队精神,让他们明白这个世界虽然充满了竞争,包括商业竞争,但是,要做成一件事,必须具备合作的团队精神。唯有孝敬父母,懂得感恩,同情他人,合作共事,才能更容易获得成功。那种在培养所谓竞争精神伪命题下,把孩子从小培养成冷酷无情的人,不是我们社会和时代的需求,也不是一个正常家庭的需要。家庭需要亲情,需要温馨,需要孩子在成长过程中给这个家庭带来的快乐,而不是愁苦。为了学分,父母发愁,孩子心苦,于是,一团愁云,缭绕于这个家庭上空,挥之不去。家庭没有家庭的样子,父母没有开心的时刻,孩子更是在这种沉重精神负担下,内心郁结,影响了身体的健康成长。更重要的是，影响了健康心理的形成。一个社会、一个国家，是由千千万万个家庭构成的，幸福指数的提升，是体现在每一个家庭的。而对子女教育的成败，直接关联着一个家庭的幸福指数。所以，在现行教育体制机制转变的同时，每一个家庭都应该明白，教育的最终结果，是让一个孩子健康成长。不一定成名成家，成为一个具有一技之长、能够自食其力的普通劳动者也很好。过去叫三百六十行，行行出状元，现在即便三万六千行，抑或云计算时代连行业都要云计算，但是，每一个健康的劳动者都会拥有自己的劳动和创造空间，靠诚实的劳动去创造，这是光荣的。

现在，我已经完成了培养子女的使命，他们都已经有了自己心爱的工作和事业，人格健康，性格开朗，有豁达的心境、开阔的视野，有责任心，更重要的是懂得敬老爱幼，富有同情心、富有正义感，我很知足了。我的责任开始转向培养好孙女。我本以为已经迈过耳顺之年，可以颐养天年，但是，面对可爱的孙女玛丽娅澄澈的眼睛，我才发现我任重而道远，为了新一代的健康成长，我还要与天下父母一起思索。

让孩子们多一些无忧无虑的笑脸吧，大人也跟着轻松地笑一笑。

祝愿每一位小朋友六一儿童节快乐！

翻越山脊

那一年,我13岁,二弟才5岁。我们家那会儿才四个孩子,我是老大,老五和老六(小妹)还没有出生。我和老二(大妹)、老三已经上学,老四也就是二弟当时被爷爷奶奶送到大姑姑家去了。因为大姑姑家只有女儿,膝下无子。但是,二弟也接近入学年龄,我父母认为,还是在城里接受教育的好。爷爷奶奶改变初衷,说服姑姑、姑父,同意将二弟送回城里。当时,正值水星出现,意味着伏天已过,哈萨克人会说"天秤星出,黎明凉快,麦粟成熟,准备收割"。所以,大人们腾不出手来,让我骑上驮着一大口袋面粉的虎纹犍牛,先到乌拉斯台河谷大姑姑家里,接上二弟,把面粉送到正在科克苏河谷驻牧的叔叔家,再携二弟返回。

那天早茶过后,二弟骑上一匹备了鞍的马,姑父帮我们重新把一大口袋面粉用鬃索刹在虎纹犍牛背上,我坐在刹紧的面粉口袋上面,犹如登上了一座小山包。我们告别乌拉斯台山谷里的耶柯阿夏——双岔沟姑姑家的养蜂场,向着要翻越两座大山才能到达的科克苏河谷叔叔家而去。

其实,从乌拉斯台河谷翻越山脊,去往另一条河谷,我也是头一回走。大人们告诉我:"翻过这道山脊,下到那面的别斯阿嘎希河谷,也和这边一样分两条岔谷,你们不要走东边的岔谷,要走西边的岔谷。走到尽头,便是一道阿苏(达坂),翻过阿苏,下到谷底,便可以在河对岸看到叔叔家的毡房。"我听明白了,二弟似乎也在努力点头,表示记住了。

当我们终于翻上乌拉斯台河谷西侧的山脊时,这边河谷里的一切变得渺小起来。远山近岭清晰可辨,山脊那边是阔叶林和针叶林混生,山风过处,山杨肥厚的叶片发出哗哗的响声,松涛阵阵啸鸣,一阵紧似一阵。二弟有些紧张起来。"哥,会不会有野兽出现?"他问。我说:"不会的,这大白天的,野兽都躲起来了。再说了,咱们两个可是男子汉,怕什么。"二弟顿时受到鼓舞:"对,我们是男子汉,我们什么都不怕。"他陡然振作起来,还给马落下一鞭。我说:"弟弟,别催马,咱们不慌不忙地走。"

我们走下了陌生的别斯阿嘎希河谷,那边的一切看着都不顺眼,但关键是要辨明走向。二弟大声嚷嚷着:"哥,这边是东岔沟,我们应该向那边的西岔沟走。"我说:"对,弟弟,我们是应该往那边的西岔沟走才对。"

别斯阿嘎希河水不如乌拉斯台河水大,而西岔沟的树木也不如东岔沟茂密。我们溯沟而上,渐渐地,右手方向变成了灰白色的峭壁,风化石带从那峭壁底下像一条条长舌吐来。这里的山风更紧,偶或会有一两只孤鹰在天空飘过,说明此方平安无事,并没有家畜坠亡,否则会有鹰群在那里盘旋食腐。时不时地会有旱獭那犹如口哨般清脆的叫声传来,弟弟就会惊异地看过来,我会告诉二弟:"那不是犬类,而是旱獭的叫声,旱獭可胆小了,一见人它就会躲进地洞。"弟弟就很开心,他的紧张心情顿时释然。

我又补充道:"旱獭可鬼了,它会挖很多洞口,一遇险情,立即从最近处钻进地洞,如果你开挖这个洞口,它就会从另一个洞口溜掉。"弟弟瞪大了眼睛,忽然开了窍似的说:"天哪,旱獭原来这么聪明。"我说:"你还别说,弟弟,每一种动物都有各自的绝招。"正说着,背阴坡上一只旱獭突然钻出洞口,机警地望着在阳坡牧道上向着山脊踽踽而行的我们哥俩,觉得并无威胁,便放心大胆地后肢并立,举起前肢,像个小人似的一边看着我们,一边发出口哨般的欢快叫声。

在我们翻越另一座山脊阿苏时,那边显然刚刚下过一场阵雨,树木草叶都是湿漉漉的。方才我们还在山脊那边阳坡攀缘而上时,就看到隔着山脊乌云滚滚,电闪雷鸣。弟弟说:"完了哥哥,咱们要挨雨淋了。"我说:"不会的,这种雷阵雨,会顺着那边科克苏河谷的走向而去,不会越过这道山脊的。"现在果然这边云开日出,雷阵雨已经向遥远的科克苏河谷尽头袭去。有几位伐木的内地民工从松林间的帆布帐篷里走出来,端着手里的搪瓷碗,挑动筷子一边吃着热乎乎的洋芋面条,一边冲着我们说着:"嘿,这两个小家伙真可以,能骑马驾牛,驮着口粮走到这深山。"二弟那时还听不懂汉语,问我他们在说什么。我当时已经小学毕业,遇上"文革"停课闹革命,中学没学可上,所以才带着二弟在草原上当游侠。我告诉二弟那些人在夸我们。二弟显得很高兴,对那些民工用哈萨克语说:"家和司马(你好)。"那些民工说:"嘿,这小家伙可以!"

我说:"我们不小啦,我们都是小伙子!"

那些民工更是兴奋起来:"嘿,这小家伙汉语讲得地道,来小伙子们,下来吃一碗热面吧。"

我们一边感谢他们的热情邀请,一边催促着坐骑向谷底速步移去。

那匹马和那头虎纹犍牛还真给力,我们平安涉过了汹涌的科克苏河,终于来到了对岸叔叔家。

这一天,应当说我和二弟一路走来,便成了男子汉。准确地说,是我真正从心理上飞跃为一个男子汉。

黄庄路口

我就住在人大附中近旁。在开学以后,每天早晚接送孩子的学生家长车辆便要把狭小的道路堵得水泄不通。因此,我上下班尽量要错开他们,避免和他们堵在一起。

前些日子,恰巧早上避开不及,和他们撞在了一起。无奈,我们只好绕道而行。

当我们驱车穿过小胡同,来到学院南路时,情况并不比人大北路好得了多少。其实,仔细看去,车辆并不十分多,此刻造成拥堵的原因是,那些送孩子的家长压根不管不顾,都抢着驱车往前冲,也不理会谁的路权在先。一旦到了前边,立即停车下人,堵住后边的车辆也毫无愧色。还有那些身着人大附中校服的学生,有骑着自行车有序向前行的,也有逆向而来的。当来到黄庄路口时,大人小孩根本不顾一切,横行于斑马线内外,争分夺秒抢行通过马路。在经过人大附中正门口时,看到有一位交警和两位协警站在辅路边维持交通秩序,然而,他们几乎发挥不了作用。送孩子的车辆见缝插针停下来,那些下了车奔向校门的孩子,也视若无睹,穿行于车流之间。

应当说,人大附中是中国最好的中学之一。但是,从这些送孩子家长的行车表现和学生们的交规意识来看,显然,我们的交规教育远没有进入学堂，所以这里的交通才会出现如此混乱的状况。

不过，这只是我国交通现状的一个缩影而已。

的确，我们是从自行车时代进入了汽车时代，但是还未形成汽车文化。所谓汽车文化，其实质就是礼让文化。驾车行进在路上，让人就是让己。一旦进入快速车道，就应该立即提速，不要给马路添堵。其实，这也是另一种礼让之法，你快速通过，他人也就不会被你堵住。在十字路口，在斑马线上，机动车应该给行人让行，而在机动车道，行人绝对不许穿越横行。这些，不仅仅是交通法规上的僵死文字，而应当是每一个国民渗透到血液的自觉行为，成为一种潜意识文化存在。我们号称文明古国、礼仪之邦，但是，驾车行进在马路上，你会发现这一切似乎早已荡然无存。任何一部车辆都可以随意并线，甚或横插三条线，有的车辆甚至连转向灯都不打就直接插入，从中可以看出国民的日常行为方式。在公共场所电梯口，里边的人还没有出来，外面的人就抢着往里拥；在车站或商场，迎面过来的人毫无谦让意识，直愣愣地撞你的肩膀而过。即便是在医院，同为求医患者，踩着了你的脚，或胳膊肘子碰着了你，毫无感觉，更不会说声抱歉，会木木然直视前方而去（记得20世纪80年代初期，在北京还盛行一句话"借光"，现在随着胡同的消失和城市的不断扩展全然销声匿迹了）。而这种日常行为，延伸到方向盘上，以滚动的轮胎发言时，自然会造成马路乱象。限号也好，限行也罢，只是治标不治本。细观京城马路的堵塞，至少三成是因为行车互不相让、随意并线造成的。毫无疑问，既然我们无可避免地进入了汽车时代，就应当十分认真地培育汽车文化，真正适应时代发展的需求。

这些年来，我在欧洲、美国甚至中亚哈萨克斯坦走过。在那里驾车，每一位驾车者都默契遵守着行车规矩。在美国洛杉矶的卫星城，有些十字路口并没有红绿灯，但是，驾车者开到路口都会减速，看一看路口是否有行人或行驶的车辆，确认没有，才提速通过。如有行人车辆，一定等待路权优先方先行通过。在德国也是，在没有红绿灯的环形路口，一定让主线或环线内侧车辆先行通过，其他车辆之后才过。在阿拉木图、阿斯塔纳，在一些没有红绿灯的小路口，在非干道行驶的车辆，会耐心等待干道车辆先行通过，然后才并入干道。显然，成熟的汽车文化，是人们的一种成熟心态，懂得相互尊重与礼让，富有耐心地等待，由此形成一种自觉礼让的行车习惯，久而久之就会形成良好的社会风气。

其实，法治理念，真正的依法治国，是要让法律深入人心，让每一个人从心底竖起一道法律的底线，才能真正实现。

记忆的回声

那天晚上，画展已撤，组织者正在忙碌着准备闭幕式音乐晚会。有人说，刚才接到一位德国老人的电话，她从当地的报纸上看到了关于中国艺术家现场作画的报道，她很想目睹这种难得的场景，不知是否还有机会看到。

活动组织者很懂陌生老人的这种心情，恳请三位中国画家在晚会开始前和结束后，合作一幅中国画，让这些还没能分享中国画家现场作画的德国朋友一饱眼福。

在不大的音乐厅左前方，铺排好了一条长长的书案，足以展开丈二尺的宣纸。三位中国画家开始联手作画。那些陆陆续续入场的德国朋友，围在画案旁欣赏。有一位个头刚刚够得上画案边的小男孩，干脆攀着画案，略略踮起脚跟，似乎要看个明白。但是，他小小的鼻头上架着的棕色眼镜总是不争气地滑动，时不时触着画案上的铺毡边角，他还要分出精力来扶正一下眼镜，才能看上一眼画家们运笔作画的气势，那画面显然是看不全的。

这时，主持人宣布音乐晚会就要开始。画家们停下笔来，正好方才的泼墨需要时间自干。音乐晚会非常成功，演奏者虽然都是来自德国、中国、韩国的青少年，然而他们的音乐才华令现场观众折服，他们把帕格尼尼、巴赫的作品演奏得真可谓淋漓尽致。

音乐晚会终于落下帷幕。满头华发的大块头的小提琴家、音乐导师,深深地弯下腰来拥抱了应该说和他孙女一般大的中国小学生小提琴手。在这灿烂的一幕之后,三位中国画家重新执笔联袂作画,那些德国朋友又沉浸在另一种艺术境界的享受中。

一位老人向我走来,向我展示她保存在一个透明塑料套封里的纸。那纸上写满了不同文字的单词,其中也有中文"希望"二字。原来,下午打来电话希望看到中国画家作画的正是她老人家。她还随身携带着那份当地报纸,头版果然有配着新闻图片的报道。

她叫诃拉·霍夫曼(Hella Hofmann)女士,翻译介绍了她是巴特根辛根镇幼儿园的园长,一生致力于幼儿教育事业,曾赴法国八年,给法国儿童教德语。她说,语言教育要从幼儿抓起,文化交流也应从儿童开始,而且,教育就是要让孩子们充满希望地去学习,所以她才让她所遇到的操着不同语言的人们,给她写下了同一个词"希望"。我很欣赏她的这一教学感悟和细心的收藏。

当她得知我是来自中国的作家,又是《中国作家》主编时,她很高兴,要把方才塑料套封里用不同文字书写着"希望"一词的纸送给我。说着,她从那张纸背后又抽出了一份复印件,告诉我,那是她爷爷留给她的唯一一份遗产。

我接过那份复印件一看,十分惊讶:那居然是一张《儿童逐队图》,落款是"松雀制",还有一枚闲章,画面左侧是13个男童一个抱一个的后腰组成一个弓形队伍,右侧有一个男童,伸开双臂在阻拦他们,好似在玩"老鹰捉小鸡"游戏。画面生动欢快,男童个个剃着福娃头,身着宽袖衣宽裆裤,脚穿千层底,那清末民风跃然纸上。

我说:"这不是纯粹的中国画吗?"她说,是她爷爷从中国带回来的。

她祖父弗兰尼·杰诺施(Frane Jerosch)是位数学教授,1910年携家带口乘轮船从德国来到青岛,曾经在青岛大学教过几年书。那时,她父亲才5岁,是1905年出生的,也和两位哥哥跟随祖父母远渡重洋来到青岛。

在漫长的航程中,有一天,她父亲和两个哥哥出于好奇,钻到轮船底层的动力舱那里去了,那时的轮船都是蒸汽机,需要靠燃煤提供动力。那艘轮船很大,她祖母在船舱和甲板上怎么也找不到三个孩子。于是,找到船长室大闹。船长请她祖母息怒,动员全体船员去找,从船顶到船舱船底层彻查一遍,终于在船底动力舱找到了玩累了正在打瞌睡的三个小家伙。这场虚惊让三个小家伙在同行的全体船客中出了名,自此船客都愿意逗他们三个小兄弟玩,来消磨船上的时光。

当然,诃拉·霍夫曼女士不曾见过祖父。但是,很久很久以后,她父亲依然还能想起那些童年往事,会津津有味地讲述给她听。

她祖父到了青岛以后,甚至学会了亲自赶毛驴车,将祖母和三个孩子拉在车上出门。1914年,她祖父又带着一家人回到了德国。

我说:"除了这张复印件,你祖父还给你留下了些什么关于中国的东西,比如说当年的照片或者日记?"她说:"没有了,经历过'二战',德国成为一片废墟,爷爷也是在1945年乘火车打算逃亡欧洲他国时，正遇盟军飞机轰炸，时年八十高龄的祖父连同火车一起没了。"她平静地说，战争就是这样，爷爷什么也没能留下，留下的只是父亲童年的记忆，经常讲述给她听。所以她很喜欢中国，中国青岛也给她带来童年的梦想，一直伴随到今天。她的父亲1990年在85岁高龄上去世。

我说："希望你在适当的时候到给你留下童年梦想的中国青岛走走。"她说她一定会去看看的。我说："只不过是那里已经找不到你祖父当年赶过的毛驴车了。"她点点头，笑了笑，说很喜欢孩子们，她已认了一个中国姑娘为女儿，还让我看了看一张中国姑娘的照片。她说，她的中国女儿就在她居住的那个小城镇就业，总有一天，她会去中国看看，并在那里和孩子们交流。

祝贺胜利　祝贺和平

那天早上,我们坐在西四观礼台,迎接"纪念中国人民抗日战争暨世界反法西斯战争胜利70周年大会"召开。天出奇的蓝,没有一丝云彩。金色的阳光将天安门广场照射得绚丽夺目。身着各色服饰的几万观礼嘉宾,等待着阅兵式的来临。

我们的对面就是一个巨大的彩屏,屏幕上开始呈现习近平总书记在红地毯上一一接见外国元首的画面,那细节十分生动。随后,总书记与外国元首拾级登上天安门。一种祥和、胜利的喜悦,从天安门城楼上升腾。

"来了,来了!"坐在我前排的白岩松指着左边的天际说道。顺着手势一眼望向城市的天际,果然,从遥远的城东那些林立的大厦顶上,一群飞机正在飞来。渐渐地,小蝌蚪般的飞机变大了,在即将接近天安门广场时,飞机编队拉起了彩烟。蓝天之下,七彩烟带画出无比的壮丽。"赤橙黄绿青蓝紫,谁持彩练当空舞!"吟诵这流芳百世的诗句的伟人,此刻正静静地躺在天安门广场的纪念堂,目睹着他的继承人书写今天新的篇章。

雄壮的方阵踩着有力的脚步声通过了检阅,隆隆的战车驶来了,那些够得着地球任何角落的沉默的巨擘也通过了。随后,又有 17 国的 17 个方阵，踩着各自的节奏，通过了广场。北京最近的记忆是曾经有八国联军用火炮攻入，而今天，17 国的军人，用自己的脚步声，为屹立于东方的巨人表示祝贺，祝贺胜利，祝贺和平。

土地

那是5月末,洛杉矶近旁的山坡一片草黄。朋友说,这就是加利福尼亚黄,每到5月,这里的草就会枯黄,直到11月冬季到来,这里才会进入雨季,草也会变绿。这让我觉得有点不可思议。同样是在北回归线以北,这里的节令居然与我所熟悉的亚洲腹地有些相反。在那里,草木一岁一枯荣,却是春绿秋黄,而在这里,居然是秋绿春黄,真是大自然的造化。好在此刻金黄的枯草之上,那些树木显得葱茏,绿叶覆盖着大地,与草黄交替,自然形成一幅油画,一种反差构成奇异的和谐之美。大概,这就是世界的多样性和丰富性。

不知不觉,我们就进入了绿荫奄映的克莱尔蒙特小城。恭候在这里的克莱尔蒙特大学德鲁克管理学院的王治河先生带着我们首先参观了著名的克莱尔蒙特女子学院。学院里一片寂静,恰遇短假,学生几乎走尽了。我们一个小院接着一个小院地参观,的确令人爽心悦目。

克莱尔蒙特小城现有3万多人,2万多棵树,被誉为博士和树的城市。自打这座小城诞生以来,在近200年的历史中一直恪守保护环境、与自然和谐相处的自觉理念。这里没有现代化的摩天大楼,没有令人眼花缭乱的玻璃幕墙,有的只是那些古老的建筑、繁茂的花草树木和一片宁静。距这里不到几十公里，便是好莱坞和世界上最喧闹的洛杉矶星光大道，2400多颗令追星族们神魂颠倒的明星，被刻在马路两边的人行道上，任由人们踩踏。即便如此，仍有源源不断的明星，梦寐以求地想让自己的名字幻化成另一颗五星，镌刻在这里，柔软地卧在女士们钢锥般的高跟鞋下或男士们挂了掌的踢踏舞鞋下。而在这里，一切都显得远离喧嚣，宁静如初。

坐在学院老院长柯布（John B. Cobb）教授一室一厅的洁净而简朴的居所里，听着他娓娓道来关于他对后现代农业的构想，对这位89岁的老人不禁肃然起敬。柯布教授1952年毕业于芝加哥大学，获得哲学博士学位。柯布教授多年来一直从事生态文明和后现代化的研究与应用，发表专著30余部，是一位具有世界影响的学者。主要代表作品有《是否太晚？》（1971）、《超越对话》（1982）、《生命的解放》（1990）、《可持续性社会》（1992）、《可持续共同福祉》（1994）、《地球主义对经济主义的挑战》（1999）、《为了共同的福祉》（1989，1994）、《后现代公共政策》（2003）。与其学生格里芬等合著作品有《建设性后现代哲学的奠基者》（1995）、《后现代科学》（1995）、《后现代精神》（1998）等。其中《可持续性社会》等一系列著作，译成中文出版。现在，他倾其所有，掌管着一个养老院，有500多位80岁以上的老人在这里养老。他提出的养老理念分三个层次，一是夫妇双方都有肢体行为能力者，二是夫妇双方有一方失去肢体行为能力者，三是彻底失去肢体行为能力者。服务模式是，第一种人要服务于第三种人并服务社区；第二种人要照顾好一方，如果还有时间精力，尽可能为社区服务，帮助第三种人；第三种人，养老院要负责为其养老送终。

柯布院长身着浅灰色的笔挺西装，打着蓝白相间的斜纹领带，满头银发向后背着，宽阔的额头充满睿智，一双和蔼的眼睛望着你在真诚交流。这时，进来了两位先生，他们在用英语交谈。说着，院长从口袋里拿出一把钥匙，对我们道一声歉意，带着其中一位走了出去。原来，那是来自澳大利亚和新西兰的两位牧师，是到这里学习取经的。院长亲自为他们安排住处去了。也是，在这个养老院通常没有佣工，只有这些老人义务做着该做的一切。院长自然要事必躬亲。

趁着院长出去，我仔细观察了一下他这简陋的居所。客厅除了一张简易办公桌，还有一组书柜，进门两侧墙壁上挂着他和小孙子们的合影，还有一个中文"福"字和一个京剧脸谱。他很喜欢中国文化，也深知中国哲学。

他分别安顿完两位来访者，便又和我们侃侃而谈起来。他说，环境问题迫在眉睫，资本主义只顾掠夺，资本只顾利益。没有一个国家的执政党和政府像中国一样，把建设生态文明、保护环境写进自己的执政纲领和政府工作报告。他说，他认为今后生态文明和环境保护要看中国，中国将引领世界。他去过中国多次，他还要去中国看看。

中午，柯布院长邀请我们和养老院的老人们共进午餐。那是一间充满祥和气氛的温馨大堂，摆了几十张圆桌，齐刷刷都是年迈的老人，形成一片银色的海洋，他们大多都是各路专家学者。克莱尔蒙特市可谓大师云集，绿色GDP概念的提出人小约翰·柯布博士、刚刚过世的现代管理学之父彼得·德鲁克、被称作"幸福之父"的积极心理学奠基人米哈里·奇克森特米哈伊等大师级人物长期在此生活，从事学术研究和执教。老人中有坐自动轮椅来就餐的，也有拄着拐杖的，当然更多的是有肢体行为能力的老人。他们先对来宾做了介绍，老人们的掌声阵阵响起。也有几位老人做了即兴感言。在简短的基督教的感恩仪式之后，便开始进餐。这里的进餐原则是管够，但不许浪费，所有的老人都自觉遵守这一原则。

　　午餐过后，我们来到生态农业学家迪安·弗罗伊登伯格博士家。实际上，这里有肢体行为能力的每家老人都有独门独户的居所,室内设备简朴。博士曾经在非洲服务多年,握起手来十分有劲，根本不像一个85岁高龄的老人，脸色白里透红，精神矍铄。他是个农业专家,1953年农学专业毕业后,迄今都在推行有机农业。有趣的是，他的父亲曾是个化肥厂的董事长，热衷于推行化肥农业，而他，恰恰与其父亲背道而驰。他说，由于"二战"以来大量使用化肥和农药，全世界农耕土地的90%已经遭受破坏，人类是依靠土地生存的，没有粮食人类怎么生存？那样的前景是可怕的，会带来饥荒、战争、杀戮。因此，我们要推行有机农业，用有机肥料，保护和拯救土地。他说："我的父亲是资本家，他只顾利润的最大化，他才不顾土地会怎么样，也不会顾及人类，只顾及自己的利益。"我说："令尊还健在吗？"他说："没有，

1953年就去世了。但是,他们那代人为全世界的农业留下了灾难性的伏笔。"说着,他淡淡地一笑。

从他家出来,我们又来到他的一个农业小园子,事实上是养老院的一个农业小园子,也是克莱尔蒙特小城的一个有机组成部分。三拐两拐,我们拐进了一个僻静的小园子。园子里古木参天,在柠檬、柑橘树下,辟有一畦畦的精致菜地,菜地里有可以起用的洋葱,还有上了架的番茄等各种菜蔬。在园子西北角,顶着院墙有3块1米多高的梯形深槽,深槽里存储着黑色的有机肥。老人顺手抓了一把说:"你瞧瞧,就这一把有机肥里,有70多万个细菌团,它们是土地最好的肥料。"他又从有机肥里捉出一只蚯蚓,很自豪地说,"看到了吗,这个堆了3个月的有机肥已经生出蚯蚓了,这就是成功。一只蚯蚓不仅能松软土地,而且,蚯蚓钻过的土地自然就会生成氮肥,这对农作物最有效。有这样的有机肥,还用化肥干什么?只有这些有机肥,才能改变已经遭受破坏的土地。"他说,"其实,沤制这种有机肥很简单,将1/3的家禽粪、1/3的枯草败叶、1/3的泥土混合在一起,3个月后就可以用了。你瞧瞧,我这园子里的蔬菜水果,都是用这种有机肥育成的,它们是真正的绿色食品。"

我说:"这些蔬菜水果产量如何?"他说:"还行,一年下来,总也能卖个12000~15000美元,这些钱就可以用来贴补已经失去肢体能力,甚至是成为植物人的那些老人了。你瞧,那边就住着30多位已经成为植物人的老人,我们用这点收入来贴补他们。"就在园子东南角,有一排平房,寂静无声,30多位植物人老人就住在那里，享受着后现代农业的馈赠，祝愿他们安度余生。

我们离开这个小园子，又参观了一处精致的葡萄园，也是用有机肥料培植的。那葡萄藤上刚刚挂了果，一嘟噜一嘟噜的，预示着今年葡萄园将有好的收成。

离开葡萄园，我们又来到博士居所，他的夫人已经做完义工从图书馆回来。他搂着他高挑美丽的太太对我们自豪地说，无论他走到哪里，他夫人都跟他走到哪里，在那里一边看管图书馆，一边陪他生活，为实现他的有机农业梦，一辈子就这样走了过来。

我们告别博士和他夫人，来到另一个公寓式的居所。

这是一位99岁的老人，她是一位历史学家，也是克莱尔蒙特小城的居民。她给我们讲述克莱尔蒙特小城的历史之后说，生态文明不仅仅是保护农业耕地，也要保护水源和空气。随着商业社会的高度发达，那些开发商的目光已经转向水源地、水源涵养林和高山绿地。就在他们克莱尔蒙特小城水源地山谷，一些房地产商已经开始开发别墅区、住宅区。他们的政府管不了这些，资本的力量强过政府。所以，他们这些老人和克莱尔蒙特小城的人们，自觉起来保卫他们的水源地。他们的做法就是成立基金，把大家的钱凑在一起，买下那些水源地值得开发的地段，不准那些资本进入。现在，他们这些老人已经买下了2000多公顷的土地，保护他们的水源，保护他们的家园。

令人感佩的是，当我们走进她的居所时，老人家依着推车移步走入厨房，要为我们亲手煮上咖啡。我生怕老人家摔倒或烫伤，就说我来做吧，她笑一笑，执意自己要做。客随主便，我只好按照哈萨克人所说的,客人比绵羊还要乖巧,坐回沙发,做一个乖巧的客人。这时,又来了两位老人,我们几位一边品尝99岁高龄的长者亲手煮出的咖啡,一边洗耳恭听老人家娓娓道来,她的思路缜密清晰,她的声音洪亮中听、绵延悠长,似乎在穿越这时空。

的确,在当今世界没有比保护好环境更重要的事了。因为,环境的好坏直接关乎人们的健康和生命,以失去健康和生命为代价换来的财富显得毫无意义。或者说,以牺牲大多数人的健康和生命为代价换来少数人的巨额财富,不是我们这个社会的宗旨和终极追求。我们应该保护我们的环境,保护我们的土地,保护我们的自然山川,给子孙后代留下青山绿水,留下蓝天白云,留下洁净的土地。

窗前鲜花

伊犁的气候要比北京舒惬，春天的脚步也要来得早些。那天，为了给霍城转场的牧民送去预灾照明瓶，我起早从京城匆匆赶到伊宁，先去看望母亲。同行的伙伴看着母亲养在窗前的鲜花，很是惊讶。他看到那一盆火红的三角梅禁不住说，这是我们厦门的市花，便走过去仔细端详，颇有他乡遇故人的喜悦。三角梅在南国厦门一树树地绽放于道旁，而在这西北之境，只能微缩开放在母亲的花盆里。

的确，春天是鲜花盛开的季节，但是，出得伊宁机场，除了草地开始还绿和桃花绽开，所有的花都还花期未至，只有母亲窗前鲜花一片。母亲特别喜欢养花，过去，她会在院子里种植各色鲜花，从春到秋，满院子花海如潮。后来，孩子们大了，先后成家过各自的日子去了，冬季扫雪就成了问题，于是，就将老人接进了楼房。现在，母亲将她对鲜花的爱播种在窗前。阳台上一溜摆放着栽有各种花卉的花盆，扶桑、月季、芙蓉、三角梅、兰花，姹紫嫣红，把投进阳台的阳光点染，映射出七彩光芒，释放着满屋的温馨。

匆匆辞别母亲赶往霍城，去果子沟迎接从冬牧场转场的牧民。果子沟顾名思义就是长满野果的地方，漫山遍野都是野果、野杏、山楂、醋栗，4月中旬以后，起伏的山峦会开满白色和粉色的野果花，那叫一个绚丽，再加上绿茸茸的山地草原，那种柔和与美丽摄人心魄。天地间你难以想象会有这样的美景。但在此时，果子沟口雪被刚刚褪去，雪线正在向更远的山脊收缩。大自然就是这样奇妙，植物的生长与海拔高度有着密切关联。五一前后，前山地带会被郁金香的红色覆盖；再往山里阳坡灌木地带，5月底6月初，一丛丛的杜鹃花便会喷芳吐艳；而在此之后，各色山花会在高山草原摇曳，令人目不暇接。山风过处，空气里透着沁人心脾的花香。眼下随着海拔高度的提升，我们经过了灌木地带、阔叶林地带，进入针叶林地带，那层次是分明的。针叶林始于海拔1500米，终于海拔3000米，海拔3000米以上便是高山草地和苔地。在那里，只能开一些细碎的小花。但这一切要等到夏天来临。此刻，云杉林间积雪深厚，在云杉林之上，威严的群峰白雪皑皑，直刺苍穹。

那一弯凌空衔接谷地两侧山脊的著名果子沟斜拉桥梁，高悬于前方。在最早废弃公路的谷口，我们看到了转场的七群羊，正在这里歇脚。这里是个中转站，设有接待站、医疗站、兽医站等，牧民到这里可以用餐，坐骑可以添喂饲料，稍事休整继续出发。当我们穿过羊群时，一只褐色哈萨克羊背低足高倒伏在小溪旁，挣扎着起不来，我顺手薅住它脊背上的毛，拎扶着让它站立起来。这只羊就像它的羊毛一样轻飘飘的，几乎没有分量。这就是严酷的冬天所为。然而，生命就是这样，只要还有一口气，就会顽强生存下去。这只褐色绵羊迅即碎步跑进羊群，准备跟随羊群走向果子沟口。显然,它感觉得到,春天已在那里向它招手,只要能走出果子沟口,花的海洋将在那里期待。而且,它一定能够重新走回鲜花盛开的高山夏牧场,享用那里肥美的草原。无疑,它的生命将与各色山花交织在一起。我们把预灾照明瓶送到转场牧民手上,教会他们简便易行的使用方法。此时,山风飒飒,松涛阵阵,森林防火道上的白雪,无言地炫示着这里的气温。不过,春的步伐正向这里走来,那森林和防火道上将开满山花。

返北京前,我回家去和母亲告别,她正用喷壶在给窗前的鲜花浇水。母亲看到我很高兴,一边浇着花儿,一边对我说:"前不久我病了一场,以为再也见不到你了呢,还好,又见到你了,孩子。"我说:"不会的,妈妈,祝您健康长寿。过几天,杏花开时我还会来看您,一起参加这里的杏花节。"

椰子树

海南人有一句话:"文昌的椰子半海南,东郊镇椰子半文昌。"我是20世纪90年代初带领12位少数民族作家首次到海南采风,出了海口沿东海岸一路南行,第一站就来到文昌——国母宋庆龄的故乡。在文昌我们又被带到东郊镇,那一片片的椰林映入眼帘,煞是好看。有人在夸赞文昌鸡最好吃,我的视线却被那一片片婀娜多姿的椰林深深吸引。

的确,那一棵棵挺拔的椰子树,颇似天山和阿尔泰山的松林,是那样的端庄秀美,而且赤裸的树干直插天际,在那与蓝天白云相衔接之处,生出几捧别致的叶子,其间夹生几枚椰子,高悬在那里静静地闪烁着油绿的反光,略显几分神秘。当然,饮用清冽的椰子水,品尝芬芳的椰子肉,会进一步增添这种莫名的神秘感,为大自然的神奇造化心存感念。

那天,我又来到海南,在三亚中廖村参观,那掩映在一片片椰林中的秀美村庄,十分迷人。在一棵巨大榕树下,有一块村前广场。黎族儿女在广场上用竹竿舞欢迎我们到来,海峡两岸和港、澳的作家、画家、书法家云集于此,在轻快的黎家竹竿舞曲召唤下,有人便情不自禁,手牵手融入舞蹈的行列中,踩着竹竿的节奏翩翩起舞,构成另一道别致风景。

旁边就是一棵棵的椰子树，而在另一旁，村里人在为我们砍开一颗颗的椰子，让我们品尝。我手捧一颗硕大的椰子品饮椰汁，椰子沉甸甸的，足足有三斤重。同行的一位北方人士不无好奇地自言自语了一句："这椰子长得这么沉，会不会从树上掉下来砸着人呀？"这句话不经意间被海南本土作家崽崽听到了，他便开始欣然解释。

　　崽崽是客家人，他的父亲20世纪30年代从广东湛江来到海口谋生，他就出生在海口。他的长篇小说《我们的三六巷》曾刊发于《中国作家·文学》2012年第6期，并获得当年海南一个百万小说大奖。他对海南风土人文可谓了如指掌。

　　他用那种典型的客家风格的普通话急急地说："我在海南生活这么多年，从未听说椰子砸着人的事情。"他家在乡下的院子长着十几棵椰子树，从未砸过人。那院子曾经被镇子里用来开幼儿园，他问过那个管事的："这十多年来，我们家的椰子树有没有椰子掉下来砸着小孩的？"那管事的回答："没有，从没有砸着小孩。"崽崽说："你要说椰子砸着人了，海南人会不高兴的。海口一家媒体曾经报道椰子砸着一个小男孩，海南人都不高兴，结果第二天该媒体又更正了，说那是椰子掉在地上，吓着那个小男孩了。海南人这才作罢。"

　　"椰壳打开都有三只眼，"他说，"所以它砸不着人。狗随人，猫随家，椰子树也随人。椰子树只在村子里长，没人的地方它不会长。你到荒郊野外，没人的山上找到一棵椰子树给我看看。"他的话还真提醒了我，这些年来我多次来到海南纵横穿行，环岛不止一周，甚至去过西沙群岛、东岛（鸟岛），在我的记忆中真没看到离村生长的椰子树。椰子树居然是如此随人。"如果说，在哪块地里看到椰子树，说明那里曾经是村落，有人居住过。"他补充道。我竟然景仰起一棵树来，如果此行我在海南有独特收获，那就是对椰子树的全新认识。

我忽然随口问了他一句当年获百万大奖之事，他说："您别提了，老师，当初海口一家报纸发了新闻，却只字未提我和我的作品，我就找到那位报社社长论理，那社长说：'你的小说不是新闻，你的小说得了100万元大奖才是新闻，所以我们没提你的小说。'"

这时，同行的一位书法家突然插了一句，对了："有媒体报道前不久菲律宾的椰子砸着一个人，还理赔了呢。"崽崽立时就说："那一定是那个人有恶行在身，不然椰子是不砸人的。"

蓝天白云

那一天，列席全国人大开幕式，政协委员都得从人民大会堂北门入场。早上似乎天还阴些，有一点小北风，不算太冷。记得上届政协会议期间，也是这个季节列席人大开幕式，同样从北门进入人民大会堂，那天奇冷，刮着的小北风有如小刀子，不断地割着脸。尤其走上高高的北门台阶，鱼贯入门那一刹那，风已经从长安街旁的树梢上越过，无遮无拦地扑向我们。我看见那仓活佛一只胳膊露在外，他个头又高，我心里很为他感到冷。那门只开了一扇，大家要通过安检才能进入。于是，进门的速度便缓下来。在进门的那会儿，我和他被前后的委员裹着，挨着身子往里缓行。我顺便问了一句："您冷不冷？"他笑了笑，说："不冷。今天的风比起那次，要温柔得多了。"委员们都在说："今年天气回暖得早，是个暖春。"

赶巧的是，我在大会堂一层后排少数民族语言助听区看到了那仓活佛，我和他并排坐在了一起。在我们前排的另一头，小班禅大师坐在那里。不断地有委员走来拜见他。中国民族语文翻译中心哈文室主任哈孜曼先生，也来坐在我旁边。他要现场监听哈萨克语同期声翻译。李克强总理的工作报告令人振奋，不断地被掌声打断。在听到总理提出"坚决打好蓝天保卫战""蓝天必定会一年比一年多起来"时，全场响起热烈的掌声。

李克强总理的政府工作报告结束，当我们走出人民大会堂北门时，一片蓝天白云的景色吸引了委员们，纷纷举起手机和相机，拍摄蓝天白云，以天安门为背景留影。的确，这种朵朵白云飘浮在天安门城楼上空的自然美景，已经久违。大家的心情与挂在脸上的笑容一样灿烂，堪与蓝天白云媲美。于是，我的手机相册中，增添了这样一幅定格美景。

每次政协会议，大会发言是个重要环节。那天，参加第一次大会发言，是个下午。车队依次停在广场上（委员们要从人民大会堂东门入场），委员们一下车，纷纷在广场合影留念。真是难得的好天气，春风浩荡，蓝天如洗。生长在北京的几位委员就说："这才是我们小时候记忆中的北京呢。每当春天，我们就会跑到广场来放风筝。那时候的天，就像今天一样蓝，今儿个这天儿，让我们想起了童年时的北京，回到了童年时代。"

人的记忆有时候其实并不复杂，就是关于一片蓝天、一朵白云的记忆，而儿时的记忆尤为清澈，唯愿这种记忆延续下去。当我调出那天的手机图像时，那天安门的红墙显得格外柔和，人民大会堂高悬的国徽格外清晰，那顶上插着的红旗，一溜儿被风吹展，顺着一个方向飘动，自成一景。民族界别的少数民族女委员，个个身着本民族鲜艳服装，花枝招展，在晴朗的天空下手挽着手走向人民大会堂，却被举着摄像机和长短摄影炮筒的记者不断堵截，咔嚓咔嚓的快门声不绝于耳，成为各路媒体最抢眼的一幕。一片祥和之风就在眼前展现。于是，在涌流的委员群落中，这里那里的，形成了一个个采访的小岛。一部部的摄像机和一副副的指向话筒，对准一个个委员的面庞，抓紧进行采访。络绎不绝的委员的人流绕过这些小岛，向人民大会堂东门高耸的台阶拾级而去。一会儿，大会发言即将开始。

措手不及

那天早上,当红灯变绿,车迅疾提速驶过安华桥下马蹄形半岛的当儿,无意间我的视线被突如其来的一片红色吸引。天哪!那是一树树的鲜花,在早春迎风摇曳。我立即拿出手机,想拍下这幅一年一遇的美景,但是,车速太快,我还没来得及解开密码,美景倏然留在了我的身后,真是措手不及。有时候事情就是这样,当你回味过来,或许那就是你人生路上恒定的一幅美景,只可惜永远留在了你的身后、你的记忆深处。今年再度春来,正当花期盛开,我却阴错阳差没有时间和机遇,再次经过那个马蹄形半岛。或许,在明年春季我会走过那里,那一树树的鲜花火焰般怒放,姿态已然与昨日不同。这就是岁月。不知不觉间,小树长大了,花蕊绽开了,鲜花结果了,而你却兀自忙忙碌碌,身处其境而浑然不知。

北京有时也会遇上这样的蓝天白云。晴朗的天空令人心境明朗。那天,从人民大会堂参加"两会"出来,乘着大巴从长安街回返驻地,新华门红墙前的玉兰花,夹在那些树行中正在绽放。我举起手机抢拍,只可惜车队快速通过,拍下的镜头都有点发虚,看不清红墙绿树映衬的那一片片白,就是一树树的玉兰花。"两会"结束,回到家,俯瞰院子里的玉兰花也在开放,我从容拍下了那一株玉兰树盛开的平面图。每天早晚,我都会对那株玉兰树投去一瞥，只觉得花期正旺，春光无限。忽有一日早上醒来，推开阳台，发现那株玉兰树花瓣已经开始落地。没过几天，绿叶更替花瓣，遍地落英，春光不再。原来节令的转换也会让人措手不及，悄无声息，交错更替。而这些忠实于土地的植物，随着地气变化，分秒必争，花开花落，吐叶结果，叶落归根，循环往复，展示着生命的无限生机、无穷魅力。

　　那是第一场春雨后的一个下午，我驾车从二环路上的高架桥折向三环而去。眼前就是苍老的德胜门，双肩挑起两侧后起之秀——高架桥，深深地蜷缩在桥墩丛中，默默地追忆昔日的辉煌。白云朵朵，夕阳正好，温柔地抚慰着德胜门楼脊琉璃瓦，点点反光映入眼帘。右手就是后海，那个隆起的小山包上坐落着郭守敬纪念馆。桥下便是车辆川流不息的二环，此刻不堵，各色车辆正在双向疾驶而过，哗哗的车浪声犹如海涛拍岸，扬上桥来，直袭耳蜗。我无意中用眼尾向正在孕育抽绿的树丛杪梢扫去，一幕意想不到的奇景突然映现，令我猝不及防。在遥远的城市上空，矗立着一座直插天际的楼宇（其实它正对着我办公室窗口，抬眼就可以望见，也没觉得如此之高）。楼宇顶上的几部吊车，就像蟋蟀的触须在那里移动，而楼宇的腰际之下，已被蓝绿色的玻璃墙幕装点，宛若一个穿了筒裙的女人；腰际之上，一片赤裸，颇像一个光着膀子劳作的男人。在此刻的夕阳下，玻璃墙幕折射着七彩阳光，无限绚丽。原来，京城无霾之日，人的视野竟也会如此透彻伸延。双手在方向盘上，无法拍照。只那么几秒钟，我与奇景交错而过。然而，那一幕迄今深深印在我记忆深处。即便将来，这一高楼成长到位，浑身披满摇曳的玻璃墙幕，此时的一幕和此刻北京清洁的上空，无疑将会成为我恒久的记忆。

就在昨日清晨，我们从乌鲁木齐地窝堡国际机场乘机飞往新建的阿拉山口机场，跑道两旁的草地还没有从冬的记忆中复苏。其实，在头一天上午，雨中降落在地窝堡机场时，我就发现这里的树木还光秃秃的，没有开花吐芽，草地也是湿漉漉的一片枯黄。我暗自思忖，这里的节令的确要晚。别说十里不同天，连经纬度都不同，千里万里的，当然就有差异。昨天上午，我们下了飞机就进入文化考察，直奔尚处在冰天雪地中的赛里木湖，在湖西草原上，看到了乌孙古墓葬群落在那里默守着千年的谜底。阳光很好，虽说赛里木湖冰盖未开，四周的雪山白雪皑皑，但朝阳一侧湖畔的草地已经褪去雪被，依稀尚能嗅到去年秋上陈留的艾草芳香。我俯身搓下一拃艾草叶子，发现已经变得柔软，显然在阳光下地气正在上升，那一拃艾草却带着新春的气息。而今天，我们走到阿拉山口国门，从那里又一路奔袭至机场，阳光正好，在这方土地，虽然春的步伐姗姗来迟，但是十分坚定。当下午我们飞回乌鲁木齐，降落在地窝堡机场，在跑道滑行减速的当儿，跑道两旁草地一片片的绿色再次令我措手不及。只隔了一夜，也就两个白天，这小草就泛绿了。这就是生命的奇迹，就连一棵小草破土而出，点绿世界，也要让你措手不及。

是的，切勿漠视小草，对大地回暖，它最敏感，远在大树之上。这不，在这大树尚未吐绿的一方，是这些小草报来春的讯息。无疑，在这个春天，我再度认识了小草的生机。

草籽千年

那是一个上午，比起几天来的晴空丽日，略显阴霾。不远处的楼，看上去覆了一层浮尘罩子，朦朦胧胧，若隐若现，不是那么亮丽、鲜艳。未承想，怎么一夜之间，便会有如此变化？我们站在16层楼顶，望着东三环车水马龙，似乎只能从镜头推拉近景，拍些延时摄影。时间是最宝贵的，也罢也罢，今天只能如此。我们留下摄制组，准备下楼去时，意外发现就在一个很不起眼的水泥缝间，竟然生着一棵青草。我驻足欣赏起这棵青草来。我说："瞧这楼顶上居然还生着一棵青草。"陪同我的同事不经意间说了一句："是呀，所以叫'草籽千年'，就是说隔上1000年，草籽照样会生根发芽。"我霎时被震撼了，原来智者就在眼前，我们却往往忽略了他们的存在。我不禁望了望三环路旁葱茏的花草树木，它们都赶不上这棵青草的高度。

那一天，我在飞往阿拉木图途中，从飞越乌鲁木齐上空时开始，天山山脊没有一丝云彩，一片白雪皑皑，分不清哪里是冰舌，哪里是雪原。只有飞到巩乃斯河谷上空时，才呈现出一片绿色大地和有规则耕种的农田。那一片片墨色的云杉林，极力探向苍穹。在云杉林之下的绿色山脉，时不时地呈现出浅浅的一抹紫色红晕。我想，那一定是千朵万朵的郁金香在那里摇曳盛开。5月初，正是郁金香绽放的时节。于是，放眼望去，在蔚蓝色的天际线下，天山的几路雪峰错落有致，绵延起伏，伸向远方。我看清了巩留大地，特克斯河谷，从葛罗禄山（Kharlekh Tao）北向流下的库克苏河与自西向东蜿蜒而来的特克斯河汇流处十分清晰，那座八卦城就在两河汇流处上方不远的北岸。在从伊犁河谷逾向特克斯河谷的隘口已然变绿，此刻俯瞰，全然没有了驱车翻越时的那点险峻，貌似一张铺开的大沙盘，只是在默默诠释着古老的丝绸之路曾经从这里经过。而现在，我们正从空中飞越新丝绸之路。不一会儿，白雪覆盖的乌孙山脉（Uysun Tao）就在左下方呈现。而在乌孙山南，辽远的昭苏高地已经褪去雪被，阿腾套山（Ateng Tao）山顶只剩一点白雪，似乎看不出就在五一那天被大雪侵袭的痕迹。看来春天的太阳就是这样，只要不被浮云遮挡，就能够融化雪原，让千年草籽重新发芽。

在遥远的南侧，汗腾格里峰的胴体跃然腾起，直插天际。接着，阿拉套山的雪峰隆起。在阿拉套山南边那平展展的绿色背后，环形的雪峰相衔接。在雪峰之间的天然洼地，我想，那个古称热海的伊塞克湖应当就在那里碧波荡漾。我们终于降落在绿草如茵的阿拉木图机场。洁白的阿拉套山就在眼前，千百年来，在陆路交通为主的时代，丝绸之路就是沿着雪山山麓伸向中亚细亚，乃至欧洲大陆。这正如诗人艾青所言，蚕在吐丝的时候，没有想到会吐出一条丝绸之路。

在另一个上午，同样是阳光灿灿，天际湛蓝，没有一丝云彩。我们驱车行进在从里海边上铺展开来的阿特劳草原，也就是尽人皆知的钦察草原。被东西方文献无数次记载过的这片茫茫草原，此时正从冬的记忆中恢复过来，开始换上春的绿装。而这里的绿又别有一番色彩，那就是艾草铺就的一望无际的银绿色。一只骆驼负着披毡在道旁食草，孤零零地在那里安享。却像忆起遥远的丝绸之路，偶或抬起头来回望我们。就在公路的南侧，有一条铁路向东伸延，一列油罐列车向东驶去，从北边吹来的草原之风携着艾草的芳香，将其铿锵的车轮声吹得消失殆尽，只能看到那一列车像一组无声动漫，静静地驶向远方。我在半个多月前，曾经去过阿拉山口，铺自里海边上的输油管道，从这里每年都要输送1300万吨原油入境。在国门口静卧的铁轨，也要输送来自这方的油罐原油。他们说，据此向南40公里，便是那条输送原油的动脉——输油管道。而在我的家乡霍城，输送天然气的管道便是从那里经过，在果子沟尽头的松树头子，由一座加压站加压之后，送向遥远的内陆城市，直抵海岸。如今的丝绸之路已经变得立体起来，空中、地上、地下、海上条条道路畅通，衔接着大地的尽头。

　　我是为了2017年阿斯塔那世博会中国馆事宜与团队一起来到这座成长中的都城。振兴新丝绸之路，建设"丝绸之路经济带"这一宏观战略理念，正是在这座年轻城市提出。而我们即将带来的是中国文化——中国餐饮、中国电影、中国文学、中国艺术……在加强政策沟通、道路联通、贸易畅通、货币流通、民心相通中，最重要的是民心相通。而民心相通中文化相通是关键，文化相通中文学和艺术相通才是核心。只有民心通了，一切才自然畅通。我们穿过云层落在湖畔的阿斯塔那机场，到处绿色如茵，千年草籽也正在这里生根发芽。出得机场，一股凉意直袭背脊，迎接我们的人穿着还挺保暖。他们说："我们这里几乎没有春天，直接进入夏天。"但是，挡不住的绿铺满全城，一派生机盎然。机场门前的广场还在紧急施工，世博园工程也还在收尾阶段。我们的时间也很紧迫，要在这里高效沟通，然后赶回北京。"一带一路"高峰论坛，将在那里如期举行。

智慧与天真

一位哈萨克诗人说过:"你的智慧像你 60 岁的父亲,你的天真像你 15 岁的母亲。"从某种意义上说,这正是对我们哈萨克人的精神素描。歌和马是哈萨克人的两只翅膀,牵了马来骑马认蹬,跃上马背千里驰骋,一路引吭高歌;翻身下马,品饮马奶,弹起冬不拉放声歌唱,草原四季为之转换,生生不息,一派生机盎然。

好客是哈萨克人的天性。千百年来,过往商旅陌客,都是经由哈萨克草原通往他方,于是,丝绸之路便这样成为草原的历史文化记忆,镌刻于茫茫草原和雪山白云之间。古往今来,在哈萨克草原经常会有望门投止的旅客,他们可能是一国使者,或许是迎亲队伍,抑或是草原游侠,也有那些闻名遐迩的阿肯(游吟诗人),等等。面对他们,任何一家哈萨克人都会倾其所有,盛情款待。在太阳落山前,留不住客人的哈萨克人家,是无颜生活在这方草原的。这就是无形的族规,在草原上被世代恪守。即便现今早已步入城市,但是这种草原记忆自然而然也一同带入,被同胞们墨守。记得有一次回到家乡,在城里见到了几位朋友,他们执意邀请我到家里做客。他们说,虽然现在一切都很方便,可以在酒店餐厅相邀相聚,但是毕竟到家里一坐,吃一顿家常便饭,那是古老族规,可不能破。于是,郏种其乐融融的家庭氛围,胜过在外的盛宴,十分温暖。而过往客人,享受到的则是一种文化。

哈萨克人传统的生产方式是游牧经济。尤其是在冬天,白雪覆盖大地,把所有的草都压在雪底,家畜无法觅食。只有马和羊天生会用前蹄刨开雪被吃草,而牛不能。即便如此,为了让马群度过寒冬,牧人会独身前往荒漠草原牧放马群。他只会在那里搭上一个临时的马倌窝棚,隔三岔五地去看一看马群。在窝棚里会搁置一些简单厨具,比如,一把铜壶、一口铁锅、一两只碗、一个三脚铁灶,再放一些熏肉、马肠和面粉、小米、茶叶。自己来时就此搭伙,平常设若有谁经过,可以随意进去设灶做饭果腹。倘若来者自带干粮,他会适量留下,如果未带那也无妨,可以扬长而去,下次经过他会刻意带上,在无人看守的窝棚留下带来的食粮。这就是一种互助友爱精神。面对严冬,荒漠雪原上马倌的窝棚无疑是最温暖的去处。

记得小时候在爷爷奶奶家里,每当拆卸了毡房驮好役畜准备转场前,大人要做的第一件事,就是把毡房前地灶周边的灰渣全部填进,再把垃圾也一同收来填埋,打理得平平整整、干干净净,才会上马离去。所以,在哈萨克人驻牧过的营盘,是看不到随意丢弃的垃圾杂物的。那也是牧人的尊严所在,是他们的一种自觉行为,也是草原文化的内涵之一,千百年来被默默传承,已嵌入一个民族的血液之中。哈萨克人环保意识极强,从小教育孩子不能采摘一棵青草,不能随意折断树枝,要保护自己生存的环境。对水源的敬畏更显神圣,妇女不会到泉头溪边濯洗,水是生命之源，任何人都无权亵渎，这一点每一个哈萨克人已铭刻在心。

对于那些荒凉之地，哈萨克人有一句话形容为"连狗都拴不住的地方"，但是，即便在过去荒凉无比的阿拉山口，眼下却建成了一座名闻天下的现代化城市。在这里，我见到了一位哈萨克族边防连副连长海沙尔（Khaisar）和一位市委常委、统战部部长兼市政协主席康吉哈力（Kenjie khali）。时代发展的车轮，已然将哈萨克人送到国门，守护着新丝绸之路。这里每年严寒酷暑，风期无限，常常飞沙走石。只有在无风的日子，远眺雪山依依，近看铁轨延去，驮负着历史重任。近在眼前的赤裸山脉，无语地诉说着这里的一切，还有铁路切过艾丁湖畔，向那山洼延去。那是一汪盐湖，看似一望无际，令人迷茫，怎么在对面的黑山头、精河、大河沿（其实，当地人称之为"Takheya jing"）看过来，也就是一条水线，眼下却显得汪洋恣肆？那些岸边弥漫的白渍，却是芒硝和积盐的结果，却坚决阻隔在铁路路基内侧。源源不断的输油管道和铁路油罐车辆，正是从这里通往内陆腹地。

当然，哈萨克人也率性天真。每当喜庆佳节，无论男女老幼，都会纵情歌唱，翩然起舞，充满欢乐。他们常常会相互祝福——让我们在喜庆的日子相见吧。其实，面对生活中的每一天，他们都会觉得是充满喜庆的日子。这就是充满智慧与天真的哈萨克人。

清泉

那天，我应邀参加北京蒙古族那达慕大会。秋风已凉，天上的云也透着冷意。人们正在中央民族大学体育场集合。在主席台前，马先生指着身着红色蒙古缎袍的齐·宝力高说："这是我的兄弟，我们一起合个影。"于是，我们几位合了影，就这样和蒙古族著名马头琴大师齐·宝力高结识。

与天气恰恰相反，这一天的那达慕大会气氛非常热烈。蒙古族同胞们身着不同颜色的蒙古袍，扎着腰带，举着旗帜，从主席台前列队通过。有一个小男孩，也就两岁多的小块头，一身恰到好处的小蒙古袍、蒙古靴子，腰扎小腰带，在一个方阵之前遥遥领先，貌似一骑独自驰过，引起全场镜头的追踪。

轮到作为嘉宾专程从呼和浩特赶来参会的齐·宝力高致辞，他走到麦克风前，做了简短的致辞，便用蒙古语唱起了一首歌。全场随着他齐唱，那场景十分壮观，激动人心。有上百号人甚至拥挤在麦克风前的台下，有拍照的，有跟唱的，可谓人头攒动。当一曲终了，他坐回座位时，一个身着藏青色蒙古长袍，背着旅行背包的小伙子，走到台下，高声说："齐·宝力高大叔，我爱你！"这个大学生模样的大男孩，甚至伸出右手，要用拇指与大叔点赞。齐·宝力高俯下身去，伸出右手拇指，与这个大男孩以拇指点赞,那个大男孩这才心满意足地回转身去。

这时,坐在我和齐·宝力高之间的一位嘉宾离席。我便对齐·宝力高说,您刚才唱得真好,全场都在跟随您唱呢。他很高兴,挪过身子坐到我身旁说,那是我自己作词作曲的歌《忘不了》,有蒙古人的地方都在传唱。他说,我创作的歌曲和马头琴曲,超过1000首了。我的确为他的才华感佩。其实,一首歌、一支曲,就可以让一个民族、一方土地名扬天下,飘逸起来。更何况像齐宝力高这种蒙古族音乐的集大成者,不仅极大地丰富了蒙古民族的音乐宝库,也同样丰富了中华民族的音乐宝库。

我说,您的名字在蒙古语中怎么解释?他一下乐了。他说,你问得好。我这个姓"齐",其实是"乞颜"部落的意思,而"宝力高",是"清泉"之意,即"bulakh"。我说我们哈萨克语也把"清泉"称作"bulakh"。他说,对,很多东西我们都是一样的。但是汉语发音没法对位,所以当初择用汉字时,被音译为"齐·宝力高"。我望着他,为他的名字忽生感动,这个"清泉"之名的确符合他的命理特点,他不就是蒙古民族汩汩喷涌的音乐清泉吗?

操场上节日气氛喧闹无比,我们俩却坐在主席台上闹中取静,细聊起来。他说,他是术赤汗的后代,确切地说是曾经统治过中亚的帖木儿的后裔,后来因为王朝更替,他的先人面临灭族之灾,便退隐蒙古草原,方躲过那场杀身之祸,也才有了今天的他。我说,其实哈萨克汗国的汗,追踪溯源,也是从术赤汗缘起的。他说,你说得对,其实我们过去都是一起的。

哈萨克人有一句谚语："哈萨克人和蒙古人，都是从一个毡房走出来的。（Khazakh Kalmakh Kygiz Turlekh.）"同为阿尔泰语系，在蒙古语中，有30%的突厥词根，而这一点，是通过哈萨克语这个草原过渡带过渡来的。只不过是后来哈萨克人信奉了伊斯兰教，蒙古人皈依了喇嘛教，所以在历史的长河中文化越走越远。但是今天，我们同坐在一起，共同欢度那达慕。

他说，你看看这满场的人没有几个像蒙古人的，只有咱们俩才像真正的蒙古人。他问我，你今年有多大了？我说我是1954年生人，63岁了。他说，我比你大10岁，1944年生人。他说，我告诉你吧，人只要心里年轻，就会永远年轻，只要你不想死，你就不会死。这是一个真正艺术家的人生体悟，我笑着点头，表示赞同。

这时，主持人报幕该他上场演奏马头琴了。他带着他的马头琴演奏团队，在绿茵茵的操场上领奏马头琴曲《万马奔腾》，这是他19岁时创作的曲目，迄今经久不衰。此刻，经他三度改革的马头琴，音色雄浑，一泻千里。在马头琴的齐奏中，马蹄阵阵，雷动操场，万马奔腾的气势，在操场上空久久回荡，将那达慕大会推向高潮。

一个人，有时就是一部历史。这位在操场中央倾心倾力奏响马头琴的蒙古族兄弟齐·宝力高，就是这样一个人。

无中生有

那天在宜宾机场落地,天色已将晚。这是一座军民两用机场,不时有迷彩色的直升机起降,颇有那种放大了的儿童游乐场的情致,自成一景。

在机场与准备飞回北京的伍义林副总编匆匆一见,便乘车赶往水富县。来接我的马益群先生和盛学伦常委介绍说,水富离宜宾机场40多公里,一个多小时就到了,却是跨越了四川、云南两省之境。如果要走新修的高速公路会绕弯,多行20多分钟,我们现在要穿行当年为修建向家坝水电站而凿通的隧道公路,则是一条捷径。这是我第一次听说走高速公路会耗时的范例,天下之大,真是无奇不有。更为神奇的是,水富天然气化工厂是由周恩来总理亲自批准,建在金沙江边上的三线工程,由此为金沙江边带来新的历史巨变。1974年4月,四川的部分区域归属云南,由此成立昭通地区水富区,直至1981年10月1日,水富县正式成立。事实上,水富县的由来也恰恰体现了新中国的建设史。一项重大现代工业项目的启动,在这方古老的土地上催生了一个崭新的县治。

"金沙江流水哗哗响,常胜的红军来渡江。"这是我少儿时代所熟悉的歌,现在站在金沙江畔,却是另一番景象。

2002年10月，向家坝水电站经国务院正式批准立项，2006年11月26日正式开工建设，2014年7月10日全面投产发电，装机容量达640万千瓦。如今向家坝至上海±800千伏特高压直流输电示范工程正式投入运行。这是我国自主研发、自主设计、自主建设的输电工程，也是世界上电压等级最高、输送容量最大、送电距离最远、技术水平最先进的直流输电工程，是我国能源领域世界级创新成果，代表了当今世界高压直流输电技术最高水平，也是我国改革开放40年来的历史见证之一。

向家坝这一村名，现在成为一个历史人文文化符号，传遍神州大地，名扬世界。其实，向家坝原名文家坝，清朝初期，向家祖先从湖广上川，由于没有立锥之地，娶了一位文家姑娘，文家人便将文家坝作为彩礼送给向家自耕自种，繁衍生息，由是得名向家坝，自清朝迄今已有400年左右的历史。然而，直到向家坝水电站开工建设，向家坝就像金沙江边的一枚石子儿，沉寂得不能再沉寂，普通得不能再普通，朴实得不能再朴实，以致朴素无华，不为世人所知。现在，真实的向家坝村已经被库区蓄水深深埋入水底，彻底成为一段历史记忆。或许，随着旅游业的发展，文化旅游的升级，以潜水方式潜入库底游览考察向家坝遗迹，会成为一种时尚。让人们的视线把向家坝坚固的混凝土大坝与柔软的历史人文文化衔接起来，感觉会更加异彩纷呈。

水富县以向家坝为轴心，辐射出一条条河流，一座座村庄极富历史文化底蕴。在横江古渡楼子口，对岸就是四川，这边的江岸正在施工，橘黄色的载重卡车载负着土石方，隆隆驶过，不久的将来，在这江边便会描绘出一幅新的美景。而更令人称奇的是，在原古渡口狭小的台阶旁，一棵参天大树树根裸露，遒劲有力的树根将一颗硕大的金沙石牢牢环抱其间，形成独有的树抱石奇景，也在无声地述说着这方土地的年轮。

高架搭起的高速公路，已然无所不能地将这方天堑变为通途。过去意义上的上山爬坡、下山绕弯的云贵高原的交通方式，似乎已被彻底颠覆。汽车在水平建起的高速公路上没跑一刻钟，便来到了过去要绕山绕水行驶大半天（或许一天）的另一个去处，参观庙口村。这里也是古渡口遗址，2012年3月由水富县公布为县级文物遗址保护单位，2017年12月正式立碑。这里还有一处清道光十四年所立的"五世同堂"石牌坊，默默诠释着"普天之下，莫非王土"的寓意所在。更为吸引我的是，这里的几个小孩子十分活泼可爱。他们已经对来访的游客丝毫不感到陌生，纷纷亮出各种姿态让游人拍摄合影。历史文化已然被旅游文化静悄悄地侵蚀，不知不觉中在演绎着生活。

邵女坪是向家坝水库的又一个安置区，这里被评为全国美丽乡村，真正印证了跨越式发展模式，乡村建设一下飞跃了几十年。在这个规划井然有序的现代化村庄，已经看不出城市和乡村的差距，硬化了的街道、标识鲜明的斑马线、修葺一新的路边树墙、用花草编织的十二生肖塑像和文化广场，无不透着这个乡村的恬静安美。拾级而下来到沿库通道，岸边修着一座座独幢式别墅，颇有童话情调，每到周末（或平常时光），独家独户可以到这里休闲。健身设施随街安放，便于村民和游人健身。我们看到了一处别墅式建筑，定睛一看，那竟是公共厕所。我们饶有兴致地实地参观，这里的确实现了厕所革命，那种传统记忆中的开放式乡村厕所已经无影无踪，全然是全封闭冲水式厕所，室内一切干干净净。其实，厕所体现了一个社会、一个国度的文明程度。当然，如厕者的行为更是体现了一个群体的文明意识。整个社会正在向这个文明境界迈进，邵女坪却走在了前列。

向家坝水库库区在这里变得十分开阔。浩浩渺渺的水域前不见首，后不见尾。水库边形成了一个开阔的沙滩，犹如一片海滩。沙滩上有一个设施齐全的儿童游乐场，那边就是一座浮动式水上码头。现代式的空心塑料方桶，一个挨着一个，犬牙交错，形成了一个十分精致的水上码头。我们踩着忽忽悠悠的浮动式码头，上到小游艇上时，不经意间发现在近旁的浮动式平台上，一群男男女女正在练着瑜伽，他们的状态很是投入。显然，远山近水、浮动式码头，与这一群瑜伽练功者交织在一起，形成了水富极具特色的一幅画面。

一方水土养一方人，这里的人靠金沙江的石头发财。水富西部温泉大峡谷移民社区便有一座奇石城。那天下午，陪同我们参观的一位县领导不无骄傲地向我们介绍，这便是"无中生有"搞起来的奇石市场。奇石城安置了向家坝库区移民665户2000多人口，县政府采取"免三补四"政策鼓励发展奇石业态，即前3年免房租，后4年继续补贴。现在已经于有232间奇石商铺，吸引了106位外地客商，本地发展了18位商户，专门经营奇石生意，奇石城由此正在形成西南地区最大的奇石集散地。奇石商有句行话:"三年不开张,开张管三年。"所以他们做着"无中生有"的生意,也是最沉得住气的人。

其实,不只是代表县域经济的奇石市场是"无中生有"的妙想,整个水富县、天然气化工厂、向家坝水电站,与那四通八达的交通网络,不都是一个时代"无中生有"的杰作吗?

雪花飘舞

我自打离开爷爷奶奶家进城上学以后,每当寒假暑假,都会回到他们那里去。这应当是 1962 年的寒假,我刚上一年级上半学期,父亲母亲要带我回霍城县(那会儿叫绥定县)芦草沟公社乌拉斯台牧场去。

那一天早上,天气晴朗,我们离开伊宁市,汽车摇摇晃晃的,好不容易开到界梁子。这个地名当时哈萨克人叫恰依郎兹(Qaylangzi),我试图去理解这个地名,恰依当茶讲,那可能就是喝茶歇脚的地方。那么,郎兹当什么讲呢?是巴郎兹(当地汉语称呼维吾尔男孩为巴郎兹)的郎兹?以我当时 7 岁的学养和能力,再也得不出什么结论来。事实上,很久以后,当我学会了汉语,我才知晓,那个有点绕口的恰依郎兹地名,是由汉语"界梁子"之音衍生而来的。

界梁子过去是一片荒滩,是每年春秋时节牧人把羊群赶过来季节性放牧之地。现在这里有一个兵团农四师五〇农场(如今已成为可克达拉市),也由此在公路边上形成了一个店铺聚集的小市场,开始繁华起来。所有开出伊宁市的班车货车,都到这里来进早餐。左边是一溜儿商店,右边是一排餐馆(那些餐馆还分汉餐、民餐——清真餐馆),中间是一个门洞,一条沙石路从那里延伸向伊犁河畔,团场场部据说就在那条沙石路尽头,但从这里瞧不见。于是,那个门洞透着一种诱人的隐秘。

我们是早上从家里吃足了早餐才出门的,所以并不想吃饭。父亲带着我和他的一个伙伴就到左边那一溜儿商店去逛。这里的商店商品还蛮多的,父亲他们赞叹,瞧这些主食、点心什么的还挺丰富。还有一样美味呢,父亲和他的伙伴相互会意地眨眨眼笑了起来。他们把我送回车上母亲身边,拎着一个小包下去了。不一会儿,他们两人美滋滋地回来了,好像有了新的发现似的。当汽车一路继续摇晃着赶到清水河(这里被哈萨克人称为Qinqiakhozi)时,已近响午。班车就开到这里,在这里午餐后,继续载上旅客在天黑前返回伊宁市。

我们一家和父亲的那位伙伴一起下车了。

此时正值隆冬季节,世界到处是一片晶莹的白色,大地在厚厚的雪被下安眠,为开春积蓄着力量。遥远的伊陵塔尔奇山、阿赫拜塔勒山、婆罗科努山一片洁白。天气十分晴朗,唯有蓝天反衬着白色雪原。那一颗颗雪粒映射着阳光,在它微小而奇妙的花瓣里,甚至可以看到反射着紫色和蓝色的光芒。这一切真是令人赏心悦目,十分惬意。

从这里望去,乌拉斯台山口在那里静静地敞开来,默默地注视着我们一家即将投向它的怀抱。不过,从这里要走去还真有点距离呢。父亲说:"截一辆卡车,让你母亲搭个便车先到芦草沟等着,我们几个只好从这里走到芦草沟与你母亲会合,再从那里走到乌拉斯台去。"

那时候，车辆不像今天这么多，即便是货车也是偶尔过来一辆。父亲的汉语半通不通，还处在和我一同学习的起步阶段，所以他跟那些司机说不清楚，也因此错过了几辆车。等了许久，终于遇到一位回族司机，父亲用维吾尔语和他搭话，不想他是在塔城长大的回族人，说得一口流利的哈萨克语。正好他的驾驶室还能挤下一个人（他还拉着一个学徒），就把我母亲捎上了。母亲带走了装得满满的两个褡裢，那里边全是给爷爷奶奶带去的冰糖、方糖、红茶、砖茶、清油、肉什么的。当时，饥荒年代还没有过去，至少要度过那个冬天，到这一年秋季才会告别饥馑。不管怎么着，城里能够凭票供应这些东西，因此也还买得着，而在乡下，想买这些东西应当说差不多比登天还要难。所以，父母亲省吃俭用，从一家人的牙缝里抠出这点东西送到爷爷奶奶那里去。要知道，我的妹妹和弟弟正在爷爷奶奶那里呢。虽说其他物资匮乏，但是，奶奶的那头奶牛还能挤奶，这一点足够妹妹和弟弟饮用成长。无论多么艰难的岁月，老百姓自有其应对的办法。

父亲说："走吧，我们得赶路了。"

于是，我们三人辞别清水河一路向芦草沟走来。偶或会有一辆货车从背面驶来，父亲会招招手，示意他们停下，以便让我们搭车。但是，那些卡车没有一辆停下的，留给我们的只是从后轮底下扬起的一团雪尘，还有一股车轮携起的冷飕飕的旋风。其实从这里一直到果子沟口，是一个不断攀升的缓坡，往北开去的重车显得有些吃力，而从迎面开来的车顺坡而下，风驰电掣般从我们身旁驶过，许久以后，还能听到从轮下发出的遥远的、轻快的嗡嗡声，让人打心底泛出欢快。或许，我对速度的崇拜就是从这个冬日开始的。

我们走了很久很久，终于来到一个叫喀喇苏的地方。翻译过来就是黑水河的意思，哈萨克人把发源于平原湿地的河流一概称为喀喇苏。在他们眼里，这种河流里的水，要比源于山泉的高山溪流低贱，从不饮用。也许是从早上到现在，在冰天雪地里终于看到了流动的水，我忽然焦渴起来。我说："我想喝水。"父亲说："没有水，忍一忍吧艾柯达依（父亲对我的昵称）。"认真想来，其实一上午了，我还滴水未进。这么一想，我的焦渴感更加强烈了。我说："这不是水吗？"父亲看看这条河，眼神有些鄙夷地注视着水面，说："这是喀喇苏，不能喝的。没瞧见吗，这水连冬天都不结冰，水质不洁，明白吗，艾柯达依？"也许是千百年来的游牧经验积淀，哈萨克人是从不饮用喀喇苏河水的。如果在平原饮用，也一定要找到泉眼汲水。但是，不知怎的，我的焦渴感有增无减，我甚至感觉得到喉咙里有一簇火苗在升腾，就像馕坑口上升腾的热焰一般在舔舐着嗓子眼。我觉得我已经忍无可忍了。我说："那我就吃雪。"父亲说："那雪多脏啊，怎么可以吃呢？"这种时候，我觉得父亲作为医生的职业敏感在起作用。我说："我真的要渴死了。"父亲眼神忽然一亮，说："瞧我怎么就忘了呢，我这里正好藏着一瓶蒸馏水呢，刚才在恰依郎兹盛的。来，艾柯达依，喝一口，马上就解渴。"

父亲一边说着，一边从皮大衣兜里摸出一个瓶子来，是那种侧壁有容量刻度的透明玻璃瓶，我在家里见过，里面或盛酒精或盛葡萄糖液体：封口是个可以翻卷边缘的白色橡胶软塞。父亲拔开软塞，对我说："喝吧，艾柯达侬，不要喘气，一口喝下去，不要喝多，别呛着了。"

我接过瓶子，刚要对着嘴，父亲就将瓶底一撅又收住了，一团火焰便顺着我的喉咙燃烧而下。我忽然觉得一汪泪水从眼眶呛出。我咽下那团火，剧烈的咳嗽袭向咽喉，这才终于喘过气来。

父亲和他的伙伴在一旁看着我的模样哈哈大笑起来。"嘿，咱们早上买这酒还真有点远见！"他们对自己的这点远见很是得意。这是我此生第一次喝到酒是什么滋味。父亲后来多次提到那天的情景。他说："艾柯达侬，那口酒激了你，之后你再没说口渴、要喝水、要吃雪，一路小跑，跟着我们小大人似的，不久就来到了芦草沟。"

而芦草沟在哈萨克语中读作 Laosuegen，就像果子沟连接赛里木湖的那个山口，哈萨克人叫它 Kezeng（柯赞，意为山口），但是，稍微走下去有一个古老的驿站，哈萨克人执意将它称为 Smptuzi，我怎么也理解不了这个地名的含义。在新疆，有一个奇俗，无论是汉族人或是哈萨克人，只要有一个地名无论是用汉语还是用现代哈萨克语都解释不清，便会很轻松地说那是蒙古语地名。乾隆皇帝钦定《西域图志》所对音记载的新疆地名清晰可鉴。但是，关于 Smptuzi 没有一个哈萨克人或汉族人说它是蒙古语。这一点令我百思不得其解。直到后来在大学里读到《林则徐日记》，我才知道在汉语中将此地名记载为松树头子。但这依然还原不回哈萨克人称呼的 Smptuzi。也是在很久很久以后，我忽然明白了，用陕西方言读松树头子,"树"的读音会被转换为"负"发音,所以松树头子被念成了松负头子,最终又音译成了 Smptuzi,真是有趣幻化。

在霍城县,但凡过去有过驿站的地方抑或是老镇子所在,有许多地名是汉语称谓。比如,三宫、清水河子、芦草沟、大西沟,等等。但在当地的少数民族语言中,这些汉语地名又被他们称呼得走了样,如果你看不到那些汉文记载,往往很难还原回去。当然,也有更多的地名依然是当地少数民族语言称谓,被用汉字记载下来时,那音素文字与象形字音对位的奇特障碍,也往往被读得发音南辕北辙,需要你细心甄别才是。

母亲正好在芦草沟的唯一一家公共清真食堂等着我们。大堂里生着一个镔铁皮火炉,炉壁一侧虽然烧得赤红,但大堂依然显得冷。我们的到来,使这家冷清的食堂顿时显得热闹起来。父亲点了几份仅有的白菜汤和馒头,大家吃得津津有味。也正应了哈萨克人的那句老话:在饥荒年代吃过的羊头肉味道从记忆中挥之不去。

当我们吃过这顿简单的饭菜出来时,天色不觉已近黄昏,冬日就是这样昼短夜长。父亲的伙伴在这里与我们分手了,他要继续一路北上去往喀喇布拉克——黑泉沟。我们一家开始西行。中午的那些山峰已经看不见了,全部被云雾锁住,天空也是灰蒙蒙的,冬日的天气变化很快。

起初,我们走在马车道上,车辙深印,还有雪爬犁滑过的宽辙,这里那里地散落着马蹄防滑掌三点式的蹄痕,深嵌雪凹的三根锐钉,构成一个个十分美丽均匀的蹄圆,让人索着蹄迹便充满幻想:那是一匹什么样的马呢?枣红?黄骠?栗色?雪青?花马?黑马?白马?是快马、走马还是挽马?是种马、骟马还是骒马?我的双脚追着父母的步伐,视线却追寻着那一串串的蹄痕。父亲偶尔会说一句:"瞧,艾柯达依,看这串蹄印,这匹马可是好马,它的后蹄总是超过前蹄着地,它的步伐一定轻捷,步频一定神速。"我开始欣赏那一串蹄印,试图从重叠散落的蹄迹中把它识辨出来。只是很久很久以后想起这一次的雪野步行,我会哑然失笑:一个马背民族的后代,一家人,在冬天的雪地里迤逦而行,胯下竟然哪怕是拖着一根折下的枝条——木马都没有。四野里开始寂然,雪地由于没有了阳光,不再反射七彩的光芒。铅色的寒冷冬云越发低垂,似乎就连我一伸手都够得着似的。果然,不一会儿,飘舞的雪花终于将冬云与我们彻底融为一体了。

没过多久,那些车辙、划痕、蹄印一概不见了。绵乎乎的雪开始试图阻滞我们前行。父亲把母亲背着的褡裢也背了过来,于是,他的双肩挎着两个褡裢。走着走着,倦意开始向我袭来,眼皮不自觉地要黏合在一起。

父亲似乎发现了什么,他说:"艾柯达依,你已经很了不起了,从清水河一直和我们步行到这里,来,你跨上来,我背着你走一会儿。"我说:"我能走的。"父亲说:"没关系,来吧,我背你,咱们走快点儿,得早点儿找一户哈萨克人家住下,爷爷奶奶家咱们今晚是走不到了。"

于是,母亲把我扶上父亲的脖子。雪夜里,父亲肩上挎着两个褡裢,我骑着他脖子坐在马褡子上面,在雪地里前行。那巴掌大的雪片纷纷扬扬、密密匝匝地向我们袭来,大地一片迷茫。即使在黑夜里,雪野依然映衬出它的洁白来。雪片砸在脸上,麻丝丝的,有一种要钻入肉里的冰冷。但是,我高高地坐在马褡子上,双手抱着父亲的头,从父亲的头顶上看过去,世界变得渺小起来。

雪压黄花

那天早上,我和商泽军从北京飞到临汾,与先期抵达的舒婷等人会合,便马不停蹄地奔向安泽县。三晋大地虽说我也熟悉,但安泽倒是第一次抵达。一路上,当地的几位朋友不断解释,要按往常年份,这个季节正是欣赏安泽黄花的最好时节,但是非常遗憾,前两天来了一场倒春寒,太行山下了一场大雪,把漫山遍野的黄花全都冻着了。真是雪压黄花,鲜见昔日倩影。

安泽县地处太行山麓,沁水流过县境109公里,是山西本土流淌的3条大河之一,抑或可以说是山西唯一一条没有污染、全流域流淌的河流。在晋中大地,有水便有生命的活力。在马壁乡南端那座水库,跨安泽和古县两县,是山西最大的水库。而和川引水工程枢纽水库,却规划着要给附近的几个县输水,甚至要给汾河补水。这些愿景有待时间去印证。随着工业文明兴起的给河流改道的做法,或许只有由后人来评说了。

安泽因位于霍山、太岳山之阳,也曾有过岳阳之名(历史上曾多次改名)。中国历史上很多地名都有过改动,县治也在不断变换,于是就衍生出今天的人文、历史、名人之争,安泽自然也在其中。荀子塑像高高地立于安泽县城东侧的山脊,为这一方土地带来深厚的人文文化积淀和底蕴。但是对于这位中国古代大思想家的故里，根据司马迁《史记》记载的寥寥数语"荀卿，赵人"之说，临猗、安泽、新绛、河北邯郸等地皆有说法，也符合旅游时风。安泽又是古代名相蔺相如的栖身之地，但是，当地一位朋友悄悄告诉我，20世纪70年代重新划分县界时，蔺相如所处之地被划到邻县古县去了。这便是县治划界无意间常常带来新的缺憾的根由，也是始料不及的客观历史。

当然，安泽还有遍布全县的老一辈革命家生活战斗过的纪念遗迹，这是一份宝贵财富和红色记忆。我们那天参观了位于安泽县杜村乡桑曲村的太岳军区司令部旧址，这是一座坐北朝南的小四合院。这里还有一个小型抗战纪念馆，展品和介绍却十分翔实。1942年年初，太岳军区陈赓司令员和薄一波政委率部由沁源到安泽桑曲村，驻扎两年八个月。在此期间，刘少奇、邓小平等曾来桑曲指导工作。直到1944年8月移驻沁水。紧邻的安泽县杜村乡小李村碱土院内便是太岳行署旧址，1942年9月，太岳行署由沁源迁来安泽小李村。在杜村乡陈家沟村还有新华印刷厂旧址，1942年新华印刷厂随太岳军区政治部迁来这里，主要印刷《新华日报》和抗日宣传品。1944年也迁往沁水县。这是一段难以忘怀的革命历史，与共和国的今天血脉相连。

安泽也是国家级生态示范区、省级森林公园、全国连翘生产第一县，占全国连翘产量的80%。那每年春天漫山遍野绽放的一片金黄花海，便是连翘花期盛开。遗憾的是我第一次踏上安泽的土地，却因雪压黄花没有看上金色花海，或许这是一种伏笔，这一缺憾留待他日再补。据说安泽也是尚无大面积开发的煤炭资源大县，我为她的这种绿色精神感动。

郎寨塔和麻衣寺砖塔在静观安泽的古往今昔。我在和川镇问一位当地领导，农民收入怎么样？你们的精准脱贫推进得如何？这位领导不无骄傲地说，我们全镇已经实现精准脱贫，只有老弱病残智障32户76人已经政策兜底，在2020年，我们全镇可以同步进入小康社会。

我们在和川水利枢纽工程下方参观了一个库区移民新村。村里的砖瓦房盖得十分有序，房前屋后的绿化也搞得不错。县里一位陪同我们参观介绍的负责同志说："您看，按我们本地人的话来说，这叫'前槐后柳，越过越有'。"我看到的实景也的确如此，祝愿他们越过越富有。

我和商泽军辞别安泽直奔黄河壶口瀑布。那一天，天气晴好，黄河河滩上由下游吹向上游的风，卷起一股股黄沙扑面而来，细细的沙粒吹进嘴唇生硌牙齿。但是，我们顾不得这些，直接走向壶口瀑布。到了壶口近前才发现，原来黄河河床是多么宽广，现在被上游的无数座水库大坝拦腰截断，否则我们脚下的石板河床应当是满溢的黄河水，哪还扬得起黄沙？尽管如此，走近壶口，那轰然的水声和被风卷起的水汽像云朵飞扬，黄河两岸的游人纷纷举起手机在拍摄这惊心动魄的一刻。我想，秦晋之好其实是由这条黄河修炼而成的。黄河两岸的群山和人民同样保护了当年的八路军，人民子弟兵越过黄河毅然东进，也在安泽留下了他们鲜活的足迹。

在离开壶口瀑布回来的路上，商泽军不无感慨地对我说：

"黄河瀑布我以前来过几次,但是从来没有像今天这样走近,过去我只能远远地看一眼就离开,不敢靠前。一是那会儿没有防护栏,二是我的腿脚行动也不便,行走不像术后今天这样自如。今天我终于走到壶口瀑布面前,目睹了它的雄姿,我真高兴。"

在我的心里忽然漾起一股暖流,我为商泽军感到由衷的高兴,面对大地、面对黄河,诗人体悟了生命、体悟了自然,有了一种全新的自我升华。我想,来年的春天,一定要来看安泽的金色花海。新的诗行或许会在那里诞生。

春风吹来

那是 1980 年 3 月,我来北京参加 1979 年第二届全国短篇小说奖颁奖大会。临行前,在乌鲁木齐就听说我已被第五期文讲所录取。这事让我既有些意外,又感到高兴。颁奖大会期间,我们住在为全国各地前来瞻仰毛泽东主席遗容的代表而建的向阳一所(现在叫崇文门饭店),在人民大会堂参加颁奖活动,便在向阳一所马路对面的新桥饭店参加了几次座谈会。那时候媒体不像现在这么发达,参加这些活动和座谈会令人耳目一新。正是借着党的十一届三中全会的春风,文艺界迎来新的春天。大家都在热议如何把思想从"四人帮"的禁锢和设定的种种禁区中解放出来,让文学创作充满活力。许多人以前只闻其名,在这里却见其人,真正让我将其文与其人对上了号,一种自信便陡然而生。座谈会期间私下谈论的话题,往往是又有什么人已经落实政策回到了北京,工作安排在哪里,职务是不是恢复,工资是不是补发过,子女是不是随调进京,等等。到处洋溢着百废待举、百业待兴的态势,春风吹来,拂面而至。

颁奖活动一结束,蒋子龙、陈世旭和我几位获奖作者便被接到了文学讲习所。其实,20 世纪 50 年代初期由丁玲提议创办的文学讲习所共办过四期,那时鼓楼东大街 52 号院是学员宿舍,

103号院是校部和食堂,学员一日三餐要到这里进餐。丁玲不常到讲习所来,这里的日常工作由诗人田间主持。1957年"丁陈反党集团"被"定性"后,文学讲习所也就停办了,那个王府大院便逐渐变为文化部所属单位的大杂院,里面住满了人家。经过十年"文化大革命",尤其是经过唐山大地震后,院内更是盖满了名曰"防震棚"的各种小棚屋,已无可能退还给文学讲习所。于是,在丁玲复出后恢复办学的文学讲习所,临时租用朝阳区党校的校舍办学。朝阳区党校在静安庄,是一个独门独户的小院子,一进校园有一个小小的开阔地,迎面便是一个"T"字形的青砖瓦房,简陋得不能再简陋,朴素得不能再朴素了。周边则是一个小村落,附近有几座针织厂,而校园背后是一片菜地,一直延伸向远方。这环境和任何一座小县城毫无二致(现在已经变得一派繁华),我们就是在这样的环境中开始学习。

文学讲习所简称"文讲所",我理解或可沿袭了当年毛主席在广州举办的"农民运动讲习所"之名谓。文讲所的特点就在于没有院校系统的各科课程设置,讲座和专题报告一个连着一个。做讲座和专题报告的人,都是各部委领导、专家学者、大学教授、前辈作家、资深编辑,等等。他们各自都有一套成熟的思路,仁者见仁,智者见智,听罢讲座令人茅塞顿开。冯其庸和周汝昌都来讲过《红楼梦》。当然,关于《红楼梦》,日后还会有更多的作家和学者著书立说,各为其美,只是研究方法和切入点都不尽相同。说明这是一部读不尽道不完的百科全书式的鸿篇巨制,对中文写作有着不可替代的影响力。

那时候,"伤痕文学"正在淡去,代之而起的是"反思文学",而"改革文学"正在兴起。这也是和十一届三中全会以后打开国门,改革开放的大趋势相吻合。同学间几乎每天都在讨论新的文学现象,每一篇有影响力的新作问世,同学间都会相互传阅,相互交流。当然,更多的时间,同学们都在伏案疾书,创作新作。虽然四人一间,条件简陋,但是这并不影响各自的创作。其实,真正的作家只要铺得开一张稿纸,有一支笔就可以投入创作(现如今,只要有一台手提电脑,插上电源就可以创作)。有一批有影响力的作品就是在第五期文讲所期间创作完成的。包括后来改编为电影《芙蓉镇》的原作《爬满青藤的木屋》也正是在这里创作的。我自己的短篇小说《哦!十五岁的哈丽黛哟……》《遗恨》等,也是创作于第五期文讲所学习期间。

当然,打开国门的最早受益者群体之一,我认为其实是一批"文革"后复出的资深作家和新时期早期涌现的中青年文学新人。他们通过不同渠道最早能够读到"文革"前作为"内部资料"的苏欧文学译本(黄皮书)和最新出版的前卫文学作品(那时候没有网络,只能阅读纸介书籍)。现在看来,当时的许多作家作品,几乎都能找到影响他们创作的苏欧作家作品范本。个别作家后来被学者指认为直接大段抄袭了某些外国作家的作品,引起学界争鸣。这也是新时期文学难以逾越的历史鸿沟和不争的事实。新时期的文学正是由此一步步走向成熟,走向高原。

在朝阳区党校附近香河园那里有一座造纸厂(现已成为住宅

区），每到傍晚就会释放出难闻的气味。虽然令人不爽，但挡不住我们还是要三三两两地走出朝阳区党校院子，到附近散步。路两边长满了深深的杂草，哩哩啦啦的有一些远远的民居，路也坎坷不平。陈世旭刚刚从九江归来，他向我们笑谈九江之行的新遇。他说，在九江遇到几位老人，他们见了面就说："小伙子，听说你写了一篇《镇上的小将》，还获了全国奖，不错不错。"陈世旭和我同获1979年全国优秀短篇小说奖的作品名是《小镇上的将军》，我们听罢一个个捧腹哈哈大笑。那造纸厂释放的难闻气味在我们的笑声中也不知不觉烟消云散了。

"改革文学"的开山之作是《乔厂长上任记》，作者蒋子龙是我们第五期文讲所的学员班长，他后来又发表了《一个工厂秘书的日记》等一系列的改革文学作品。可以说在改革开放初期独执牛耳，震撼文坛，一再获奖，从某种意义上成为社会的聚焦人物。但是，随着国门大开，由计划经济向市场经济全面过渡，国有企业大批转制，下岗工人大批增加，面对这一切，蒋子龙笔下的乔厂长们也始料不及，无可奈何了。这就印证了文学的另一种结局：有时候文学走在时代前面，引领时代；有时候文学会和时代同步，甚或滞后于时代，陷入困惑与迷茫。这便是"改革文学"步入20世纪80年代中期以后后劲不足的客观历史原因。代之而起的是"知青文学""寻根文学"，乃至"后现代主义"文学，等等。2008年，我接任《中国作家》主编后，编辑部接到蒋子龙的长篇新著《农民帝国》，编辑部内对此作有不同意见。我认真拜读以后，对蒋子龙的艺术探索精神深为触动，当下拍板在文学版分两期连载。我以为蒋子龙来了一个华丽转身,让那些把他定格为工业题材作家的人大跌眼镜,他写的是几十年的农村生活,从旧中国到新中国,大起大落,风云跌宕。他以笔做利刃,将中国的农村丝丝缕缕做出犀利的剖析,令读者顿悟和释然。此作获得了"第二届中国作家鄂尔多斯文学奖"大奖,也是实至名归。

现在回想起来,在我们第五期文讲所学员中不经意间出现了许多代表新时期文学的顶梁作家和扛鼎之作,这一切将会由文学史去一一叙述。我作为这一期学员之一,深感荣幸和自豪。历史往往就发生在你我身边,40年改革开放历史也是我们共同走来的。

撕书引起的思索

一年一度的高考刚刚结束,网上传来两组画面。一组是城市孩子,在高高的教学楼上,将课本撕得粉碎,抛向楼下,那纷纷扬扬的书的碎片,似乎带着这些学生的一种宣泄、一种释放、一种快乐,撒向世界;另一组是边远藏区孩子,他们充满敬意地将金黄色的哈达献给母校——他们规规矩矩地将一条条代表藏民族最高贵礼仪的金黄色哈达挂在学校门口,然后跪地向母校磕头,以示他们的感恩之情,场面让人无不动容。这时候,无论是城市孩子还是藏区孩子,只是完成了本届高考,每一个人仅仅是靠估分来表达他们的喜怒哀乐,真正的高考分数还没出来,今年的高考招生分数线也还没有出来,更不要说被哪所大学录取。还不是该真正高兴的时候,而是处在一种宣泄阶段。

从蔡伦造纸到洛阳纸贵,直到纸的西传到活字印刷术流向西方,最终变为工业革命的内容之一,工业造纸和图书印刷衔接起来,成为世界普及知识的唯一媒介。将知识从教会和教堂传播到普通大众,由此引来文艺复兴,由此引来在知识面前人人平等,是图书这个人类默默无声的朋友的巨大贡献。即便今天,我们进入了信息时代,一切似乎都可以在网上解决,但是,图书的历史地位和价值依然无可撼动。那么,这些依靠图书的乳汁养育起来的学子，为什么对作为自己的知识之源、文化生命之根的图书如此不恭？我看到那些雪片似的纷纷扬扬抛向教学楼下的图书碎片，心情十分沉重。我听得到那些纸的碎片所发出的历史的沉吟，一种疼痛感弥漫在天际。百善孝为先、知恩图报是中华民族的美德，我们的学子对于十年寒窗所赋予知识的课本，就是这样报答的？匪夷所思。恐怕全世界也只有我国才有这样一次"集体无意识"行为。

对于这样的畸形社会行为，学校的态度如何呢？显然是默许默认！默许默认应届考生这样一种非理性行为。那么，学校的传统道德教育又体现在哪里？传承中华民族优秀文化传统，可不能矢志以空，要体现在每一个人包括应届考生的日常行为中。学校更不应该变成某一瞬间的集体发泄场。这是校方的责任，也是立法的盲区。

对于这样一个瞬间爆发的心理发泄浪潮，家长的态度又如何呢？显然是共振共鸣。家长会觉得终于可以和孩子同松一口气了。撕就撕吧，抛就抛吧，反正那课本的钱自己是付过的，已经是私有财产，可以随意处置。从幼儿园的学前教育起，他们就坚信一条：不能输在起跑线上。他们陪着孩子寒来暑往孜孜以求，苦读到今，该掏的掏了，该付出的也付出了，所期盼的孩子的人生分水岭将从这一天开始。孩子撕一撕书，抛一抛纸片，未尝不可，也没什么大不了的。他们在心中正在筹划如何实施早已计划好的陪同孩子旅游散心。

面对这样一种状态，社会的态度几乎是欣赏的，否则新媒体不会作为花边新闻予以刊布。每年一度的高考，在牵动亿万家庭最敏感的神经，已成为每一个社会成员的关注焦点。撕书抛纸片只是作为一种社会现象看待，没有人往更深处去想，更无法度约束。其实这是一种怪象和乱象。

科举制度在历史上是中国对世界文明的一种贡献。当然也有"范进中举"式的悲喜剧发生。但是，历史上闻所未闻那些考生在科考以后撕了书卷抛撒纸片的。即便范进也只是口中念着"中了，中了"而奔跑，亦未撕书发泄或取乐。今年也有一位51岁的考生，已经参加21次高考。我不知道他是不是也撕碎了所有的课本。我以为他不会，他是以一种冷静的理性追求来参考的，而不是一时心血来潮，所以他对书和知识是充满敬意的，不会以撕书取乐。对这样执着的人，应当充满敬意。

还有因几届高考落榜而患抑郁症，高考前从自家七层阳台一跃而下的悲情考生。轻生不是对待生命的正确态度。中国传统文化认为，身体发肤，父母授之，不敢毁伤，孝之始也。显然，爱护生命，是孝道首要内涵（当然，为国捐躯，壮烈牺牲，忠孝不能两全，也是中国传统文化的核心）。所以，不能为一点小事就寻死觅活。要热爱生命，热爱生活，考不上大学，同样可以做一名普通劳动者，为社会做出各自的贡献。过去讲，三百六十行，行行出状元。现在，恐怕已有三万六千行，三十六万行，行行照样出状元。每一个行业都是社会所需，足以容纳每一位劳动者以保持各自的尊严去为社会服务。

高考制度是应该改革，但是如何改革，如何更符合科学和人性化的社会诉求,这是一个命题。现在已经纷纷退休成为中国老年大军主干的77届、78届高考生,一辈子感谢邓小平恢复高考,让他们改变了各自的命运。这也是40年改革开放的重要成果之一。但是现在,生命的年轮已让这一切都变得模糊。记得在一次政协会上,一位领导就感慨:"我已知道高考制度的弊端,但是,比起那些形形色色的特权批条,或许高考成绩来得更公平些。"这也是五味杂陈的一种客观现实。

那么,高考便是我们应该遵循的社会公平的唯一道德底线吗?显然不完全是。

中国历史上出现过秦始皇"焚书坑儒",如果说这是实现了"书同文,车同轨",统一先秦七国,一统天下的始皇帝"暴君"的一面,那么今天的莘莘学子,过了高考便要撕碎课本来发泄,是否同样体现了"暴力"的一面,值得我们深思。显然,多元一体的中华民族传统文化,在今天需要各民族文化相互交融,共同丰富内涵,共同传承。这才是我们共同的目标。

一杯酒改变一个世界

党的十九大刚刚胜利闭幕，向世界宣告中国已进入新时代之际，2017年11月6日下午，在北京钓鱼台国宾馆举行了哈萨克斯坦总统努尔苏丹·阿比舍维奇·纳扎尔巴耶夫的中译本传记《纳扎尔巴耶夫：哈萨克斯坦的缔造者》首发式，而翌日便是十月革命一声炮响，给中国送来马克思列宁主义的纪念日。这或许是一个机缘巧合，却具有深邃的历史意义。

2015年10月，鄂云龙先生找到我说，他们翻译了英国乔纳森艾特肯勋爵撰写的《纳扎尔巴耶夫：哈萨克斯坦的缔造者》一书，准备交由人民出版社出版。但是，由于涉及哈萨克斯坦的人文文化、历史典故、人名地名、风俗习惯，他们又是由英文原著翻译，担心译成中文时会有疏漏抑或译误，希望我作为特邀编审，给这本译著把一把关，使其更为精确无误，让中文读者更能准确地了解、认知主人公博大的胸怀和独特经历。

我欣然接受了这一诚邀。在日常的忙碌之余，我在将近一个月的细细审读中，深深品味了该著的丰富内涵。这既是纳扎尔巴耶夫一个人的传记，也是哈萨克斯坦一个年轻而古老国度的鲜活历史。读者可以从中领略一位人民领袖成长的历程，与他怎样以坚忍不拔的意志和超人智慧，将一个国家引向和平之路、繁荣昌盛之路的。作者以极其开阔的视野,去描绘既陌生又熟悉的那一段波澜壮阔的历史画面,令读者对传记的主人公纳扎尔巴耶夫总统的人格魅力产生深深的敬意和景仰。这是一本不可多得的人物传记,与主人公在历史的转折关头所表现出来的大智大勇和决断气魄密切关联。

最令人震撼的是其中关于叶利钦于 1991 年 8 月 16 日至 18 日访问阿拉木图时的那一幕故事。叶利钦在阿拉木图的米迪欧山区和塔尔加峡谷酩酊大醉,以至于误过了原定下午 5 点起飞的航班,直到 8 月 18 日晚上 8 点,纳扎尔巴耶夫下令警察把机场清空(免得让人看到叶利钦的醉态),不得不连拖带拉地把叶利钦扶上舷梯,送入机舱。而在此时,其实在遥远的莫斯科已经开始发生政变。就在这一天上午,哈萨克斯坦西部的阿克丘宾斯克军事基地的苏联防空部队接到密令,有一架飞机将于当天下午 5 点从阿拉木图飞往莫斯科,必须把它打下来。基地的士兵们及时做好了准备,打算按照命令发射地对空导弹。但是下午 5 点,并没有飞往莫斯科的飞机起飞,士兵们等待了一两个小时后,把发射架放下来,使导弹处于免发射状态,因为密令者没有给予应对变化的应急命令。结果,鲍里斯·叶利钦在 8 月 18 日晚上于醉梦中安全飞抵莫斯科。正是醉酒拯救了叶利钦。一个意想不到的历史瞬间,被作者敏锐地发掘出来,展示在读者面前。

之后的结果似乎路人皆知——叶利钦站在坦克上,振臂高呼。具有 70 年历史的苏联大厦瞬间倾覆,阿芙乐尔号上的炮声似乎只作为历史的回音在那方土地上回响,但是,作者用细腻的笔触为我们揭开了历史的真实面纱。当8月19日早上醒来,当得知政变者的"紧急状态委员会"发布声明时,纳扎尔巴耶夫表现出了超常的政治智慧与政治定力,坚决抵制政变者,在催发政变流产进程中发挥了巨大作用。当8月20日下午,叶利钦在电话中说政变首脑们正在策划用坦克攻击他的办公处,恳求纳扎尔巴耶夫尽他的一切力量阻止这场流血冲突时,我们看到了苏联风雨飘摇之际纳扎尔巴耶夫的政治地位与政治作用。纳扎尔巴耶夫从阿拉木图接二连三地拨打政变者们的电话,严厉警告他们放弃所谓攻击叶利钦的"白宫"计划。直至给时任国防部长季米特里·雅佐夫——"紧急状态委员会"里的最关键人物打去电话,让他把坦克撤出莫斯科。在此后不到20分钟内,叶利钦的亲密助手之一给纳扎尔巴耶夫打来电话,向他报告说,原来正向"白宫"开来的坦克已经停止向前推进。在接下来的四小时里,越来越多的示威者拥上街头,而士兵们则离弃了他们的作战队伍。当叶利钦攀爬到一辆坦克上面,向群众发表令人难忘的演说时,可以想见,那历史性的一杯酒有多么重要。

纳扎尔巴耶夫此时依然坚定地维护苏联,抵制政变。但是,当苏联的历史走到尽头时,他毅然决然地带领年轻的哈萨克斯坦,告别核武器,力挽经济危机,重振雄风走向了今天。这一切,在作者乔纳森·艾特肯勋爵笔下展现得可圈可点、可歌可泣。应当说,这部书不只限于纳扎尔巴耶夫本人传记,也不仅仅是哈萨克斯坦的现今史,也是对苏联末期的挽歌、对冷战格局结束的通告。其价值是多方面的,相信读者会有独特收获。

2013年9月7日，习近平主席在哈萨克斯坦纳扎尔巴耶夫大学发表演讲时提出重振新丝绸之路——"一带一路"的倡议，与2014年纳扎尔巴耶夫总统提出的"光明之路"计划高度契合。党的十九大报告明确提出，积极促进"一带一路"国际合作，努力实现政策沟通、设施联通、贸易畅通、资金融通、民心相通，打造国际合作新平台，增添共同发展新动力。哈萨克斯坦是连接"一带一路"上的重要国家，这本传记的适时出版，无疑将对共建"一带一路"发挥独特作用。

与满树葱翠的叶片一同步入春天

自从 1 月 24 日,也就是大年三十没有出门以来,已经一个月有余。

回想起来,这一个多月,发生了太多太多的事请。

一夜间,全国和军队医生驰援武汉。我和天下一样感动,男儿有泪不轻弹,我和他们一样为逝者落泪,也为英雄挥泪。

在口罩短缺带来的焦虑逐渐缓解释然后,我们都明白,只有足不出户,才是最好的防控疫情方法。保护好自己,就是对社会、对国家,乃至对人类做出力所能及的贡献。

我待在家里,完成了《阿拜诗集》的翻译,也写了小说诗歌。但是,在这一切之余,还是有闲暇时间,该怎样度过?应当有一种临危不惧的休闲生活。

休闲生活其实是一种心态。我就有瞬间的心灵游离。

设若把你送到一座美丽的海岛,望着碧水蓝天,一道道洁白的浪花扑面而来,而你却心事重重,总是拗不开那些曾经的得失,你这还算得上休闲吗?你可能熟视无睹,有眼看不见蓝天,看不见碧绿的大海,更感觉不到浪花和涛声,陷于内心苦闷的一隅,不能自拔。这可不是休闲,常人说闹中取静,而你这是在静中寻烦。人世间的一切都会过去,当一切复如当初,你当如何面对?

我回味着我的休闲方式。我经常在旅途中度过。行进间我什么都不去想，而只是感受客观世界的存在，其中有无穷的奥妙，大多是以往被我忽略，甚或是不甚了解的情景。

　　有一次，我行进在山区，不经意间看到公路中间偶或会有一坨坨小鼓包，鼓包上还有不规则的裂痕。这当然是热胀冷缩原理所致。司机在谨慎绕过这些鼓包，有时候鼓包连绵，形成坑洼，司机不得不减下速来。但是，是什么力量能够让坚硬的路面鼓起，这让我陷入思索。当然是阳光、空气、雨雪风霜，是这些无形的手将路面扯起鼓包。这是我以往未加思索，甚或未认真关注的平常现象。现在我注意到了。原来，真正的力量是无形的，是一束光、一缕空气、一阵风雨、一片雪花，它们在无声无息地滋养着一切，也在不经意间改变着一切。你看那峭壁之下的一片碎石，那叫风化石带。连坚硬的岩石都可以风化，何况人乎？现在，一个隐形的新型冠状病毒，带着它诡异的鲜艳色彩，让人类如临深渊，因为渺小的它是人类共同的敌人。

　　己亥岁末的一天，一位老友的老伴离世，我参加为她举行的头七凭吊祭餐。我看到那位老友上了火，下嘴唇生了疱，一直燎到左下巴颏，一片暗黑。这是真正的急火攻心。我只是看了那么一眼，心里很疼。生命中相依为命的另一半离去了，他的内心是多么孤独、苍凉。人生苦短。不过，这一天北京的天气晴朗，外面刮着小风，天空蔚蓝，阳光灿烂，从窗口投进来，却有一丝冬日里正午特有的阳光的温暖。东边的窗户已经没有阳光直射，但视线很好。那里有一棵柿子树的树梢在风中轻轻晃动，在柿子树梢背后是一片胴体巨大的楼群。我注意到柿子树梢上还有几颗柿子没有摘下。这是北京人,不,是整个北方农民一种古老的传统。他们认为大地之母既然恩赐了五谷杂粮和美味水果,就要学会分享,人不能独吞。每年柿子熟了,不全摘尽,而是要在树上留下一些柿子,让鸟儿们分享。多么美好。此时没有鸟儿来啄食,我心想,在北京也就有喜鹊或灰喜鹊会来啄食吧,乌鸦或许不会来此树上,它们总会寻那些高高的山杨树梢栖息。也许,这几颗柿子会就这样干瘪在树枝上,到开春时,随着地气上升,树枝发芽,就自然掉落呢。我正想着,忽然看到一只麻雀(老北京人叫家雀、老家贼),落在枝头,先是机警地环顾四方,没有发现危险,也没有发现隔着二层楼房玻璃窗后我的视线,便一跃一跃地接近距主干最近的一颗柿子,在那里竟一小口一小口地啄食起来。这让我错愕不已。这是我第一次见到麻雀也会啄食树上的柿子。我举起手机拍下了这一在我几十年人生中第一次相遇的珍贵镜头,让它定格。或许,在这样一个肃穆的场合,我这样的举动有所不适。但是,我们在缅怀一个生命离去时,一个鲜活生命的如此活力让我内心深深触动。那只麻雀吃足了,略飞一下,落在一根横枝上,在那里左右搓了搓喙,心满意足地栖息片刻。这一切,都被摄入我的视频……

前几天,戴着口罩走出家门到院子里挪车,忽然发现门口那棵玉兰树正在生成骨朵,毛茸茸的甚是可爱。这可是寒冬,本以为冬天树叶掉尽,所有的树木都在昏睡,而玉兰树即便在寒冬也在汲取地火,孕育着即将在春天含苞待放的骨朵。这是对生命的一种责任，玉兰树并没有闲着，它与严寒分秒必争，只争春光早日来临。玉兰树的这种辛勤与恪守，令我深深感动，我对玉兰树投去真挚的注目礼。在这样严酷的时刻，玉兰树却在默默地展现无限生机。

我想起初冬时分驱车行进在路上，迁遇红灯，且这个路口红灯时间较长。我刹住车环顾左右，忽然发现左近旁的一棵山杨树上筑有一个鸟巢。再仔细看去，山杨树枝头也孕育着千百颗骨朵。我明白了，山杨树枝条虽然在寒风中摇曳，但那不是瑟瑟发抖，那是在呼吸，那是为在春风中招展满树的枝叶而蓄能。到了夏天，风声过处，我们便能听到哗啦啦的满树阔叶作响。绿灯亮了，我轻点油门，开始前行。常言说，人生一世，草木一秋。但我觉得，人活着不只是要看到萧瑟落叶，更要看到春天的百木华发。能看到第二年的一片绿叶，这便是生命中最大的迹象。我们每一个人，都应像一片树叶，在生命之树枝头吐芽。

那一天的路不算堵，车速不知不觉提了上去，我心情怡然……这便是我的休闲生活方式，我想。

人类，其实就是生长在生命之树不同枝丫上的每一枚叶片。随着时间的推移，随着东西方多国发现不明传染源的新冠肺炎，随着中国对防控疫情做出的贡献和经验，越发感受到我们是人类命运共同体。面对灾难，我们将分享这一切。

我期待着，生命与那满树葱翠的叶片一同步入春天。

节日盛多的地方

新疆是节日盛多的地方。

在我童年记忆中,每年春节,汉族同胞红红火火过大年,那时没有电视、没有春晚,只有鞭炮声伴随年夜。不过,人们的手头并不像现在这么充裕,可以随心所欲地购置鞭炮,在没有限令的地方可以彻夜燃放,而且鞭炮的当量也越来越大,花样越发绚丽多彩。我们哈萨克族是不过春节的,但是,听着隆隆的鞭炮声,也觉得新鲜、稀奇。

第二天早上醒来,左邻右舍的汉族小朋友都没出门,只见维吾尔小朋友在昨晚放过鞭炮的雪地里寻找没有炸响的小鞭炮,找来火柴点燃,听一声鞭炮孤零零的脆响,或是将被雪浸湿的鞭炮掰开来,将那点火药引燃,看着一缕火花冒出,散发出那点略略呛人的火药味,很是惬意。

差不多从晌午开始,那些机关企事业单位的维吾尔、哈萨克族干部,便会结伙到汉族同事家拜年。那些汉族同事也会认真准备清真饮食,请这些少数民族同事品尝。在这样的吉庆佳节,酒自然是少不了的。于是,过了中午,就会看到那些喝得富有兴致的各民族同胞,依依不舍地告别汉族同事家,喧哗着走在街头,形成一道亮丽的街景,偶或也会看到不胜酒力相互搀扶着的人。

节日过后，春节在老张或老李家喝高一事，会成为很长一段时间的谈资，同事之间的关系自然其乐融融。

新疆的锡伯族、满族同胞是过春节的。而维吾尔、哈萨克、回、柯尔克孜、塔吉克、乌兹别克、塔塔尔等民族不过春节，却有共同的节日古尔邦节、肉孜节（开斋节）。哈萨克、柯尔克孜等民族还过纳吾热孜节（春分节），塔塔尔族过撒班节（丰收节）。近年来，随着非物质文化遗产保护措施的实施，各民族还发掘和衍生出一些新的节日。

那时候，没有形成现今的长假制，春节只放三天假。新疆所有少数民族都同享三天假期。古尔邦节在新疆也是大节，所以穆斯林少数民族放三天假，汉族和其他少数民族同样享受一天假期。开斋节只给穆斯林少数民族放一天假。除此，各民族共享元旦、五一、十一节假日。由此新疆比别处多了一些节假日。

在新疆，穆斯林少数民族放假时，尤其是在三天古尔邦节期间，又有另一番节日景象。机关企事业单位汉族干部也会结伙到少数民族同事家拜年。热情好客的少数民族同胞，会把家里好吃好喝的如数捧出，与汉族同事尽情分享。于是，在欢声笑语中汉族干部也会开怀畅饮，那热烈气氛情同手足，同样的街景也会再现。

这些年来，随着电视覆盖率的提升，网络信息时代的来临，尤其是春晚成为一种文化生活内容，全民开始关注大年三十之夜这一文化大餐（尽管常常对有些节目褒贬不一），为此而入迷，为此而津津乐道。于是，一种全新的社会风情正在形成，无论传统过不过春节,春节这一天全新的文化内涵引起各民族人民的共鸣。各民族共庆佳节,团结和睦,才是我们国之昌盛的表现。

家风如镜

哈萨克人很讲家风,把家风称为"Tek"(帖克)。通常夸赞人家都是从品评家风开始,他们会说,那是有"帖克"的阿吾勒(牧村人家)。夸赞人家孩子有好家风熏陶,便会说,那是从有"帖克"的阿吾勒成长的孩子,所以才有教养,敬长辈,明礼仪,诚实善良。随后,还会加上一句,家风好的人家的孩子就是不一样。当然,好的家风会带来好的家道,这也是哈萨克人确信不疑的。

记得小时候有一天,我到溪边打水回来,无意中看到爷爷家的大黑狗在溪边吃草,是那种韭叶草。我很惊奇,第一次看到狗居然也会吃草,回来便告诉了奶奶。奶奶一边用纺锤搓在膝侧纺着毛线,一边意味深长地说:"这是吉兆,有一句老话说:'家道兴旺的人家,狗都会食草;家道衰败的人家,儿媳会行窃。'愿主襄助我的子孙白心白肠,永远善良。"这些话我迄今记忆犹新。

这些年来,拜金主义盛行,铜臭气弥漫在各种角落。哈萨克人也未能幸免。据说有一位城里的哈萨克人,订了郊区一位远亲家的牛奶,每天给小孙子吃鲜牛奶(他们顶看不上奶粉),再者一家人兑奶茶喝。起初,那位亲戚还算不错,每天送来的牛奶煮熟后还能结一层奶皮,让他们满是欢喜。因为现在城里买到的牛奶不是奶粉兑出的,就是脱脂牛奶,即便在家煮熟了也不会结奶皮。结奶皮的牛奶味道醇正,营养丰富,十分可口。

但是,不知不觉某一天他们发现,亲戚送来的牛奶不再结奶皮了。显然,亲戚开始往牛奶里兑水了。这一点让他们有些愕然,但是又不好说出口,怕伤了亲戚间的和气;不说又如鲠在喉,不吐不快。于是,从这一天早上开始,主人每天往盛奶的器皿里倒好了水,放在平常接送牛奶的门台上。那位亲戚一连几天都把水倒了,再把送来的牛奶盛好走人,继续往下一家订户送奶。终于有一天他实在忍不住好奇,敲开亲戚家的门。

主人开了门。送奶的亲戚开口便问:"一连几天了,每天您都往这器皿里倒好水放这里是为什么呢?"

主人笑了笑说:"我是想别麻烦您再往牛奶里兑水了,我们自备水好了。"

从此以后,亲戚家送来的牛奶又开始结奶皮了。

哈萨克人传统上是不售牛奶的,他们把一切乳汁崇奉为"阿克"(洁白),是生命之源。如今随着商品社会的发展步伐,哈萨克人也学会了将乳汁作为商品出售,这原本无可厚非。但是,与此同步学会往牛奶里兑水,令人啼笑皆非。商品社会其实是法制社会、诚信社会,然而,一度假冒伪劣猖獗,危害社会,现在这种势头开始得到有效遏制。一个充满公平、公正、诚信的社会,是需要我们每一位社会成员共同守护的。

世风与家风密不可分,家风如镜。我们每一个家庭都树立起良好的家风,来教育孩子,影响社会,我们的国家才会真正强大起来。

语言的故乡

也许是一种纯粹的个人喜好，我自小对语言有一种特殊的爱好。每听到一种新的语言，便会对它产生浓厚的兴趣。遗憾的是，那是一个封闭的年代，没有像今天这样全面开放的时代环境，任何语言你都有可能足不出户便可以自由接触。所以，只能局限于你所处的生活环境，有限地接触语言。

有趣的是，我从草原爷爷奶奶那里进城上学，开始学习汉语，不知不觉第一学期已经结束，我已经学会用汉语口语和同学们交流。寒假作业也完成得不错。第二学期开始了，以一种 ā、á、ǎ、à 的拼音学习四声发音方式，略显枯燥，却也十分有趣。那天中午放学，回家吃饭途中遇到一位维吾尔族同学，我们沿着路边的小河走着，天气暖洋洋的，嫩绿的小草已经冒芽，小河边上一片浅绿，真是一片春意融融。此时的草原也应该积雪融去，冰百合已经开过，牧草已经开始泛绿。那是一种多么美丽的旷野景色！你看看，春天已经到了。我对我的维吾尔族同学试图用维吾尔语会话。你在说什么？我的维吾尔族同学用疑惑的目光看着我。我又重复了一遍：Kuk lam kal di。我的维吾尔族同学问我，你说的 kuk lam kal di 是什么意思？我只好转换成汉语对他说，是春天来了的意思。他一下笑了起来，对我说，维吾尔语不叫 kuk lam kal di，而是叫 ati yaz kal di。我以为把哈萨克语 kok tem 单词发音方式尾音浊化，便会成为维吾尔语，原来是我错了。这时我笑了起来，维吾尔语竟是这样称呼春天的，ati yaz 直译过来是早夏之意，语言的世界真是奇妙无比。而今过去了 50 多年，这一切依然历历在目。

我的父亲是西医内科医生。他有一个习惯，喜欢把每一种新出的西药处方揣在上衣兜里，在家里一有闲暇时便会把那些处方拿出来仔细浏览。处方都是用拉丁文写成，同时还有英文、法文、德文、日文译文。我当时就很好奇，这些处方为什么没有中文呢？20 世纪 70 年代末的一天，我正在看《参考消息》，视线忽然被一篇文章吸引，是一位香港学者所写。文章内容几乎是在悲叹，在一个 1+ 一个 0 的时代，由于汉字笔画复杂繁多，已经进入不了电脑编程，我们将落后于电脑信息时代。我发现自己从来没有从这一角度想过这个问题，难道真的会是这样？好在那时写作我还面对的是 15×20 每页 300 字的稿纸，所以没有遇到太大困难，也没有产生那种落伍的挫折感。

1995 年夏季的一天，北京市政协组织委员参观王永民的电脑公司，我记得是在北图新楼座二层。第一次见到这位王码五笔字型输入法的发明者，对他充满敬意。原来当那位香港学者几乎悲叹的同时，王永民却在河南埋头苦干，探索汉字输入电脑编程之路。现在很多人已经忘却王永民是何许人也，但是，现行 200 多种汉字输入法，基本源自王码五笔字型输入法。王永民这位饱受河洛文化熏陶的人创造的王码五笔字型输入法，简直是仓颉再世，其历史地位自有后人评价。我至今珍藏着王永民亲自签名赠送的《王码五笔字型输入法》一书。而当时我正在和上小学的小儿子一起学习如何使用电脑，王永民的发明使我们如虎添翼。

2000年5月中旬的一天，我登上纽约双子座摩天大楼的110层，忽然迎面遇到一位美丽的黑人姑娘冲我招手。"过来，帅哥，买我的！"她说。我一下惊呆了，她居然一口流利的汉语，而且是字正腔圆的京腔！我问她："在哪里学的中文？"她不假思索地说："北京，芳草地小学。"语气中充满了一种自信和霸气。我当即就对同行的作家同行们说："咱们买这位姑娘的纪念品，就冲她这一口流利的中国话。"同行的作家朋友纷纷解囊来买这位黑人姑娘展位的纪念品，大家一边掏着美元，一边心里却是美滋滋的，那叫一个心甘情愿。2001年9月11日晚上9点多，我正在位于北京红联北村的家里，漫不经心地随意挑看电视频道，当无意间换到央视4频道时，一幕画面突然映入眼帘：一架喷气式客机，在纽约早晨的阳光下，直接撞向双子座东楼。火光霎时腾起，烈焰卷着黑烟袭向楼顶。不一会儿，又一架喷气式客机撞向双子座西楼，同样的惨景映现在眼前。而我的第一反应就是那位讲着字正腔圆的京腔的黑人姑娘是否安好。我在心里暗暗地给她设计了无数种可能：那天正好是她的轮休日，她没有来上班，所以就躲过了这一场劫难；那天早上她睡了个懒觉，没有赶上准点的地铁；那天早上，她的小汽车抛锚，没有赶上准点上班；那天早上，她正在加油站加油，所以没有遭遇那一幕；那天早上，她正在地下车库找车位，所以还没有来得及上到她在110层的展位,用一口流利的中文招揽顾客。总之,一千种可能,一万种可能,那天早上她没有在不幸遇难的 3000 多条生命的名单里,那从楼顶纵身跃下的人也不应该是她。这些年过去了,这位美丽的黑人姑娘的音容笑貌始终在我眼前浮现,她的个人安危一直以来是我心头的一个结。但愿她平安活在人世间,讲着她一口流利的中文。有时候,一个人就是一种语言的故乡。

2004 年 10 月,我随中国作家代表团参加巴黎书展。那天随团参观凡尔赛宫,旅游大巴的门刚一打开,几位高高大大的黑人青年就围拢过来,他们每人手上都拿着几块手表,开口就对我说,大哥,买我的表。我很惊奇,随口就问,在哪里学的中文?他们说,北京,二外。我一下乐了,北京第二外国语大学的毕业生,在凡尔赛宫门口兜售手表。我说,是什么表?他们说,雷达表,深圳的。中国电子产品就是这样随着中文走向世界。

2018 年 1 月,我和几位朋友在法兰克福落地,一路北上,途经科隆,不知不觉间就进入了荷兰(这里的国界就是在高速公路边上立着一块蓝色提示牌)。这里已经落过雪,但是,除了林荫底下,雪已融化,满眼是一片绿色。这里的草地冬天里也是一片鲜绿,一群群的天鹅栖息在草地上,煞是美丽。朋友傅穹亲自驱车一路为我们做着向导。在阿姆斯特丹风车湿地公园,一群群的水鸟起起落落,游来游去。风车却在那里兀自默想。有一层薄雾,却没有风。小傅把我们带到一处荷兰木屐展销馆。男主人开始用中文给我们讲解荷兰的木屐文化和生产技巧。这让我很惊奇。我问男主人,你是在哪里学的中文?他说,在阿姆斯特丹学的。

我说是哪所大学？他说，不是大学、是夜校。这更让我称奇。小傅说，现在很多华人开办了中文夜校，倒是方便了这些喜欢学习中文的人，这两口子就是其中的中文爱好者。几年前，国内来人观光，小傅带他们到这里来，都是由他做口语翻译。没出三五年时光，两口子已经学会中文，并且可以自己用中文讲解了。为了表示对自学中文的这两口子的敬意，我为孙女玛丽娅、孙子巴特尔选购了两双男女儿童木屐，付款时发现在付款台赫然摆放着支付宝，用手机一扫码就可以用人民币支付。这个世界真是变得越来越小。

　　离开阿姆斯特丹且行且住，一路南下，几天后我们驱车来到巴黎。黄昏时分，埃菲尔铁塔华灯初上，一派妖娆。不知怎么那天只开放了一部电梯，排队的人阵已成长龙。许多运动爱好者已顺铁塔铁梯攀缘而上。我们倒是有个约会，一位法国朋友邀请我们去吃晚宴。此时，时光已经不早，我们只好辞别埃菲尔铁塔去赴晚宴。当我们坐在79层楼顶餐厅时，发现埃菲尔铁塔就在眼前。小傅是德语专家，也精通英语，但是唯独法语不通，而我们的法国朋友除了法语，英语、德语一概不讲。善意的微笑和友好的眼神也能传达情感，但是毕竟不如语言沟通那样畅达。我们忽然想起手机上的百度翻译软件。于是，我们输入中文，然后按键钮译成法文；我们的朋友输入法文，再按键钮译成中文。这种交流虽然有点烦琐，但毕竟有了沟通。偶尔也会出现"金山快译"式的译误，我们只会会心地一笑，摇一摇头作罢。我在想，软件再好也不如硬件，要是我们会讲法语，或者我们的朋友会讲中文，就不会出现这种场景。埃菲尔铁塔的灯光每隔一小时会大放异彩，我们欣赏着奇异的灯光照亮巴黎的夜空，就这样缓缓交流着，倒也其乐融融。

2019年元旦我是在办公室度过的。那天史大姐过来洽谈电影和艺术交流事宜，说着说着话题便转到莫斯科现在很多小孩时兴学习中文。她在莫斯科和圣彼得堡的好多朋友，就让自己的孩子学习中文。这也是一个新的语言现象。有一次我在哈萨克斯坦阿拉木图下榻酒店，一位服务生主动与我用中文搭讪。我问他在哪所大学学的中文，他说他是在自学中文。我为他这种好学精神感动。年轻人喜欢学习是一种优秀品质，一个国度的年轻人喜欢学习，那这个国家一定会充满活力。

2008年年中，我接任《中国作家》主编后，便提出了新的办刊宗旨：用最优美的中文，写最美好的中国人形象，为全世界热爱中文的读者服务。我想，这也是我对一种语言作用的特殊理解。

辑二

笔上忆峥嵘

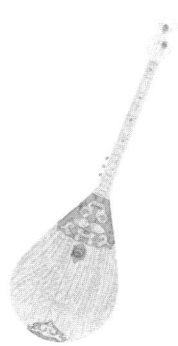

史超——笔上忆峥嵘

到延安时,史超还不满 18 岁。那时候,他与 11 位同道,走了 720 里地,从西安奔到了延安。

如今,93 岁高龄的史超回忆起初到延安的光景,还清晰如昨。当时,延安叫肤施,是个很小的地方。夸张点说,站在城中间一喊,四下都能听见。

七七事变后,史超放弃北京的学业奔赴西安,先在安吴堡青训班接受培训,后被派到河南周家口从事地下党工作。1938 年,史超被派往延安抗日军政大学学习。到了延安,抗大的人给安排了住处,就是在老百姓的平房里,地上铺着草,大家睡在草上。史超因为进来得晚,没有铺位了,索性就睡在一张八仙桌上,他的个儿高,只好蜷缩着。

在屋子里"窝"了三天,史超觉得该出去走走了。在哪儿能见到毛主席?人们告诉他:"向北走,北城靠东的地方有座小教堂,去那里就能看到了。"史超记得那天街上的人很少,还没有走到小教堂,就远远看到了毛主席。想到人们说可以找毛主席签字,他就拿着自己的青训班纪念册走上前去。毛主席十分平易近人,拿出笔,给他写下了一句"学习,学习,再学习"。

抗战时期,史超一直辗转于晋察冀前线,并先后在军政学院、延安大学、鲁迅艺术学院学习。1945年，时任晋冀鲁豫军区政治部文工团副团长的他开始了文学创作。到了1949年4月，渡江战役即将开始。这一天，邓小平同志让警卫员把担任宣传科科长的史超叫了过去，对他说："部队都快打过长江去了，连首过江的歌都还听不见，你这个宣传科科长怎么当的！"史超自知失职，连连检讨，并保证在两天之内让部队唱起来。小平同志叮嘱他："要好好写，唱起来要雄壮有力。"

战争年代，史超写东西的习惯是找一个马圈躲进去，清静，特别是冬天，马粪散发出的热气还能烘手，不至于冷得握不住笔。点亮一盏小油灯，开始写歌词。枪林弹雨中走过来的人，灵感来得快，不到半夜，歌词就写出来了，简洁明快，饱含激情，史超颇为满意。他跑回屋里，把睡得正甜的吴毅从床上拽了起来。吴毅作曲在二野是有名的，他的创作习惯也是"进马棚"。天刚放亮，手风琴声从马圈里传出，曲子已经谱成。史超赶来一听，不由得拍起手来，兴奋地说："这首歌就叫《打过长江去，解放全中国》，怎么样？"

歌曲一夜谱成，史超说不出地舒畅。他立即起草教唱通知，将新歌印发至部队，并教就近的警卫连率先唱起来。

这时警卫员来了，告诉史超，邓政委找他。史超提前完成了任务，自然脚步迈得轻盈。进了屋，正在批阅文件的小平同志撂下笔，抬眼看着史超，几秒钟没说话。"警卫连唱的是什么歌子？""是渡江歌曲《打过长江去，解放全中国》！"报歌名时，史超特地提高了嗓门。但小平同志不满意，说这歌子听上去简直是老和尚念经嗡嗡嗡，无精打采。

史超愣了，歌曲节奏很强烈，怎么会是"嗡嗡嗡"呢？为了弄清楚事情的真相，他马上跑到了警卫连，想听一听战士们到底唱得怎么样。这一听之下才发现，可不是吗，说是老和尚念经，一点都没说错。原来，那时候的指战员文化程度不高，把握不好歌曲的节奏。于是，史超请来了吴毅，吴毅一教，大家很快都会了。

第二天，警卫员又来找史超，让他马上去见邓政委。小平同志显然已经知道了情况，这一次，他给予史超热情的鼓励："很好！有气势，赶快发下去，让战士们唱起来！"

从那以后，史超笔耕不辍，还创作了电影文学剧本《秘密图纸》《五更寒》，参与创作了《大决战》，与人合作了话剧《东进！东进！》，还撰写了电视剧本《强盗的女儿》……如今，他依然没有停止努力的脚步，正在创作电影文学剧本《水上飞鱼》和长篇小说《一代人》。

对于史超来说，战场上的硝烟早已消散，而曾经的浴血奋战、岁月峥嵘，却已深深地镌刻在他的生命之中，化作他笔下的人物与故事，闪耀着英雄的荣光，也延续着历史的记忆。

(本文发表于《人民日报》2014 年 7 月 3 日)

光谷奇迹

虽是12月初了,那天上午,坐在赵梓森院士办公室,阳光从窗口倾泻进来,除了透着温暖,丝丝缕缕,寂静无声,在水泥地板上编织出窗棂的格子,让人感受到阳光的巧手才是最佳剪影大师。当然,阳光是传导一切能量的,它哺育生命,培育果实,给我们带来光明。然而,光,又在给我们带来一场静悄悄的科技和生活革命。

就像2009年诺贝尔物理学奖,在迟滞了43年后发给华裔科学家"光纤之父"高锟(Charles Kao)时,他已经小脑萎缩,患上老年痴呆症。高锟担任香港中文大学校长时的工作伙伴金耀基教授,在庆贺高锟获得诺贝尔物理学奖时不无感慨道,这个奖如果早一年到来就好了。高锟在旧金山家里接受采访时一脸茫然,只是重复道:"光纤……光纤之父……"显然,他已忘记了自己心爱的尖端科学。正如高锟中学同学李文彬所言,"精明还是痴呆已不重要。他的脑袋已达成造福世人的任务"。这就是人生,这就是生命。当然,这也是光纤之途。

正是高锟,早在1966年发表了一篇题为《光频率介质纤维表面波导》的论文,提出以石英基玻璃纤维(光纤)做长程信息传递,将带来一场通信业的革命,并提出当玻璃纤维损耗率下降到20分贝/公里（20dB/km）时，光纤维通信就会成功。1966年，高锟在标准电话实验室与何克汉共同提出光纤可以用作通信媒介。当时，世界上只有少数人相信这一发现。

通俗地说，光纤通信是利用光波作载波，以光纤作为传输媒质将信息从一处传至另一处的通信方式，被称为"有线"光通信。它正在深刻影响着通信方式，并由此推动当今经济社会发展的步伐，改变着人类的生活模式。

坐在我对面的赵梓森院士，是武汉·中国光谷首席科学家，被誉为"中国光纤之父"。80多岁了，个头瘦瘦小小，但精神饱满。说起光纤，他如数家珍，娓娓道来。他的叙述，与从那窗口泻进的阳光交织在一起，色彩缤纷，充满奇幻，确又有如阳光般真实存在。

光纤通信是个什么东西呢？他说："光纤就是个玻璃丝。过去我们打电话，看电视，计算机网络通信，用的都是铜线。后来发明了光纤之后，发现玻璃丝比铜线容载量不知要大多少倍。一根玻璃丝可以容载100个T，1000G（兆）才是一个T。它的单位以太比特/秒量级（1Tb/s=1000 Gb/s）计算。不知道可以装进多少电话，你把全中国的电话都可以装到一根光纤去。当然，实际使用到各地还是要分开的。"

我们现在有电话网、电视网、计算机网，都是光纤。包括移动电话，基站用的也是光纤。所以，我们老百姓用的电视机、电话机、计算机离不开光纤。我们的因特网都是光纤。因为电视、电话毕竟最后还是电，所以最后入户那点是铜线。在电信局之间，各地之间、市内之间、小区之间都是光纤。所以光纤对我们的生活影响太大了。

我忽然想起20世纪90年代初，为安装一部入户电话，四处求人奔波的情形。当时，一个电话号码难求，只好摸到小区西边一个塔楼内，那里有一个交换机房，付上3500元可以接入一个分机到家（当然，你还要按米数另付电话线费用）。蜂窝电话——大哥大，乃是少数人拥有的奢侈品。过了几年，北京电话号码普遍升位，直拨电话交付5000元即可申请获得。但是，由于那些楼房的设计早于这个时代，普遍没有预留电话入户线路与端口，这便是时代的局限（在今天看来它让人哑然失笑，甚或表示惊异乃至质疑）。于是，当年，我所居住的北京海淀区红联北村，塔楼外接电话线密如蛛网，一条条粗硕的黑线飞入家家户户的窗口，十分扎眼，却又自成一景……

然而，每一条道路都有先驱者，这是历史的使然，也是常人所始料不及的。在很早以前的20世纪70年代，赵梓森就已投入研究光纤之道。当时，正值"文化大革命"，非常艰难。第一个困难是谁去搞技术都会被说成只专不红，走白专道路，要遭受批判和指责。第二个困难是国内很多人不知道光纤为何物，世界上美国1976年才开始用光纤通信。会上就有人质疑赵梓森，玻璃丝怎么通信呢？他们说："赵梓森啊，你说用玻璃丝能通信，能行吗？要花上千万元，你负得了这个责任吗？"当然，"文化大革命"期间不可能搞引进，闭关锁国，国门紧闭，已经与世隔绝。当时武汉图书馆有关光纤的外国杂志也只有一本，又没有复印机，赵梓森只好手抄回来给大家看人家是在怎么做。

赵梓森院士说，现在看起来，光纤通信对大家来说好处实在是太大了。一根玻璃丝能替代一大捆的电缆都不止，才5毛钱一米，光纤价格很便宜。原来认为，光纤只有20年的寿命。上个月还在这样讲。但是，2013年年底终于修正了这一误区，中国电信总工程师韦乐平开始认为，石英玻璃做成的光纤，寿命现在无法估量。石英玻璃比陶瓷还要坚固。出土的陶瓷文物，几千年了依然光鲜如故，何况石英玻璃寿命不比陶瓷短。显然，今后将原来敷设的光纤，两端设备更新一下就可以适应时代的需求了。

在中国最早做出光纤的就是武汉，所以国家在武汉兴建光谷，将中国最大的光通信研究基地设在这里。现在中国的光纤制造、光纤通信器件制造业集中在武汉光谷，产量占世界的1/2，或者说，总产量是世界第一。光纤通信设备产量是全世界的1/3，光纤销售量为世界第一。这是武汉光谷创造的奇迹，也与1979年赵梓森在此拉制出的第一根玻璃线有历史渊源。

我望着眼前这位清癯的老人，感佩他体内所积蓄的无限能量；望着他那双充满智慧与慈祥的双目，领悟了真正的人间光源所在。

赵梓森院士祖籍广东中山，生长在上海，是我国最早提出发展光纤通信的专家之一（或许是某种命运的巧合，高锟也生长在上海，比赵梓森晚生一年），他于1979年在武汉成功拉制出我国第一根具有实用价值、每公里衰耗只有4分贝（4dB/km）的光纤，并创建了我国多项具有光通信发展里程碑意义的光通信系统和工程，在国内率先提出"用石英做光纤、半导体激光器做光源、数字编码做通信机"的正确技术方向并一直被沿用至今,是我国光纤通信技术的主要奠基人和公认的开拓者,也因此享有"中国光纤之父"美誉。

光纤的诞生,的确引发了一场通信技术的革命。或者说,它不仅引发了一场通信技术的革命,也是人类生活方式的一场革命。我们每一个人都是这一伟大发明的分享者。感谢这个时代,也感谢武汉这座具有光荣革命传统和创造力的城市。

拥有自己读者的作家

我第一次看到张贤亮的名字,是在读到他的小说《邢老汉和狗的故事》。巧的是,我是在此之前以处女作《努尔曼老汉和猎狗巴力斯》获得1979年全国短篇小说奖,所以,对他写到狗的故事很感亲切,遂找来作品一睹为快。

那时候,十一届三中全会刚刚开过,党的"一个中心,两个基本点"基本路线得以确立和贯彻执行,政治上拨乱反正,深入揭批"四人帮"的倒行逆施,百废待举,百业待兴;与此同时,国门开始打开,实行改革开放,以经济建设为中心,国民经济从濒临崩溃的边缘开始走向复苏,新时期的帷幕徐徐拉开。而这一时期的文学,迎来了又一个春天,自觉担当起揭批"四人帮"、清算极"左"路线的历史重任,将人人意中所有、语中所无的郁结以艺术的形式表达出来,深受人民群众欢迎,呈现出一时"洛阳纸贵"的奇观。那些作品可谓惊世骇俗、振聋发聩,为解放思想、历史的进步与发展做出了不可替代的贡献。张贤亮正是这一伟大历史洪流中涌现的一位作家。《邢老汉和狗的故事》正是一篇直面人生,直面社会,以真实的故事、灼人的细节、犀利的语言写出一个卑微者的命运的小说。作品通过邢老汉与讨饭女、狗的故事交织的命运,揭露了"文革"极"左"时期令人发指的荒诞行径和所酿成的人间悲剧。作品极具艺术张力和思想内涵，成为新时期之初不可多得的佳作之一。

当然，张贤亮是一位命运多舛、饱经沧桑的作家。1955年中学毕业后，19岁的他因家庭出身问题，从北京迁到甘肃省宁夏专区（宁夏回族自治区于1957年成立）贺兰县，在甘肃省干部文化学校（宁夏回族自治区党校前身）任教。1957年因在《延河》文学月刊上发表长诗《大风歌》而被划成右派（后来又戴上现行反革命帽子），被判过刑，遭受22年的劳改、劳教、管制、监禁，直到1979年9月获得平反落实政策（《邢老汉和狗的故事》便创作于1979年10月他重新任教的南梁农场）。但是，从他后来20世纪80年代井喷式发表的一系列作品中我们可以看出，他始终没有放弃信念。一边读着仅允许他带入劳改农场的《资本论》，一边忍受着饥饿，一边思索着国家的命运。他从最初的惶恐到在心底得出自己的结论，这些又支撑着他心灵的天空没有灰暗下来，更没有绝望，他最终目睹了那些历史错误的矫枉过正。而在他创作的系列作品中，我们从几位主人公章永麟、许灵均"右派"知识分子身上，可以清晰地看到张贤亮自己的影子。

在那一时期，张贤亮先后发表了短篇小说《邢老汉和狗的故事》《灵与肉》《肖尔布拉克》《初吻》等，中篇小说《土牢情话》《龙种》《河的子孙》《无法苏醒》《早安朋友》《浪漫的黑炮》《绿化树》《男人的一半是女人》《青春期》《一亿六》等，长篇小说《男人的风格》《习惯死亡》《我的菩提树》。先后结集出版的选集有中短篇小说集《灵与肉》、《感情的历程》（又称"唯物论者的启示录"）、《张贤亮集》以及长篇文学性政论随笔《小说中国》、随笔集《中国文人的另一种思路》等。其中《灵与肉》《肖尔布拉克》分别获 1980 年及 1983 年全国优秀短篇小说奖，《绿化树》获第三届全国优秀中篇小说奖。他是当时"伤痕""反思"文学浪潮中的重要作家之一。按张贤亮自己的话说，他是中国（当代文学）第一个写性的、第一个写饥饿的、第一个写城市改革的、第一个写中学生早恋的、第一个写劳改队的……他的每一部作品问世，几乎都是在闯文学"禁区"，在文坛要带来某种骚动和争议，而他忠实的读者会即刻对他追捧。应当说，他是一位拥有自己读者的作家。

张贤亮的小说及时改编为电影搬上银幕，进一步扩大了他的作品的影响力。像《牧马人》《黑炮事件》《异想天开》《我们是世界》等影片，一经问世便一炮走红。与电影一起走红的，当然还有那些明星和导演。从另一种意义上说，张贤亮由此与中国影视界奠定了良好基础，结下善缘。这也是一种伏笔。所以，当张贤亮在自觉创作井喷期已经过去，需要来一个华丽转身的时候，建一座影视城便顺理成章。1992 年 12 月，张贤亮以自己作品外文版版权获得的外汇存折（折合人民币 70 多万元）作抵押，借贷创办宁夏华夏西部影视城公司。如今，公司所属的镇北堡西部影视城，已然成为中国西部最著名的影视城，《大话西游》《新龙门客栈》《大红灯笼高高挂》等 100 余部影视作品曾在这里拍摄。

今年 8 月间，我到镇北堡西部影城走了一圈。讲解员在娓娓讲述着张贤亮创办影视城的每一个细节，对张贤亮的景仰之情溢于言表。一群群来自天南地北的游客，在这座始建于 600 多年前古城堡间穿梭如织，似乎人人都知晓给予这座古城堡以全新生命活力的人，便是作家张贤亮。那一部部影视作品摄制时留下的场景和道具，更是无言地诉说和印证着这一切。一位作家，除了写作，还能给一方百姓带来福祉，让这么多的人就业，让这么多的人分享快乐，已经是一种奇迹。我感觉得到，张贤亮已成为宁夏的一张名片和骄傲，坊间的故事也在自然流传。

人生苦短，生命有其规律。张贤亮曾说，到了 90 岁时，他还会写作，会告诉读者更多的故事。然而今天，他带着自己更多的故事已驾鹤西去。但是，他留下的作品，具有特殊的生命力，将继续伴随读者走下去。这便是文学作品的魅力和活力所在。

目览两个世纪的人

2014年10月18日,最后一位现任外裔全国政协委员沙博理先生走了。99岁的他,其实目览了两个世纪。他深邃的目光洞察着这个世界。也许,他这一走就带走了一个时代,不知何时会有新的外裔政协委员走进政协。

沙博理先生1915年12月23日出生在美国纽约一个犹太人家庭,青年时期毕业于圣约翰大学法律系。他参加过第二次世界大战,成为美国陆军一名高射炮士兵。后来由于时局的需要,美国决定培养一批军人学习世界语言,沙博理被派去学中文和中国的历史文化。由此他的一生与中文和中国文化结下不解之缘,甚至预示着他的生命将在中国大地上生根、开花、结果,最终回归这一片土地。但在当时,这一切对沙博理本人来说,都是一个浑然不知的未卜未来。第二次世界大战结束了,退伍后沙博理用退伍津贴进入哥伦比亚大学继续学习中文和中国历史文化,又转到耶鲁大学继续学习,前后持续九个月时间。

1947年4月,32岁的沙博理抱着"到中国看看"的初衷,带着仅有的200美元孤自一身来到上海。令他始料不及的是,从此便在中国扎下了根,一晃过去了67个年头,直到走到生命的尽头。当年,沙博理刚来中国就结识了上海著名演员、进步作家凤子，由同情进步活动转而投身中国革命，第二年两人结为夫妇。在她的帮助下，沙博理汉语水平迅速提升，而且对中国文化有了更加深入的了解。沙博理曾经说过："因为凤子，我才能适应并且心满意足地生活在中国。她已成为我的中国。凤子、Phoenix（凤凰牌自行车）、我的中国的凤凰。我爱上了凤凰，也爱上了中国龙。"1949年10月1日，夫妇俩应邀在天安门前观礼台参加开国大典。从此沙博理决定留在中国，投身于中国的发展和一种新的生活。1951年他在对外文化联络局工作，1954年后便在外文出版局人民画报社任职。沙博理先生1952年开始发表译作，1956年第一本译著出版，迄今翻译了《家》《春蚕》《小城春秋》《铜墙铁壁》《平原烈火》《新儿女英雄传》《保卫延安》《林海雪原》《李有才板话及其他故事》《柳堡的故事》《创业史》《我的父亲邓小平》等20多部1000多万字中国文学作品。他先后出版和发表了《一个美国人在中国》《四川的经济改革》《马海德：美国医生乔治·哈特姆在中国的传奇》《我的中国》等作品。另外，整理编译《中国古代犹太人：中国学者研究文集点评》《中国古代刑法与案例传说》《中国文学集锦：从明代到毛泽东时代》等著作。其中享有盛誉的是他翻译的中国古典名著《水浒传》，这部英译本被认为是达到了"信、达、雅"佳境的精妙之作。他曾说："翻译中国文学是我的职业，也是我的乐趣。它使我有机会去'认识'更多的中国人，到更多的地方去'旅行'，比我几辈子可能做到的还要多。"通过他的译笔，向世界展示了丰厚的中国形象，他也由此获得了"彩虹翻译奖""国际传播终身荣誉奖""中国翻译文化终身成就奖""影响世界华人终身成就奖"等诸多奖项。

1963年，沙博理先生由周恩来总理批准加入中国国籍。自1983年离休后担任第六届全国政协委员以来至第十二届连任六届。他始终积极参政议政，常到全国各地考察，对一些问题提出提案，在全国政协大会上代表外裔委员发言，履行政协委员职责。应当说，沙博理先生是中国人民跨世纪的朋友。

我第一次也是最后一次见到沙博理先生，是在2013年"两会"期间，几位委员代表新闻出版界前去看望因身体原因未能到会的他老人家。那一天，他见到我们很高兴，爽朗地笑着说："对我来说，已经活到98岁了，生命可能还有几年，几个月，几天，或者几小时。但是这不要紧，要紧的是，还能和你们这些新老朋友相见。"豁达的心境、坦荡的胸怀，让我们肃然起敬。相隔一年半之后，老人家走完了99岁生命的历程，将毕生的智慧、情感和爱无私地奉献给了中国大地，也由于他的译著和作品的影响力，他成为中国文化和中国文学对外宣传的标志性人物。

智者已逝，风骨永存，我们怀念可亲可敬的沙博理先生。

我和王蒙老师的民族文学情缘

我17岁第一次见到王蒙老师。我16岁初中毕业下乡,是一名知青,后来到伊宁县一个公社(红星公社,现在的吐鲁番于孜乡)去当新闻干事。那时候王蒙老师是自治区文化厅一个"三结合"创作组的成员,只有执笔权,没有署名权。创作组成员中也有画家,他们准备以我们公社所在地阶级斗争的活教材"血泪树"为题材,创作一本《血泪树》连环画。公社党委吴元生书记让我给这个创作组当翻译。当时王蒙老师不需要我翻译,他自己直接就和这里的维吾尔族贫下中农老乡们交流。我就奇怪了,问和他一起来的都幸福:"这个人是什么人,他怎么懂维吾尔语?"都幸福回答说:"这个人是作家,当年写过《组织部新来的年轻人》,受到了毛主席点名批评,所以被打成了'右派',后来被发放到新疆,在伊犁巴彦岱待了6年,后来又回到了乌鲁木齐。"我一听到他是被毛主席点过名的人,立即肃然起敬,因为当时在我看来被毛主席点过名的人,无论是好人坏人都不得了,只要是上了他老人家的口,肯定是了不起的人物。在这之前,我读过很多长篇小说,很多都是国外故去作家的作品,或者是国内那些离我很遥远的老作家的作品,突然看到一个活生生的作家站在面前的时候,我是既感动又激动,突然就萌生了一个念想:我为什么不可以做一个作家?

我的作家梦就是17岁那年,王蒙老师在我心里种下的,然后就这么一路走来。

后来,我的作品获得1979年全国优秀短篇小说奖,到北京领奖时见到王蒙老师,他说:"人民文学出版社编辑出版获奖作品集,让我看了你那个短篇,格言民谚多了一点,我给你删了一些,你不会介意吧?"我说:"这怎么可能?我怎么会介意呢?我感激不尽!"他告诉我说,写小说民间格言不要用太多。这是对我智慧的一个启迪。在这之前,我觉得写少数民族生活题材小说,大量地用民间俚语、格言可能会更有民族特色,但是王蒙老师这一下就把天窗打开了,我就明白了。

得奖以后,第五期文学讲习所(鲁迅文学院的前身)就把我留下来学习。记得那会儿拿来了15个老前辈的名字,让我们自己选择导师。我一看,里头有著名的作家,特别是爷爷辈的作家,我就说我选王蒙老师。选他的理由是因为他在新疆生活过,在伊犁这片土地上学会了维吾尔语。而伊犁河谷是非常典型的地区,这里既有高山草原,又有森林、雪山,一眼望去,从雪线到平原看不到头。伊犁土地肥沃,气候适宜。他熟悉这一块土地,如果和他交流文学创作,他能点化我。别的老师虽然都是大家,但他们对新疆这块土地是陌生的,所以我就选择了王蒙老师。还有陈世旭和瞿小平、刘淑华两位也选择了他。

我们第一次见王蒙老师的时候,他非常谦虚地说:"你们怎么能成我学生呢?你们也是得过全国奖的人,我是'摘桃派',

我摘了你们这些桃子。"其实这是一种非常谦虚的说法,他这么一说,我就更加尊敬他了。

1981年,王蒙老师又去新疆,我就跟着王蒙老师去了伊犁的尼勒克县,和他当年在巴彦岱公社当副大队长时的公社党委书记、时任尼勒克县县委书记刘成同志,一起到9月的天山草原走一圈,回来他就写了表现哈萨克生活的短篇小说《最后的陶》和著名的中篇小说《杂色》。我觉得,伊犁的生活对王蒙老师掌握维吾尔语和对新疆少数民族文化的了解和学习至关重要。让王蒙老师真正了解维吾尔文化、其他少数民族文化和新疆地域风光,应该是从伊犁开始的。李白也应该在这一带生活过,实际上根据郭沫若的考证,李白诞生地是在中亚(现今吉尔吉斯斯坦境内)的碎叶城,也就是西域,4岁的时候才回到四川。

到现在为止,我认为中国历史上有两位作家在语言上是不可模仿的,一个是唐代李白这种浪漫主义的诗,1000多年了,现在还没有人能按他的这种模式来写,因为他4岁以前就会西域那边的语言,而这种语言给他一种心理文化的参照系。第二个就是王蒙老师的小说,王蒙老师的小说从文本学意义上研究,很多人说他是意识流,也有人说他是黑色幽默,其实我读了以后,觉得他语言的那种排山倒海的气势,是一种典型的中亚叙述方式,也包含了维吾尔语和哈萨克语的机智、幽默。

很多作家懂英语、懂德语、懂法语、懂日语,很多语言都懂,但是维吾尔语和哈萨克语他们不懂!王蒙老师语言的精妙之处就来自这里,反过来又对中国当代的文学创作做出了巨大贡献。我觉得用古老汉语中的成语来形容王蒙老师,就是"塞翁失马,焉知非福"。当时他被打成"右派",被发配到新疆(尽管他是主动要求去的),他作为一个有主见、有追求的文化人,学习了当地语言和文化之后,成为中国顶天立地的作家。

现在大家研究王蒙老师的思想,崔建飞说到他的作品体现了当代政治史,我觉得还要加一点,就是与少数民族的交往史。王蒙老师与新疆维吾尔族、哈萨克族普通百姓都是朋友,这些朋友甚至找到北京来。好多次他给我打电话,说当年的某某来了,甚至某某的孩子来了,你替我接待一下。在北京我们多次和维吾尔族领袖级的人物在一起聚会,他们对王蒙老师非常尊敬,我觉着王蒙老师促进了民族之间的文化和谐,他是一个真正的文化使者!

"七五"事件以后,我觉得有一种冰凉的事情发生,这个时候正好王蒙老师的新疆题材作品集出来,由我们《中国作家》出面组织,在中国作家协会举办了一个他的新疆题材作品集研讨会,在北京的几位维吾尔族领导人都参加了,然后我们在新疆又搞了个首发式。王蒙老师那些作品,维吾尔族人民由衷喜爱。他们一般都把王蒙老师称呼为"王蒙阿卡(大哥)"。所以,我觉得在研究王蒙老师文艺思想的时候,不要忘记他在民族间的亲和力,这是他的独特贡献。

他写维吾尔族也好,写哈萨克族也好,那些都已经成为当地文学史的名篇,是维吾尔族生活的集大成者。发表长篇小说《这边风景》时,王蒙老师对我说:"我离开新疆30多年了,年岁也大了,有些事也记不太清了,你给我做个特邀编辑,把把关。"然后让我把书从头到尾全部看了一遍。我感觉他把伊犁的生活写得非常美好,而且还原了当时伊犁的生活。因为经过几十年的发展,那种风光、那种自然的人文的环境、那种地质地貌,都会发生变化,那些活着的人都已经故去了,当时的语言形态与今天的语言形态都会发生变化。这本书的重大意义就是还原了当时社会那种真实的状况,而这种还原,不光是对文学的还原,实际上是对人文社会的还原,对历史的还原,对参照物的还原,对人心的还原。在这点上,王蒙老师这些作品不光是对我们中文读者,而且对少数民族读者都是不可或缺的范本。

王蒙老师的重要性,新疆的领导们也都认识到了,2013年聘请他为新疆维吾尔自治区人民政府的文化顾问。其实他的作用还远不止于此,有些现象正是因为王蒙老师直接向中央反映,才得到修正或者是重新定位的,这些东西都值得我们认真地研究和探讨,然后再来阅读王蒙老师的作品,你会有新的收获、新的理解。

学术研究,我们不能是简单地从文本到文本研究,从文本到文本的研究只是冰山浮在海面上我们能看到的一部分,真正支撑冰山的海底部分,我们却没有看到。像他这样有深厚政治资历和睿智眼光的大作家,才有这种洞察力,才能对社会从整体上进行把握。《中国作家》杂志1989年第2期发表王蒙老师的小说《坚硬的稀粥》,它不但是文学作品,而且是一部真正透彻地剖析社会的作品。这样的作品体现了只有他这样做过部长的人,真正到达过政治高层的人，才能有这样的眼光，才能有这样超拔的视野。

因为他了解新疆，在那里真正和老百姓摸爬滚打16年，后来又在乌鲁木齐工作，又到五七干校，又到这里那里的，去了很多地方，到重新执笔写作的时候，真的是一发而不可收！那时候我也刚刚开始写小说，他发的每一篇作品，无论发在哪里，我都要设法找来第一时间阅读，阅读完以后，那种畅快淋漓、那种欢畅、那种喜悦、那种心灵的收获是难以表达的。正是他这种睿智的释放，对新时期的中国文学发挥了革命性的作用！

生命力顽强的张胜友

我和张胜友在中国作家出版集团曾经搭班子工作,他是"班长",我是"副班长",但他年长于我,所以早于我退休。前年春节后他病重住院,我和何建明去协和医院看望他,他住在重症监护室,处于深度昏迷状态,各类管子插在他的嘴和鼻孔里,他几乎是靠人工呼吸机保持呼吸,一种生命的无助无奈状态就在眼前展现。感谢当代医学,医生和护士一丝不苟地在救护他,这让我心里感到温暖。

他就这样深度昏迷了一个多月,医生护士终于把他从死神手里救了回来。得知胜友已从重症监护室平安出来,回到病房,4月末的一天,我来到协和医院看望他。

那一天,阳光很好,从窗口投入病房有一种别样的温暖。胜友心情很好,尽管鼻子插着吸氧管,手上还是端着一杯咖啡(他喜欢喝咖啡),和我们谈笑风生说起这次从死亡线边缘回来的奇迹。一旁的护士都忍不住插嘴道:"从 ICU 活着出来回到病房的就是您了。"胜友脸上漾起了儿童般的天真笑容,把他那与死神搏斗过程中尚未来得及染黑的白发色泽"浸染"下去了。显然,他对生命恢复了自信。我对他顽强的生命力充满敬意。

其实,在这之前一年,胜友就发现已患白血病,他到台湾接受过换血治疗,之后便有大的好转。他几次告诉我:"其实治疗并不复杂,就是每一次从你的静脉中抽取50CC血液,然后培植杀菌10天,再输回你的静脉,这样来杀你血液中的白血病毒,恢复你的健康。"每隔3个月他要飞去一次台湾,接受治疗。他自觉恢复得很好了,于是,他又开始参加一如既往的活跃生活。

胜友是个生性快乐又知恩图报的人。有一次坐下来闲聊,他就说,其实,艾克,我们这些人都是知足的人。我当年中学毕业回到农村,我学的是裁缝,如果不是恢复高考,如果不是十一届三中全会,如果不是改革开放,哪有我们的今天?说不定我就在福建乡下老死终生了!所以,他对这个时代、对祖国、对党和人民充满感恩之情。在他一系列的报告文学作品和电视政论片中,这一主题得到强烈体现。这是有目共睹的。

也许是与他复旦大学文学专业毕业和在《光明日报》的职业生涯有关,胜友对政治有极高的热忱和敏感。和他出差同行或是在会议间隔、茶余饭后,他的话题永远离不开政治。不是谈论当下国内外时政,就是回顾已成为历史片段的记忆。有一次,在十一届全国政协会议期间,我列席全国人大会议,在人民大会堂听取两院报告,中间出来喝水,在大会堂大厅遇见胜友(我们分在不同界别,会议住所不同,所以在大会堂见面觉得很亲切),他一把抓住我的手说:"走,我们在那边坐坐。"我们各自端着水杯,走到大会堂大厅沿墙根摆放的软椅上,他就滔滔不绝地谈论起当时的反腐局势,兴奋异常,两眼放着光芒。说着说着,他的腔调忽然低了下来,他说:"嘿,艾克,命里没有莫强求,当官也得要有那个命,我也想开了……"

一次,我在中国作协和吉狄马加谈完事,马加送我出门,正好在过道遇见胜友(那时胜友刚进中国作协书记处),马加便笑着说:"我说这是谁呀,还没见人就见到两颗门牙,原来是胜友呀。"胜友便嘿嘿地笑了。不久,就看到胜友换了一副牙。我和他2003年年底搭班子时,每逢他笑,就看到整齐洁白的门牙,我便会想起那天马加和他对话的情景。而今,胜友已驾鹤西去,他的音容笑貌依然在我眼前。一路走好,胜友。

苏叔阳的世界

我和苏叔阳认识在20世纪80年代初。

那时候改革开放之风劲吹，文坛也一扫种种禁区，迎来了空前繁荣景象。苏叔阳正是此时的弄潮儿之一。他的话剧《丹心谱》一炮走红，获得新中国成立30年文艺会演创作一等奖。随后，1980年推出同名电影。由此，话剧、电影、小说、散文、诗歌、纪实文学、纪实片、电视解说词、理论著作、历史随笔……各种文学体裁无一遗漏，令读者眼花缭乱，目不暇接。这就是苏叔阳的世界。

但苏叔阳生性温和，为人低调，不是乍一成功就张扬的人。以至于他直到后来满头白发，依然说："我还是涉世不深的少年郎。"面对成就却说："我只是一个尽自己微小的才能为人民服务的艺工。"他的这种谦逊风格透着一种儒雅，备受人尊敬。

第六次全国文代会、第五次全国作代会期间，在人民大会堂举行联欢晚会。那场晚会的总策划、总导演便是苏叔阳。其实，早在此前的1993年他就被查出患了癌症，先因胃癌切除一部分胃，1994年5月又因肾癌切去了右肾。但在这天晚上，在人民大会堂三层宴会厅，几乎每一个角落都能看到苏叔阳的身影，他在现场协调晚会的每一个细节。当晚，正好我和我夫人坐的10

号桌紧邻中央领导所坐的1号桌,当报幕员报出由加米拉演唱《都达尔和玛丽亚》时,加米拉没有出现在舞台上,而是出现在我们的身后。加米拉的先生哈米提,是著名哈萨克族军旅男高音歌唱家,我对他们有一种天然的亲近感。此时,随着歌声唱起,大家的注意力从舞台转向了我们的方向。加米拉唱完第一段,在乐队演奏过门的当儿,走过去请出了当时的一位国家领导人,于是,一场旷古二重唱就在我们身旁唱响……

晚会结束时,在大会堂又遇到了苏叔阳,他很快乐地问我:"怎么样,这节目安排得怎么样?"我说:"非常棒,尤其二重唱是今天晚会可圈可点的高潮……"

后来,在各种文学活动或会议中相遇,我们都会坐在一起,无所不谈。他还特别推荐我担任田汉基金会副会长(党的十八大以后我辞去了),还想向文化部直推我为夏衍基金会会长。有一次与苏叔阳见面,他聊起国歌、聊起田汉,很是激动。他突然说:"老艾,你是政协委员,你应该提个提案在天安门广场国旗升旗杆下汉白玉护栏外侧贴上60×40厘米铜牌,刻上五线谱国歌歌曲,再刻上国歌歌词、词作者田汉、曲作者聂耳,这样既是进行爱国主义教育,也会成为天安门广场一道新的风景。"我的眼前为之一亮。我以为这的确是一个值得提出的提案。于是,我在当年全国"两会"上提出了《关于在天安门国旗升旗台侧附国歌〈义勇军进行曲〉五线谱歌词铜牌的提案》。当年没有单位办复意见。后来,我得知有一个天安门广场管理局的机构,便提出我的提案交由他们办理。当时,天安门广场管理局接办人员很是兴奋，由衷地告诉我，这个提案很重要，他们一定认真办理。但是，接近岁尾，接到电话，他们十分委婉地告知我，天安门广场管理局只是北京市政府的派出机构，要动天安门广场的一草一木、一砖一瓦他们都做不了主，需要上级批准。更为重要的是，中华人民共和国国歌《义勇军进行曲》虽在宪法和国旗、国徽法中有所表述，但是没有明确法律地位，所以没有法律支撑，无法操作。这是他们面临的难处。我这才意识到，原来我们唱了几十年的国歌，居然没有立法保护。由此，我在2014年全国"两会"上再次提出《关于在天安门国旗升旗台侧附国歌〈义勇军进行曲〉五线谱歌词铜牌的提案》的同时，还提出了《关于建议修订〈国旗法〉为〈国旗国歌法〉的提案》。我以为，只有中华人民共和国国歌《义勇军进行曲》获得明确的法律地位，我曾经的提案《关于在天安门国旗升旗台侧附国歌〈义勇军进行曲〉五线谱歌词铜牌的提案》方能得以依法落实。在此之后，每年"两会"我连续提出这两项提案（当然还有其他诸多提案）。真可谓政协委员"多说不白说"，2017年4月27日，全国人大法工委邀请我们几位人大代表和政协委员举行专题座谈，就中华人民共和国国歌《义勇军进行曲》立法问题进行协商，给出了时间表和路线图。经过各方多年努力，《中华人民共和国国歌法》终于在2017年9月1日第十二届全国人民代表大会常务委员会第二十九次会议上通过，并于2017年10月1日生效实施。无疑，我的这一提案的产生，与苏叔阳有直接关联。

让常人难以企及的是，苏叔阳面对癌症病魔没有丝毫退却。2001年10月，因为癌症，他的左肺上叶被切除。但是，他以顽强的毅力与癌症抗争的同时，依然笔耕不辍，创作了300多万字的作品，出版了诸多著作，创造了苏氏读本体。历史散文著作《我们的母亲叫中国》《中国读本》《西藏读本》带来巨大影响。

　　苏叔阳以散文体样式撰写的《中国读本》，被译成15种文字在全世界出版发行1400多万册，成为中国图书"走出去"的范例。近作《西藏读本》也译成多种文字广泛发行。

　　他的作品多次获奖：国家图书奖、"五个一工程"奖、华表奖、文华奖、金鸡奖、人民文学奖、乌金奖等。2012年5月16日，中国电影文学学会向苏叔阳颁发了杰出成就贡献奖。2016年11月17日，"中国非物质文化遗产传承中心筹备仪式暨《国家级非物质文化遗产巡礼》丛书发行仪式"在北京人民大会堂举行，苏叔阳获得"大国非遗工匠文化大使"称号。

　　2017年七八月间，朋友告诉我苏叔阳住进北京军区陆军总院了。我立即拨去电话，他很坦然，说这次是得了直肠癌，医生建议他做手术，他不想做了。我在电话里宽慰了他几句，相信他一定会再次战胜病魔。

　　但是，朋友告诉我，一般人并不知道《中国读本》所得的280万元稿酬被他悉数捐给了西藏，再度发现自己患了直肠癌时，他已囊中空空如也。我的内心无比震惊。我立即给中国作协党组书记钱小芊打去电话，介绍了苏叔阳的困境，希望中国作协对这名老会员伸出援助之手。2017年中秋节前夕，钱小芊书记委派阎晶明代表中国作协看望苏叔阳,并送去慰问款。得知北京电影制片厂归属中影集团,2017年10月10日中午,我给中影集团党委书记焦宏奋打去电话,告知苏叔阳病情和面临的困难,随后发去苏叔阳的地址和联系电话,焦宏奋随即发来短信:"收到。马上安排人看望。谢谢。"中影集团当即派人看望并送去慰问金。苏叔阳对自己的困境却不事声张,若不是我们介入,他宁肯自己承受。我当时建议他给铁凝主席写一封信,反映一下他真实的困境,但不知他是否采纳了我的建议。

2019年7月16日晚间,苏叔阳在北京病逝,享年81岁。唯愿他的苏氏读本和等身著作像涓涓细流,滋养读者心田。

一路走好,苏叔阳兄!

碑前长者

天下着蒙蒙细雨,由中央统战部组织的少数民族人士考察团一行,来到云南宁洱哈尼族彝族自治县民族团结碑前,在红色廊柱的亭子下,与当年受到毛泽东主席接见的哈尼族老人方有富相见。老人家是在民族团结誓词碑上签名者中健在的三位老人之一,已87岁,白须飘胸,满面红光,精神矍铄,身着哈尼式黑红相间坎肩,胸前佩戴一排勋章,格外引人注目。

立于碑前,方有富回忆起60多年前的往事。

1950年国庆观礼前后,来自宁洱专区的53位少数民族代表先后四次受到毛主席接见。那一年,方有富正好20岁。

早在这一年七八月间,根据上级指示,为增进边疆各民族对祖国的了解、消除民族隔阂、增强民族团结,西南局就开始组织少数民族赴京观礼团,参加中华人民共和国成立一周年庆典。那时,云南边疆地区匪患频仍,国民党残余尚未肃清,饱受国民党政府欺压的少数民族,本能地对政府存有疑虑。他们对党的方针政策尚不了解,不知道中国共产党和中央人民政府究竟要怎样为人民服务,所以,对千里迢迢到北京去,他们心里并没有底,不敢离开自己的那方土地。

当时,澜沧县竹塘区区长龚国清和刘有兴前往地处中缅边境的西盟邦箐佤族头人拉勐那里做工作。拉勐怀疑政府是在用调虎离山之计，便以佤族人不出远门为由拒绝。龚国清和刘有兴多次耐心地上门开导，拉勐这才松口说："要我去可以，但要答应三个条件：一是要刘有兴陪同一起去；二是要龚国清儿子作为人质抵押；三是时间最多4个月，还要1000斤盐巴、100件土布。"

那时佤族地区还盛行猎人头祭祀的习俗，把自己的儿子留作人质是很危险的，但为了完成组织交给的任务，龚国清答应了拉勐的条件。

经过反复宣传动员，部分少数民族上层人士走出家门、走出深山，还有少数头人不敢亲自去北京，就派子女、亲属或亲信去。8月，34名少数民族头人及其他代表共53人，终于走出云南边疆地区，前往首都北京参加国庆一周年观礼。此举是历史性的一步——他们将目睹领袖风采，聆听毛主席的谆谆教诲，饱览祖国大好河山，感受中国共产党的博大胸怀。

由于地处边疆、交通不便，还要避过残匪骚扰，宁洱专区的少数民族代表赶到昆明时，已经是9月下旬。9月29日，中共中央西南局第一书记邓小平派出军用飞机，将这53位代表从昆明接到重庆，并于翌日送抵北京。

9月30日，代表们刚刚下榻在东城椅子胡同招待所，就接到通知：周总理在北京饭店设宴招待各民族代表团和中外来宾。宁洱专区赴京少数民族观礼团的拉勐、召存信、李保、苏里亚、黄窝梭等几位年长的代表和随行人员应邀出席宴会。

宴会上，宁洱专区代表们向毛泽东等中央领导敬酒。拉勐身着佤族服饰敬酒时,毛主席见他长得比较黑,就问:"这位兄弟是什么民族?"翻译李晓村说:"主席,他是还有猎人头祭谷习俗的野卡佤族。"

10月1日,代表们被安排在天安门左侧观礼台上观看国庆阅兵式。当天,天安门广场红旗如海,受检阅的陆海空三军阵容气势如虹。工人、农民、学生队伍一队接着一队,艺术家们载歌载舞,口号声此起彼伏。这种全国人民大团结的空前景象,让各族代表激动得热泪盈眶。

10月3日晚,毛主席在怀仁堂接见各族代表。代表们相继将本民族最珍贵的礼物献给毛主席。傣族代表召存信、刀世勋、刀承宗、刀卉芳等献上了金伞、贝叶经、勐海沱茶、傣族妇女服饰,佤族头人拉勐敬献了三代祖传的梭镖。

毛主席接过梭镖,握住拉勐的手说:"听说你们民族有砍人头祭谷的习俗,可不可以不砍人头,用猴头来代替?"

拉勐回答说:"用猴头不行,用虎头倒可以,但老虎不好捉。"

毛主席说:"这事由你们民族商量办吧。"

从此,佤族不再用人头祭祀了,而是用牛头。现在,剽牛也只是在重大节庆活动中才举行。一个民族的风俗,静悄悄地翻开了新的一页。

最后一次接见时,毛主席亲自为每位代表赠送了毛呢衣服、帽子、裤子、鞋子、袜子、牙刷牙膏、口缸等物品。离开北京,代表们又去了天津、南京、上海等城市参观考察。

11月22日,代表们回到重庆,受到邓小平的欢迎。邓小平说,这次代表们到北京感受了新的年轻的中国，也看到了老解放区一年来的成绩。这个成绩说明，国家的力量比几千年来任何时候都不知道强大了多少倍。全国四亿七千五百万人民团结在毛主席周围，像一个人一样。这是各民族团结的力量，这是真正的力量。邓小平希望，代表们把看到的，和毛主席及各位首长的指示带回去，告诉各民族的同胞们，团结在以毛主席为首的中央人民政府的周围，开始新的生活。

少数民族代表激动地说："我们回去一定要把亲身经历告诉家乡的人，要听党的话，永远跟党走，把家乡建设好！"

12月26日，宁洱专区少数民族赴京观礼团代表返回家乡。翌日，宁洱专区第一次民族代表会议举行。来自当时全区15个县的26个民族（含支系，经民族识别实际是13个民族）的头人、首领、各族各界代表及专区党政军领导300余人欢聚一堂，在"团结对敌、团结进步、团结生产"的指导思想下，共商民族团结大事。

会上，佤族头人拉勐和拉祜族代表李保提出建议：为了大家永远团结不变心，要举行剽牛、喝咒水仪式，并在剽牛场立一块大石碑，在石碑上刻写誓言，刻上各民族代表的名字，以示不忘。以后谁要闹不团结，就要他赔出石碑重的银子。

1951年元旦，宁洱区在宁洱红场召开了千人大会，举行隆重的剽牛盟誓仪式。由代表们一致推举的西盟佤族头人、赴京代表拉勐进行剽牛。剽牛后，拉勐高兴地拍着手高呼："共产党、毛主席领导定了，团结会搞好！"这时，全场齐声高呼："共产党万岁！"

接着，拉勐便将大红公鸡的鸡血滴在一大碗酒里，代表们各自刺破大拇指，将鲜血滴在鸡血酒里，深深地饮上一口——这便是喝咒水。然后，他们庄严地宣誓："我们26种民族的代表，代表全宁洱区各族同胞慎重地于此举行了剽牛，喝了咒水，从此我们一心一德，团结到底，在中国共产党的领导下，誓为建设平等、自由、幸福的大家庭而奋斗！"

宣誓毕，48位自愿签名的代表，用傣文、拉祜文、汉文庄严地在民族团结誓词下方签上自己的名字，落款"宁洱区第一届兄弟民族代表会议 公元一九五一年元旦"。当天，渴望团结的人们就把誓词雕刻在石碑上，竖起了"民族团结誓词碑"。

此碑是中华人民共和国成立初期，中国共产党的民族政策在边疆取得伟大胜利的证明，被誉为"新中国民族团结第一碑"和"新中国民族工作第一碑"。

我们看到，碑文下方第二行第二个汉文签名便是方有富。此时此刻，淅淅沥沥的雨还在亭外下着，老人家站在碑前讲述着当年的历史，沉浸在幸福的回忆中，脸上漾满了笑容。

（本文发表于《中国民族报》2017年10月19日，发表时改题目为《听党的话，永远跟党走》）

青铜雕像

95 岁高龄的李墨祖流下了混浊的老泪。

他终于了却一桩心愿。为王树彦烈士立碑纪念,是他多年的心愿,在内心深处折磨了他整整 70 个年头,今天终于如愿以偿。当揭开红帷幔,他望着 2.07 米高的王树彦烈士青铜雕像,深深地三鞠躬,在场的人无不为之动容。

1947 年 8 月中旬的一个黎明,下着大雨,地下党永宁区委书记兼区长王树彦烈士在太平村被敌军包围,壮烈牺牲。他的头颅被砍下来,在当时的永宁城头挂了三天三夜。当地老百姓用面做了人头,将王树彦烈士尸骨掩埋。

他迄今记得王树彦烈士的妻子黄翠芝当时头系白孝布、怀抱婴儿来问他的情景。他将王树彦烈士尚在襁褓中的儿子抱在怀里,看着烈士的后代,悲愤难忍,仰天流泪。他和王树彦当时都在包围圈内,他俩当机立断,分头行动,他冲出了包围圈,在敌兵追逐中跳下悬崖,躲在峭壁下避过此劫,而王树彦却与他永别。当时的地下党延庆县委为了保护王树彦烈士夫人,让她回了老家。在他眼前,王树彦烈士妻子黄翠芝骑着毛驴、怀抱未满周岁的婴儿远去的背影依然历历在目。之后便杳无音信。人生漫漫,这始终是他心头一个痛。

后来，他在当时的《冀察热辽导报》1947年8月30日的报道中看到我军于同年8月26日这一天一举全歼曾经袭击永宁区敌军的消息，为之振奋，觉得也是给了三树彦烈士的英灵一份莫大的安慰。

我们在车上聊起这些往事，老人当即禁不住抹着眼泪。他说："我能活下来是个意外，当时，我们这些人都做好了随时献出生命的准备。我还好，毕竟活着，而像王树彦这样的革命烈士为国捐躯，没能看到今天。"从李墨祖老人的言谈中，丝毫感觉不到从1957年到1979年，他的22年生命蒙冤受屈，是在狱中和劳改农场度过的；感受到的却是他的热情、开朗、真挚、忠诚、大度、豁达，无怨无悔，视死如归的品格。

我与李墨祖老人相识，是在他90岁那一年，我们亲切地称他为"90后"。当时，他作了一幅长200米、宽1.3米的《长城万里图》山水画卷。他说当年跳下悬崖、从峭壁下望见对面长城的那会儿，就有过画一幅长城图的念想。他是从2006年起，在他80多岁高龄开始自费走遍万里长城每一个关隘写生，利用三年半时间画出的这幅巨制。他要以自己的方式对先辈和历史、对英烈和长城，也对自己的命运有一个交代。当时有商家愿出巨资收购，老人却不动心，他说钱对他已经没有意义，他想把这幅画捐献给国家收藏。我听了很感动，当即请武警作家郝敬堂跟进采访，写出中篇纪实文学《他从长城走来》，刊载在《中国作家》2014年第7期纪实版。在我们祝贺这篇文章问世之际，老人向我表述了另一个久存心底的愿望——他想为曾经牺牲的战友王树彦烈士立一座纪念碑，让后人不要忘记这样一位革命英烈。我再一次被这位老人的博大情怀深深触动，当即答应一定帮他实现这个夙愿。

2016年3月1日，我参加北京市政协组织的一次考察活动来到延庆，在听取关于2022年冬奥会的筹备工作之际，见到了区委区政府的主要领导。我向他们提出关于为王树彦烈士建立纪念碑事宜，他们当场责成区委常委、宣传部部长兼统战部部长祁金利落实此事。于是，3月10日全国"两会"期间祁金利常委就发来短信联系我，3月15日"两会"一结束便如约携区民政局姬宏伟局长一行专程来到我办公室，沟通如何进一步推进此事。我请来李墨祖老人与他们见面，具体商量相关细节。

经过一年多的努力，现在终于有了一个结果。当党和政府部门运转起来，任何问题都会迎刃而解。区民政局局长主抓此事。从几十年来几近被淡忘的模糊历史谜团中，逐一梳理出细致的脉络，找到了当年骑着毛驴、抱着婴儿而去的王树彦烈士的遗孀黄翠芝，她后来是在保定市妇联副主席岗位上光荣离休的。那个在她怀抱中的婴儿，后来成为保定一家国有企业的厨师，由此岗位退休还乡。王树彦烈士的两个孙子，在家乡河北省顺平县安阳乡李思庄村成为地地道道的农民，日日耕耘，劳作不息，平凡得不能再平凡了。

此刻，王树彦烈士的青铜雕像屹立于当年他抛头颅洒热血、为国捐躯的永宁区土地上，注视着这里发生的翻天覆地的变化，也将和这里的人们一道，迎来2022年的冬奥会。

青铜雕像的立起，更是为这方土地增添了历史文化内涵，尤其是红色文化记忆，让人们记住曾经有这样一位烈士，为天下的人，也为自己儿女能有今天这样平凡而平静的生活壮烈牺牲。

在王树彦烈士青铜雕像落成揭幕仪式上，他的两位耄耋之年的堂弟王树盛、王树敏也颤颤巍巍地来到现场，令人肃然起敬。王树彦 70 岁的儿子王立国，携王学峰、王学雷两位孙子和孙女王红云，重孙女王晴晴、重外孙女高木莹雪，前来参加揭幕仪式。70 年后，当王立国第一次见到当年在襁褓中抱过自己的李墨祖老人时，他只说了一句话："我知道您比我父亲年长一岁，我叫您伯伯，谢谢伯伯您为我们全家终于了却一桩心愿！"他们紧握着手，抑制不住失声痛哭起来，后人们的眼泪也夺眶而出。

此时，初秋的太阳暖烘烘的，照耀在新立的青铜雕像上，王树彦烈士面庞熠熠生辉，双目如炬，凝望着他战斗过的这片热土。

方寸邮票的世界——
读《雕刻时光——中国邮票雕刻凹版口述史》

那一天，我们从瑞士过来，越过莱茵河上游一座桥梁进入列支敦士登公国（世界第六小国家，桥头便是国界）。邮票是列支敦士登的特色产品，也是该国支柱产业，自1912年起，列支敦士登即以发行优美的邮票闻名于世。我便想起中国邮政集团公司邮票印制局邮票设计师、雕刻师，凹版雕刻画家和水墨画家董琪要写的一部关于邮票雕刻凹版研究的书，我曾经鼓励过她，我觉得这将会是一部具有独特价值的著作。没想到，很快，这部书就放在了我的案头。

《雕刻时光——中国邮票雕刻凹版口述史》（以下简称《雕刻时光》）是一部中国邮票雕刻凹版简史。打开这本书，"纪2《中国人民政治协商会议纪念》（1950年发行）"套票便跃入眼帘，让人惊喜。该套邮票是新中国第一套雕刻凹版邮票。本书附录详细记载，该套邮票于1950年2月1日发行。今年适值新中国成立70周年，也是人民政协成立70周年，让该套邮票再次进入人们视野，是对新中国成立70周年、人民政协成立70周年最好的纪念。

本书作者董琪多年来孜孜以求，刻苦钻研，既接受了新中国第二代邮票雕刻前辈的师承传授，也接受了欧洲雕刻凹版名家的系统教学。时代让她有幸经历了由传统手工雕刻凹版转向现代数字化雕刻凹版不同的发展阶段，成长为新中国第三代邮票雕刻师之一。目前，全球邮票雕刻师已不足百人，是名副其实的稀缺人才，但是，她并不满足于现状，而是以满腔热忱探寻跨越百年的"雕刻时光"，追根溯源，展现中国自清末民初以来，五代钢凹版雕刻师"敬业、精益、专注、创新"的大国工匠精神，忠实记录我国邮票雕刻凹版的发展历史，向读者奉献出这部独特著作，填补了我国在此项专业研究领域的空白，可喜可贺。

对大多数人来说，"雕刻凹版"是一个陌生的词汇，需要某种程度的知识启蒙。通过作者的文字，我们可以看到，雕刻凹版源自版画，是一门独特的艺术。作者研习版画历史和技艺，寻访仍在躬耕于方寸邮票艺术领域的雕刻家、设计家、集藏家、美术家、印制专家、集邮文化研究专家、历史学家等30余人，以见证者、亲历者、收藏者的多维视角，讲述邮票以及邮票中"尽精微"的艺术创作，回顾中国邮票雕刻凹版的发展历程、时代背景、名家名作，精心穿凿史料与采访口述所得，将《雕刻时光》呈现在读者面前，是一大创举。

显然，雕刻凹版艺术将艺术性、工艺性、科技性融为一体，原初的手工雕刻技法脱胎于14世纪欧洲金属雕刻凹版画。应当说，金属雕刻凹版画曾在中世纪欧洲创造过辉煌。而在实用领域，雕刻凹版所蕴含的精密、凹印、不可复制和防伪性等特点，积极适应了近代社会经济流通发展需要而产生的钞、邮、券印制技术，尤其是其所具备的独特防伪性能，使得雕刻凹版成为应用最为广泛的实用艺术形式。在我国,印制纸币走过了这样的历程:木版印刷—石版印刷—铅版印刷—铜凸版印刷—钢凹版印刷。直到清宣统三年印制的"大清银行兑换券"(俗称大清钞票),是我国货币史上首次由官方采用钢雕凹版工艺印制的钞票。清末,美国人海趣应清廷之邀,给中国带来了当时世界上最先进的手工钢雕凹版技术,培训了中国第一代手工钢雕凹版师,传授钢雕凹版及制版、印制技术。100多年来,中国几代从事雕刻凹版专业的雕刻师,潜心于神秘的特种印刷行业,蒙着一层神秘的面纱,姓名鲜为人知,作品却广为流传,成品几乎人人享有。《雕刻时光》恰恰为读者揭开了这层神秘面纱。

钞、邮、券雕刻同根同源,钞券雕刻艺术家同时雕刻着邮票,《雕刻时光》向我们娓娓道来,令人大开眼界。自1840年世界上第一枚邮票在英国诞生至今,作为"邮资凭证",邮票使用者众多,在互联网和手机覆盖社会之前,一切信件往来都离不开邮票。甚至,邮票设计印制代表了一个国家的形象,被誉为"国家名片"。所以,邮票便有覆盖面宽、宣传面广,且时代性强的特征。邮票设计制作版面精微,内容丰富博大,强烈的时代特色折射出文明的光彩,彰显着特殊的文化魅力,体现着独具的文物价值。作者用"雕刻时光""以票带史",讲述了邮票从产生、发展到今天的真实历史。在我国,1878年清朝"大龙邮票"问世以来,人们从方寸"阅微"目睹了中国邮票百余年的发展脉络。及至民国时期,以至在解放区人民邮政时代,直至新中国成立以来,邮票雕刻凹版这项"精微"艺术,成为邮票设计与印制的主要表现形式，并有大量雕刻版邮票精品传播于天下。即使在战争年代的艰苦岁月里，雕刻师们仍用简朴的木板、锌板，以雕刻线条留住时代变幻风云；方寸邮票呈现万千气象，蕴含雕刻凹版不同凡响的技艺和魅力。读者铭心记忆的是，在我国发行的邮票序列，雕刻版邮票约占 1/4，其中早期邮票基本都是雕刻版邮票。

《雕刻时光》告诉我们，邮票不仅是人们日常生活的一部分，也是美术史的组成部分，为普及美术审美、为普通大众接受"美育"起到了不可替代的作用。邮票是"微型艺术"，雕刻凹版运用于邮票，是"微型艺术"中的"微型艺术"创作。《雕刻时光》将雕刻凹版的点线力量，特别是线条的力量，严谨呈现在读者面前。在"尽精微"雕刻下的线条，犹如一道道"年轮"，忠实记录了中国邮票艺术前行的轨迹，表达出一种强烈的文化自信。

当然，在信息时代，在通信科技飞速发展的今天，一切似乎都可以在网络上解决，随着智能手机的普及，竟然可以在手机上用拇指搞定。因此，邮票时代似乎渐行渐远，甚或新一代人不知邮票为何物。人们对邮票的认知正在发生变化，由实用性向审美性、收藏性和研究性转变。也许，在科技发展的未来，邮票将成为研究人类社会发展的重要文物，既可做微观审美、防伪性的研究，又可做文明史的宏观研究。但邮票本身就是一种历史文化现象，具有文化传播的使命、责任与义务。

2019 年是中国邮票发行 141 周年，也是雕刻凹版技艺正式传入中国 111 周年。迄今为止，我国已传承四代雕刻凹版师，董琪是佼佼者之一。她是邮票设计师、雕刻师，同时也是凹版雕刻画家和水墨画家。她近年来的邮票类作品主要有北京印花税票《北京坛庙》、北京奥运会《奥运会从北京到伦敦》、《中国船舶工业》、《博鳌亚洲论坛 10 周年》、《三联书店创建 80 周年》、《海南环岛高铁建成开通》、《中国远洋运输》、《中华人民共和国第十二届全国人民代表大会》、《中共中央党校建校八十周年》、《中国人民对外友好协会成立六十周年》、《中国古代文学家》、《"一带一路"国际合作论坛》等作品，她还是 2019 年《乙亥年》生肖邮票的雕刻者之一。我们期待她有更多的好作品问世。

知心的朋友——
关于阿拜作品在中国的翻译出版与传播

阿拜作品20世纪50年代开始在中国翻译为中文。第一位译者是中国锡伯族翻译家哈焕章，因为翻译阿拜作品，他将笔名取为哈拜。

哈拜从50年代开始陆陆续续翻译阿拜作品，在当时的一些报刊零零星星发表阿拜诗句与箴言录片段。由于历史的原因，直到1982年，他在民族出版社出版了第一本完整的《阿拜箴言录》中译本。后来，也是在民族出版社由他翻译出版了《阿拜诗集》中译本。

但是，这些中译本起到了填补空白和文献学意义的作用，没有起到更广泛的社会影响力。

当然，在中国的哈萨克族中传播时间要更早，几乎与阿拜著作传抄、出版年代时间相一致，影响力更为广泛。

1995年是联合国确定的阿拜年暨阿拜150周年诞辰纪念。为此，1994年起，民族出版社就着手重新编辑出版《阿拜箴言录》。

1994年9月，时任民族出版社哈萨克语编辑室主任哈力别克，请我审读编辑由粟周熊自俄译本翻译的《阿拜箴言录》。我欣然应允，接过那一厚摞的翻译原稿和出版社编排的清样。我很快看完了粟周熊译稿，但是，与《阿拜箴言录》哈萨克文原文对照，译文相差甚远，与哈力别克对我所说"这个译本已让阿拜死亡"一致，根本风马牛不相及（显然，通过第三种语言转译不是一条捷径）。于是，我和哈力别克主任沟通后，由哈萨克文原文版《阿拜箴言录》直接译出，1995年6月由民族出版社在北京第一版出版发行（由于是粟周熊与时任哈萨克斯坦驻华大使穆拉特·埃乌佐夫协调的出版赞助经费，哈力别克恳请我可否把粟周熊的名字排在前面，我也对哈力别克说："这次可以，但是之后我在报刊发表，以及我自己出版选集、全集就不会用他的名字。"哈力别克一口答应，后来我也是这么做的，当时中国发行量最大的刊物《读者》1995年第11期就曾以我的名义选载译文）。这一译本，迄今已经一版再版多次。2014年，又出版了哈、汉、维三个语种的《阿拜箴言录》有声读物。应该说《阿拜箴言录》在中文读者中真正开始形成影响。

2013年9月7日，中国国家主席习近平访问哈萨克斯坦期间，在纳扎尔巴耶夫大学演讲时，引用了《阿拜箴言录》中我的译文："世界有如海洋，时代有如劲风，前浪如兄长，后浪是兄弟，风拥后浪推前浪，亘古及今皆如此。"中国国家元首引用阿拜箴言已成为一个经典范例和美谈。

中国每年的春晚节目备受亿万观众瞩目。2018年春晚，中国著名艺术家冯巩在其小品中也引用了《阿拜箴言录》第37篇第17节上述名言。可以说，由是阿拜一夜之间在中国可谓家喻户晓。

2019年的阿拜诗句传诵活动有王蒙、陈龙、马云和我参加，进一步扩大了阿拜作品的受众影响力。

这次中国援赠哈萨克斯坦医疗救助物品赠言也是由我推荐引用阿拜诗句：

> 知心的朋友
>
> 特别的需要
>
> ——阿拜

Бір тәуір дос Тым-ақ керек

在全世界防控疫情的特殊历史关头，阿拜的诗句为增进中哈两国友谊又谱新篇。

现在，阿拜的名字在中国上自国家元首，下至普通百姓，几乎家喻户晓。

2020年是阿拜175周年诞辰，浙江文艺出版社即将出版由我翻译的《阿拜全集》（《阿拜箴言录》和《阿拜诗集》合集）。相信随着阿拜诞辰175周年纪念活动的举办和《阿拜全集》的出版，在古老的中国，阿拜作品影响力会进一步扩大，为促进"一带一路""民心相通"发挥独特的贡献。

浮躁与沉静——
记我的小学语文老师

我在小学期间有过两位语文老师：一位朱老师，从一年级教到四年级；一位崔老师，从五年级教到六年级。事实上，崔老师只教到了六年级上半学期，即1966年9月至12月，这学期还没有结束，便是"文革""停课闹革命"，学校全面停课，学也就上不下去了。

现在回想起来，我作为半句汉语都听不懂、一个汉字都不识的哈萨克族学生，直接从爷爷奶奶那边的草原进入汉语学校，接受汉语教育，这位可敬的朱老师便是我的汉语启蒙老师（除了我母亲）。一入学校，我便经历了三个月的哑巴期——不会开口说汉语，老师在课堂上讲什么，也听不明白。只会在课堂上跟着同学们按照老师发声所教的汉语拼音发声"a""b""c""d"，还分辨不出四声发音，只会跟着喊出声来。直到三个月后，才能和一些同学说一两句简单的会话。

但是，迄今令我为最感动，也是此生深刻影响了我的是，语文老师班主任——朱老师到四年级时，要求我们读课外读物。简单地说，每周都要用课外时间读一本书。于是，我们按照老师的要求开始寻找书来阅读。细细想来，我此生的阅读习惯便是从这时开始形成的。

那时，我家里的书很多，都是父母收藏的书——除了医学书，便是文学作品。很遗憾，这些作品都是哈萨克文或基里尔文，我没学过，读不了。于是，父亲会从卫生学校图书馆借来汉文书给我阅读。我们的那所小学也很特别，有图书馆，可以从那里借阅。同学之间也可以相互交换阅读。

但是，至今让我记忆犹新的是第一次阅读大部头的感觉。当时，拿着那厚厚的一本文学书，我甚至有一点惶惑，我不知道能不能读完这部书，或者用多久时间才能读完它，没有十足的信心。但是，老师的要求摆在那里，第二周必须向老师报告你读了哪本书，最好是写出读书日记或笔记来。

于是，我硬着头皮，努了努力，开始阅读。最初的阅读是艰涩的，从第一页开始，我就不知所以然，懵懵懂懂、云里雾里地阅读。间或遇到不认识的字，还得停下来，查阅《小学生新华字典》。朱老师说过："字典是最好的老师，遇到不认识的字，不要嫌麻烦，要及时查阅字典。字典会教会你所有的生字。"这样虽然费时费事，但能学会一个新的生字，眼前便会豁然开朗，原本由于字义不通卡在那里的整句话便瞬间释然顺畅了。

起初，我都是一字一句发出声来阅读，就像在小学课堂朗读语文课文一样。不知不觉，我发现自己可以默读了。这对我自己是一个惊奇的发现。在读过这本书的前几章之后，我便被其中微妙的细节、故事情节、人物命运牢牢吸引。我忽然发现，阅读原来是一件多么愉快的事情！你和这本书就像一个知心朋友一样，不受任何人的干扰，可以潜心交流，遐思如飞。当我第一次读完一部书，我有一种极大的成功感觉。我忽然对自己充满了信心，我想我还能阅读更多的书。当第二周我向朱老师报告我读完的那本书时，朱老师表现出一种惊奇并表扬了我。这对我来说是一种莫大的鼓舞。激励、鞭策和教会我阅读的朱老师，在我此生无疑给了我巨大的精神财富，由是阅读始终陪伴着我成长。

我从此便喜爱读书，到后来自己习惯于收藏书，以至于满屋子都是图书。但是我的孩子们并不愿意翻阅触手可及的书。一放学回来便埋头做作业，直到做完作业筋疲力尽困倦地睡去，毫无时间和精力阅读课外读物。小学这样也罢，在我小儿子上初中的时候，有一天他的语文老师听说我是作家，顺便来家访。我就对这位年轻的语文老师说："对孩子来说，老师的话比家长的话更管用，您应当在课堂上提出要求，让同学们利用课余时间多读一些课外书。"这位语文老师不假思索地回应了我："哎呀，艾老师，现在的学生学习任务那么繁重，作业都做不完，哪有时间去读课外书？读一读文摘类报刊就可以了！"我当时无比惊异，没承想此话出自毕业于中文系的一位语文老师之口。我略觉黯然，或许这就是以繁忙为由，打着所谓时代的幌子，碎片化阅读大行其道的缘由所在。

当下有一种人云亦云的说法——看似十分时尚的词汇——"浮躁"，人人都说社会太浮躁了，人也浮躁，都是商品经济闹的，都是金钱给闹的。其实，这是一个伪命题。细想想，在那些商品经济发达的国家，阅读不是照样存在吗？也未见得人家浮躁到哪里去。关键的关键，人家是打小养成了一种良好的阅读习惯。

只有阅读才能使人潜下心来。一个有良好阅读习惯的人是不会轻易浮躁的,同样,一个有良好阅读习惯的民族也是不会浮躁的;一个没有良好阅读习惯的人和一个没有良好阅读习惯的民族,很容易浮躁起来。因为,他们从来没有静下心来过。治理浮躁,不是告别商品社会,不是告别金钱,而是告别没有良好的阅读习惯。

我至今感恩教会我阅读的朱老师。希望在今天,这样的老师多起来。

留在草原的琴声

今天,在手机和网络普及的信息时代,年轻人听到"想给远方的姑娘写封信 / 可惜没有邮递员来传情"的歌词,或许会觉得陌生。拇指一族们只要按下按钮,或敲击一下键盘,顺着微信或是邮箱,那封信会及时抵达,用不着"邮递员来传情"(倘若真是有情)。更何况快递哥哥已经基本取代了邮递员的那份差事。正如首唱《草原之夜》的歌唱家孟贵彬演唱时,将歌词中的"邮递员"唱为"邮差"一样。

我是在微信群里看到 2 月 1 日上午 10 时 05 分,著名作曲家田歌逝世的噩耗,享年 89 岁。是他的孩子们发布并由微友转发群里的。他创作的著名歌曲《草原之夜》的旋律即刻回响在我的耳畔。

"美丽的夜色多沉静 / 草原上只留下我的琴声 / 想给远方的姑娘写封信 / 可惜没有邮递员来传情。"应当说这是一首非常写实的纪录片《绿色的原野》(1959 年 8 月,八一电影制片厂拍摄)的插曲。那画面中正是冰雪覆盖的寒冬,各民族同胞在冰天雪地里建屋凿渠,为开垦可克达拉草原而奋战,那场面十分感人。在雪野黄昏芦苇荡边,随着一缕浅淡的晚霞,在篝火旁工作的人们唱响了这首富有地域特色旋律的《草原之夜》。正如歌词所唱:

"等到天边的冰雪消融／等到草原上送来春风／可克达拉改变了模样／姑娘就会来伴我的琴声。"充满了对未来的美好憧憬,像琴弦一样拨动人心。这首歌不啻在草原上留下琴声,自此以其美妙的旋律和歌词不胫而走,由写实画面衬托出一种飘逸、一种浪漫,经久不衰,激荡人心。

其实,一首歌就是一条河流,会滋润河流两边的心岸。宛若伊犁河,哺育着两岸的千里沃土。而《草原之夜》创作于我的家乡霍城县可克达拉草原,如今在那里已经诞生一座名曰可克达拉的城市。不经意间,一首歌催生了一座城市,这就是音乐的力量,也是文化的力量。当然,更是作曲家对人世间做出的杰出贡献。

1994年4月末的一天,中国音乐研究所邀请我参加一个座谈会,在这里我和田歌先生相遇。他人很健谈,也很开朗,提起新疆的话题,有说不尽的共同语言,我们一下便成了忘年交。他创作的《草原之夜》《边疆处处赛江南》等歌曲传唱于世,也成为新时代新疆的文化标签之一。现如今,田歌先生驾鹤西去,而他的歌却传唱人间,也让人们对可克达拉这片青色草原和一座新城充满美好想象和情感寄托。

一首歌,可以唱响一片土地,也可以让一个作曲家的艺术生命获得永生。当然,也是不同时期、不同风格的歌唱家,发现和展示自己声乐天赋和造诣的清泉。

这就是田歌和他的歌曲魅力所在,也是艺术创作的潜在规律之一。

辑三

生命台坎

黄河金岸

那天,站在吴忠市被誉为黄河金岸的河堤公路——滨河大道上,左手是连片标准的网球场、足球场,右手是黄河。然而,这里的黄河河段既看不到冰凌,也看不到裹挟着黄土高原泥沙的浊流,河水很清,水流平缓。我想,也许是冬末初春,黄河源头的雪山还没有融化、流量未增的缘故。当然,更有黄河上游龙羊峡、李家峡、盐锅峡、刘家峡、大峡、青铜峡等一系列水库拦截了泥沙。于是,黄河水流至此,已经变得几近清澈。

陪同我们的几位同志介绍,黄河两岸的滨河大道是从吴忠开始修建,启动仪式就在我们足下的河西古城湾新村举行。现在,黄河金岸——滨河大道已经建成,前面是黄河码头,这边是京藏高速公路大桥,那边是吴忠到青铜峡的黄河大桥。一到晚上,黄河金岸灯火齐明,景色非常美,市民都会拉家带口到这里欣赏夜景。在他们的言谈中,流露着一种由衷的喜悦与自豪。

黄河是"母亲河",黄河流域是中华民族的摇篮。千百年来,历代诗人留下关于黄河的千古诗篇:"黄河远上白云间,一片孤城万仞山""大漠孤烟直,长河落日圆""明月黄河夜,寒沙似战场""白日依山尽,黄河入海流""黄河之水天上来,奔流到海不复回""九曲黄河万里沙,浪淘风簸自天涯"。黄河也是世界上含沙量最大的河流，素有"斗水七沙"之称，由此在桃花峪到河口的下游地段形成举世闻名的"地上悬河"。自古以来黄河多水患，从公元前602年起至1938年的2000多年间，黄河下游决口泛滥的年份为543年，达1590余次，较大的改道有26次，平均每三年两决口，百年一改道，也由此传下"黄河百害，唯富一套"、"天下黄河富宁夏"之说。

在流经宁夏的397公里黄河河段两岸，虽然土地肥沃，但除了传统的农业经济占主导地位，现代经济发展滞缓。沿岸分布银川、石嘴山、吴忠、中卫四个地级市。过去的城市化步伐还在探索中，那时叫"马路经济"，城市与城市之间马路两边盖满了房子，各种各样的餐馆小店铺林立，遮蔽了美丽的塞上风光。

随着国家推进城镇化建设和实施跨越式发展，时任宁夏回族自治区政府主席王正伟提出打造"黄河金岸"。沿黄地区占有宁夏43%的土地面积，61%的人口，80%的城镇和82%的城镇人口，创造了90%以上的经济总量和94%的财政收入。黄河金岸为沿黄城市群发展进一步发挥带动效应，从而建设西部最具潜力、最有特色、最富魅力、最适宜人居和创业的精品城市带（群），使其成为宁夏经济发展的主阵地和对外开放的新平台。根据规划，黄河金岸将形成一堤六线、一带十城，也就是宁夏沿黄经济区以银川和吴忠两城市为核心，以石嘴山和中卫为两翼，形成以主要交通通道为轴线的发展空间，覆盖10座城市。而六线则是防洪保障线、抢险交通线、经济命脉线、生态景观线、特色城市线、黄河文化展示线。围绕六线六个不同功能，还有40~80米宽的生态防护林带。城市与城市之间距离不远，用田园和森林间隔开来，景色宜人。且以交通干线相连接，既有铁路、高速公路，又有一级公路和一般公路。交通便利，道路功能健全，便于实现黄河金岸城市群物流畅通、资源共享。

2010年6月，402公里的黄河金岸工程全部建成。而且经历了2012年洪水的检验，当时宁夏的堤防是最平稳的，面对洪水可以从容应对，提高了防洪能力。与此同时，把不适合居住的南部山区的农民转移到这里，形成生态移民，这样既加快了城市化的进程，也加快了产业的融合，解决了对劳动力的需求。黄河金岸受到党中央国务院重视，在2011年公布的《全国主体功能区规划》中，宁夏沿黄经济区成为国家重点开发建设的18个主体功能区之一，在同年召开的全国"两会"上，该区域写进了政府工作报告和"十二五"规划，上升为国家战略。

中央领导前来宁夏调研时提出了一个大思路：宁夏面积不大、人口不多，应该作为一座城市来进行规划。根据这个理念，在黄河金岸基础上开始考虑怎么作为一座城市来经营。于是，新规划又提出了一主三附，一座大城市，以银川为中心辐射周边500公里半径城市和区域，如兰州、西宁、西安、榆林、呼和浩特，等等。

应当说，实现建设一座城市目标，从繁荣经济、发展民族文化、促进民族和谐、解决民生问题等诸多方面，黄河金岸发挥了重要作用。与此同时，人们清醒地认识到，这既是抓经济，同时也是抓和谐文化。历史上唐太宗曾在这里与十多个少数民族结为兄弟，开辟了几百年民族大融合，而唐肃宗平定安史之乱，吴忠就是当时的全国政治文化中心。显然，黄河金岸又是宁夏文化展示线，把宁夏自然风光和历史文化衔接起来，在黄河、贺兰山、六盘山这两山一河之间，浓墨重彩大书特书一笔，新建的黄河坛便令人刮目相看，昔日的荒山秃岭，变成了独特的人文景观。青铜峡影视城、世界公园、吴忠的水上开发、世界自行车赛、国际马拉松赛已经形成文化品牌。这一切，得益于黄河金岸提供的平台。

宁夏人对黄河充满感情。他们说，我们处在黄河上游，有得天独厚的优势，黄河是我们的母亲河，没有黄河就没有我们的今天。

黄河金岸让古老的黄河焕发了勃勃生机，哺育着一座未来新城在这里诞生。

其实，黄河金岸，也是黄河经验。

飞天逐梦的地方

那天,在鼎新机场降落,一路开往 70 公里开外的东风航天城。这里是一望无际的铁色戈壁,赤日炎炎,在前方墨色公路上呈现着有一汪蓄水的幻觉,而且,那水随着车行不断地向后退去。其实,那就是海市蜃楼。往戈壁滩上望去,一汪汪的水又幻作一缕缕焰气,正在撩开天地间的契合处,使地平线上出现的那一座座褐色山包,被灼伤似的在天际衔接之境抖动。一抹暗绿在我们的左侧缓缓飘移,那是胡杨和红柳的倩影。

50 多年前,从抗美援朝前线回国后"神秘失踪"的志愿军第 20 兵团,当年就是奉命来到了这里,修建我国第一个综合性导弹试验靶场。一部雄伟壮丽的共和国国防和航天事业发展的历史长卷,便静悄悄地从这里展开。

在远远越过由一丛丛绿树掩映的地面监测站后,我们不经意间驶抵了一片绿树环抱的静谧小城。这里便是东风航天城。它坐落在古称弱水的黑水河畔。当年这里是额济纳旗所在地,为了建设中国第一个导弹综合试验基地,额济纳旗政府和数千牧民,驱赶着数十万头牲畜,向北搬迁了 140 多公里(有的牧民甚至远徙几百公里外的马鬃山),把弱水河畔最好的一片水草地让给基地作为生活区。自此,额济纳旗人民成为东风基地的坚强后盾,默默地支持着祖国的国防建设事业。他们像是东风航天城的守护神，年复一年、日复一日守望着这块土地，守望着卫星和神舟飞船的一次次腾飞。

1958年10月，正当长征胜利22周年之时，当年在长征途中指挥17勇士强渡大渡河的红军营长——孙继先将军，率部挥师西北，开始了新的长征，并让长征精神深深扎根在这片戈壁荒原。当然，他们所面对的是严酷的自然环境，从某种意义上说，远比面对敌军打胜一场战斗还要严峻。这里一年四季气候变化无常，狂风袭来，最大风力可达40米/秒，那才叫飞沙走石，天昏地暗，眼睁睁看着刚刚垒起的房子瞬间被风摧倒。这里饮水奇缺不说，地下水质差，含氟量高。由于气候干燥，冬天漫长，严寒使滴水成冰；夏季则酷热难耐，气温往往超过40摄氏度。建场初期，望着茫茫戈壁，那是一片"天上无飞鸟，地上不长草，遍地无人烟，风吹石头跑"的荒凉景象。只是一夜之间，沉睡千年的荒滩戈壁，变得人山人海，遍地绿色帐篷，使这里获得了新的生机。

建设者们的创造力和速度是超乎想象的，苏联专家断定需要15年以上时间方可完成的中国第一个综合导弹试验靶场，在2年零6个月后奇迹般地在昔日荒凉的戈壁滩上"矗立"起来。他们克服了3年自然灾害、中苏决裂带来的种种困难，取得了惊人的成功，创造了历史。于是，一代代航天人从此扎根戈壁沙漠、顽强拼搏，创造了我国航天事业的一个个辉煌业绩，见证了我国航天业从无到有、从小到大、从弱到强的历史进程。东风航天城成为展示我国经济实力、国防实力和民族凝聚力、创造力的重要窗口。迄今为止，在这里已成功发射了69颗卫星、10艘神舟飞船、1个目标飞行器，相继将10位航天员安全顺利送往太空；从这里，奇迹般走出了34位将军；这里，已经是世界三大航天发射场之一。

当我们进入这座曾经叫作宝日乌拉的东风航天城时，竟沉浸在一片绿色汪洋中。这个季节黑水河居然流淌着活水，水鸟掠过水面飞翔。而在城中却有一条丰沛的引流渠，湍急的流水穿城而过，渠边的青草，探头蘸着水流摇曳着身姿，煞是惬意。百灵鸟在枝头鸣啭，布谷鸟在远处倾诉，满城一派生机勃勃的景象，令人忘却方才还在穿行的铁色戈壁。

感谢这个信息时代，当我们进入卫星发射场、指挥控制中心、测试中心时，多少次在电视屏幕上目睹的场景就在眼前展现。是的，那一切的一切似乎再熟悉不过了。然而，亲临其境时又有那么一点点陌生，你甚至会为真实场景出乎意料的朴素而感动。

当我们循着那超乎寻常的宽轨来到发射塔下时，为那傲视苍穹的钢铁巨擘震撼。是啊，在此西边的敦煌，如果说中国人曾经将飞天的梦想描摹在被沙梁深锁的洞窟壁上，而在这里，在浩瀚的戈壁边缘，背倚绿洲，这才是将飞天送往苍穹逐梦之地。

夕阳已接近西边那排密密匝匝的防护林杪梢，不过，这座一次次托举起中国人飞天梦想的钢铁巨擘，依然沉静地沐浴着灿烂的阳光。

修水老表

细想想，我此生许多时光一直在追逐山脉的走向。那天，才是10月中旬，乌鲁木齐秋雨蒙蒙，凉意正浓，已然沉入冬的默想。我参加完亲家的头七乃孜尔（凭吊仪式），便穿云破雾飞向武汉，目的地是江西修水县。亲家要比我年长，是新疆大学化学系退休教授，因患绝症诱发肠梗阻和全身扩散而去。早上，在南梁清真寺底层的聚餐厅，前来凭吊的人们都在吃着白喜宴，缅怀逝者。几位亲家坐在一起，在低声慨叹着。一位来自乡间的长者说："贤人言，比起亡人，云彩都离你近，至少云彩是可以看见的。这不，一个好人走了，我们再也见不到他了。"另一位说："大地是最冷的，它会冷冷地吞噬一切。"又一位说："我们都会死去的，这就是生命。"

当我一度向舷窗外望去，竟已不知不觉飞临祁连山脉上空，下面是一座座银色雪峰。大地苍茫，在辽远的柴达木盆地"彼岸"，依稀可辨昆仑山银灰色的厚重曲线。我忽然感动起来，是的，在我走过的所有山脉中，天山、阿勒泰山、祁连山、昆仑山、唐古拉山、喜马拉雅山、帕米尔山、阿尔卑斯山，几乎都是自西而东延伸（当然，也有自北而南的山脉，诸如阿尔金山、阿拉套山、乌拉尔山、洛基山、安第斯山等）。这不，此刻飞行其巅的祁连山，便是自西向东逶迤而去，目送着西下的夕阳。而在未曾踏足的修水，又有哪一座山脉在期待着我？在飞越青海湖上空时，看到一架交错飞去的海航客机，彰显着红色尾翼标识匆匆消失在后方。天色渐渐暗了下来，飞机越过青海湖便向东南折去，雪峰已经退隐，黄土高坡的一角也很快被黛色山脉替代。于是，云层与夜幕遮盖了一切。当飞机降落在武汉机场时，早已一片灯火，而修水在沉沉夜幕下的某一角正遥遥期待。沿着高速公路跨省飞驰3小时，钻过无数山洞，才在午夜12点赶到300公里开外的修水县城。

翌日清晨，方才看清这是一座山清水秀的繁华小城。作为当年通往这里的交通要道的修江绕城而流，汇入鄱阳湖，复随长江余波而去。现在，旱路早已替代水路，当年"九井十八巷，巷巷通城墙"的老城已然不复存在，代之而起的是跨过江面纵横交错的桥梁。城市四面环山，这里属大别山余脉九岭山和幕阜山两山之间的山涧地带，南面还有茅竹山脉与罗霄山脉相衔接。于是，我又开始了追逐山脉走向之旅。

我们要前往陈宝箴、陈三立故居凤竹堂参观。陈宝箴清末曾任湖南巡抚，其子陈三立是"清末四公子"之一、著名诗人，他的后裔便是在现代学界负有盛名的陈寅恪。那是一座远离县城名叫桃里的小山村，中巴车在狭仄局促的山涧两岸盘来绕去，一会儿在山阴里，一会儿在阳光下，阴影和光线在车窗上剪动。导游姑娘为了活跃气氛，先用修水方言唱了一首当地山歌，又为我们译成普通话：

> 修水老表爱唱歌,
> 哪个有我山歌多。
> 声声歌唱家乡好,
> 山歌越唱越快活。

姑娘快人快语,她的讲解十分有趣。修水方言把姑娘叫古丽、美丽叫几档、小伙叫古仔、健美叫嗨几……我心中暗忖,第一次听到在新疆以外把姑娘称作古丽的地方、有趣。

修水的名茶是宁红茶。这里传统有押茶盘习俗,即男方家带着儿子来女方家喝茶。女方家只会给客人倒一杯茶。如果姑娘愿意,在男方喝完第一杯茶后,姑娘会亲手倒上第二杯茶,这门亲事就算定了。如果女方不再倒第二杯茶,男方便会识趣地离去,大家都把脸面留足了。现在,到了县城里,押茶盘习俗又演变为摘茶盘时尚。即男方到了女方家,第一杯茶端上来后,如果姑娘愿意,就会端上第二杯茶。男方便心领神会,当女方倒上第三杯茶时,便会在茶盘放上8万元现金,以示定亲。女方接过定亲款,会为女儿准备嫁妆,择良辰吉日举办婚礼出嫁。为我们做导游的卢霞姑娘说,这个国庆节,她有几个姐妹都被摘茶盘——定亲了。

当车穿过一个小村落时,看到路旁新式楼房民宅门口有一村妇在做针线活儿。卢霞姑娘便说,姐天(女婿)、菊花、鸡,是修水妇女的三宝。女儿出嫁后,娘想见女儿,就得宠着姐夫(女婿),好茶端上,土鸡炖上。不然姐夫(女婿)就会说,背着媳妇来娘家,上坡气呼呼,下坡腿软软。下回就不会走得那么勤了。想想那一定是小脚女人时代,媳妇走不动,山道又难行,只有姐夫（女婿）背着媳妇翻山越岭而来。而如今，妇女缠足已成为遥远的历史记忆，何况交通发达，女儿不用行路，脚下一踩踏板就到了。然而，这一句话却流传至今，生活就是这样。真是十里不同天，百里不同俗。

陈宝箴、陈三立故居坐落在桃里小山村朝南的一面山坡下（陈寅恪出生在湖南长沙）。院内有昔年的举人石，当年自有威严，文武百官到此都要下马。横向连通的木质三进院房，显得一派肃穆。历史的痕迹也留在了墙上，"自力更生，艰苦奋斗"几个朱红大字依稀可辨。而陈年日晒雨淋的房屋，似乎沉浸在历史的冥想中。那也是一个时代，只要认真读书，从如此偏远狭小的山村，也可以中举走出山脉，成为国之栋梁。

陈氏后裔陈寅恪，是中国现代最负盛名的集历史学家、古典文学研究家、语言学家、诗人于一身的稀世人物，曾在清华任教时被称为"公子的公子，教授之教授"。陈寅恪学术研究范围甚广，他对魏晋南北朝史、隋唐史、宗教史（特别是佛教史）、古代语言学、敦煌学、中国古典文学以及史学方法探究都做出过重要贡献。尤其让我感佩的是，他长期致力于西域各民族史、蒙古史的研究，可谓独树一帜，与王国维、陈垣等形成了中国现代史学史上具有代表意义的"新考据学派"，对后人产生了重要影响。历史就是这样，如涓涓细流，源于深山，却汇入大江大河，汪洋恣肆，创造辉煌。

告别小山村，我们向茅竹山林场而来。风儿掠过竹海，秋天挂在枝头，而树杪寂寥地在向苍穹窃窃诉说秋的清凉。我们一行下车，徒步行进在林海间，越过桥下或隐或现的小溪，路边灌木丛旁有一株火红色的灯台莲煞是迷人。在苍凉的秋色中，唯有这株红色开得鲜艳。当地人说，此植物有毒，不可食用，唯有根块可以入药，专治毒蛇咬伤。显然，最为美艳之物，或许往往含毒。灯台莲一枝独秀，隐含着美丽毒素傲视苍穹。天地之广，世界如此博大，鲜花和毒草并生，它能默默容下一切。午餐安排在山涧桥边的茅竹山林场小镇。从这里，可以看到茅竹山主峰，在那里，林海已尽，露出一片柔和的浅绿，宛若天山深处的牧场，让人心里暖意涌动。

下午时分，我们来到朱砂村参观。一条山溪从村中流过，两旁尽是参天古樟。县里的退休局长瞿修平为我们讲解，他说，该村的三大特色是，乌鸡、青钱柳、采茶戏。不过，那天戏班巡回演出去了，没有看上他们的精彩表演，倒是在村边收割后的稻田里，看到了一群自由自在觅食的乌鸡，一色的黄羽红冠，在金黄的稻茬地里显得格外夺目。他们说，这里的乌鸡别处所无，黑到了骨头，十分滋补。在山坡地上他们栽种了200多亩青钱柳，准备发展青钱柳茶业。而整个村落确是一座古建筑"博物馆"，两三百年的民居随处可见。他们想以此发展旅游业，我却建议他们千万不要为了旅游开发毁了这座老村建筑。现在到处以发展旅游的名义过度开发，遗患无穷。应当说，这个老村旧貌，自身就是独特的旅游资源，只要把服务做好，相信会吸引那些闻知深山藏有古村的观光者青睐。不过，在这里，我几乎没看到年轻人。我问瞿乡贤："村里没有了年轻人，你怎么发展？或者说，你怎么把村里年轻人的心拴住?"他笑笑说:"这就是关键,我们只有发展起来了,在家门口给年轻人找到事做,他们才不会远出打工或游手好闲。"其实,这不只是朱砂村一村之事,也不是瞿乡贤一人所思所虑,让年轻人重回故土创业,是当务之急。我曾在台湾宜兰寒溪村泰雅族不老部落,看到留学澳大利亚回来的青年人,带着乡邻父老,把一个小山村打造成独具特色的旅游景点。到那里旅游,得提前一个月预约,每天的客流量限定30人,服务细致周到。旅游带动了山村手工土布织染,制成旅游纪念品就地出售。一些美院毕业的雕塑家也回归这里,打造他们的木雕产品,形成良性互动。几乎全是年轻人在这里服务创业,泰雅文化不仅传承,还得到升华。而乡村文化能否保住,是当下面临的一个症结。如果乡村走空,传统文化的根基也就不复存在。在大兴小城镇建设的同时,我们应该更为谨慎地保护乡村,保护古村落文化。那里面有太多的文化根须,不能在我们眼前剪断。

毫无疑问,黄庭坚是修水的骄傲和文化符号。这位北宋盛极一时的江西诗派开山之祖、文学家、书法家,与杜甫、陈师道、陈与义素有"一祖三宗"之称。黄是"苏门四学士"之一,生前与苏轼齐名,世称"苏黄"。其书法独树一格,为"宋四家"之一。黄庭坚7岁便作牧童诗:"骑牛远远过前村,短笛横吹隔陇闻。多少长安名利客,机关用尽不如君。"后来受到苏轼赏识,方始名震四方。他虽年少得志,却一生历经坎坷,屡中暗箭,客死他乡。但是,黄庭坚的诗论"点铁成金、夺胎换骨"之说,不仅影响宋代诗风,并对后世造成深远影响,延续至今。黄庭坚作诗被誉为"一字一句,必月锻季炼,未尝轻发"。黄庭坚提出诗之"句中眼",即后人所说的"诗眼",就是注重对关键字词的锤炼,"要字字有来处",同时重视句法,讲究章法。但他要求最终超越诗法,达到"不烦绳削而自合"的境界。黄庭坚的书法自成一家。尤为天下称道的是,黄庭坚虽身居高位,侍奉母亲却竭尽孝诚,每天晚上,都亲自为母亲洗涤溺器(便桶),没有一天忘记儿子应尽的职责。坐落于双井村西南的黄庭坚墓园,自宋以来多次维修。黄庭坚祖居之所"理和堂",经历了近千年的风风雨雨,至今保留完好。新建的黄庭坚纪念馆、黄庭坚公园,成为修水一景,也是修水人民心中的丰碑。

德祐元年(1275)三月,宋朝末代皇帝颁发诏书,追封黄庭坚为龙图阁大学士,这已是黄庭坚蒙冤辞世将近170年后事了。一年以后,至元十三年(1276),南宋幼主在临安(今杭州)受降,至此宋灭,幼主朝于元上都。显然,一位伟大的诗人,无须由一个没落皇帝加册追封,诗篇照样可以传诵千古,滋养后人。

走在修水大地上,逢人便可以道出当年秋收起义时,修水有十万之众参加暴动的壮烈景象,但是现在有名有姓的烈士,只有12000多人。最让修水人纠结的是,新中国成立后修水人没有出过一位将军。不过,发动那场秋收暴动的伟人的著名诗句犹在耳畔:"为有牺牲多壮志,敢教日月换新天。"走向诡谲的大山虽然沉默,但是先驱们依然活在今人记忆深处。

黄河在这里拐了一个弯

我沿着黄河走过多次,也在黄河岸边生活过几年。但是,第一次踏上齐河这块土地,依然感到黄河的无限神奇,九曲十八弯的黄河在这里竟然拐了一个90°的弯,奔向远方。

齐河位于鲁西北平原,黄河北岸,与有"泉城"美名的济南隔河相望。这里属黄河下游冲积平原,境内地势在海拔19～35米,低平展缓,土质肥沃,气候适宜,光照充足。齐河县,因城临济水,济水又名齐水,故名齐河。

被誉为中华民族母亲河的黄河,不仅哺育了黄河文明,也以它的桀骜不驯,历史上多次改道,洪水泛滥,给多灾多难的中华民族带来过无数次的灾难。

为了抵御洪灾,下游的人民不断地筑堤修堤,试图与黄河抗衡。在我们足下这条悬于村顶的绵延的公路,其实就是黄河护堤。在护堤的臂弯里,那条虽经上游无数的水库过滤澄清的黄河,依然不改自己黄色的面孔,裹挟着泥沙向下游湍急流去,试图闯过千拦万截,也要百折不挠、毅然决然汇入渤海。

我曾经在鄂尔多斯听说,山东省一位分管农业的副省长带队来到这里,与他们商量是否能把分配给鄂尔多斯的黄河水量放流让给他们,山东负责提供鄂尔多斯所需的所有粮食。鄂尔多斯婉拒了这位山东省副省长，因为，现在水贵如油，他们自己发展的瓶颈就是水。黄河水曾经从门前深峡流过，只能望河兴叹、无能为力的时代早已一去不复返，各种引灌、提灌、扬灌措施让人随心所欲。奔腾咆哮的黄河，一改历史面孔，在农忙季节不被断流，能够流淌到入海口，都需要以人间智慧来协调……

一方水土养一方人，齐河丰腴的土地滋养着这方百姓。齐河是全国产粮大县之一，全县耕地125万亩，吨粮田就有80万亩。又新进全国百强县之列，开发区和一座座高楼就在黄河岸边拔地而起，似乎致力于提升这里的海拔高度。

不过，齐河人自有他们的精神高度，淘粪工人时传祥便是齐河人。他的名言"宁愿一人脏，换来万家净"，镌刻在纪念馆壁上，在寂静无声中振聋发聩。这样灵魂高贵的人，或许会在拜金主义时代被一时忽略，但是永远不会被历史忘却。齐河人民则引以为豪。那天晚上，我们亲临的"大义齐河第二届十佳美少年颁奖典礼"便是一个实证，新一代正在继承前辈的美德善行。

黑陶艺术是齐河的标志之一，我们参观了几家制陶作坊。将黄河岸边沉淀的泥土幻化为艺术品，这就是齐河人的智慧。在黑陶艺术馆里，出自那些黑陶艺术大师之手的黑陶艺术品琳琅满目。盛世出珍品，那些令人目不暇接的艺术品，蕴含着大师们的艺术心智，释放着独特的文化品格，闪烁着时代的光芒，同时，默不作声地诉说着各自的齐河家世。

在黄河岸边防护堤上，一样老人用二胡伴奏，自得其乐地唱着在延安时代唱红的《南泥湾》。观众有的跨着摩托，有的坐在三轮拖斗车的驾驶座上,双手不离车把,双耳却忘情地被这歌声吸引,双目沉醉,痴迷得不肯离去。人有时会被这样的场景吸引,而忘却一时的疲劳与困顿。艺术的力量就在于此,它会抒发你的心志,激发你的感觉,让你对生命和阳光充满爱。

不远处,便是黄河护堤"红星一号诞生记"纪念碑,正在默守着从身侧流经的黄河。

茶圣之乡

茶圣之乡，并不产茶。

这是我第一次来到茶圣陆羽的故乡湖北天门才明了的。

那天，2015年中国（天门）茶圣节拜谒茶圣大典，在陆羽故园茶经楼前广场举行。整个天门沉浸在一片喜悦之中。一座城市，因了一个人，而显得富有生机。陆羽大道、陆羽公园、陆羽广场……一个个以茶圣之名命名的街道、公园、广场、建筑遍布昔日的竟陵——如今的天门市区。

733年，也就是被称为唐朝盛世的开元二十一年，深秋寒霜的一个清晨，也许是巧合，注定将成为陆羽救命恩人的竟陵龙盖寺智积禅师路过西郊一座小桥，忽闻桥下传来群雁鸣声，走去一看，只见一群大雁正用翅膀守护着一个男婴，男婴已经冻得肢体发抖,悲悯的智积禅师把这个男婴从雁群翅膀之下抱回寺里收养。这个男婴便是未来即将为中华茶文化做出历史贡献的茶圣陆羽。及至后来，这座石桥被人们誉为"古雁桥"，附近的街道被称为"雁叫街"，遗迹迄今犹存。史载是年长安久雨，京师饥馑，唐玄宗诏令放太仓米200万石以赈民。而抛下这个男婴离走的骨肉父母，或许就是从关中南下的饥民。这种流民自关中南下的情景，在日后还将重演，也由此势必将把陆羽推向更远的江南异地，造就为茶圣。

智积禅师是唐朝著名高僧,而龙盖寺附近居住着一位饱学儒士李公。李公曾为幕府官吏,此时退隐景色秀丽的龙盖山麓开学馆教授村童,智积禅师便请李氏夫妇帮他哺育弃婴。当时,李家女儿季兰刚满周岁,便随季兰的名字取名为季疵,视同己出。转眼长到七八岁光景,李氏夫妇年事渐高,一家人便返回千里之外的故乡湖州。

季疵回到龙盖寺,在智积禅师身边煮茶奉水。智积禅师为他占卦取名,以《易经》占得"渐"卦,为"鸿渐于陆,其羽可用为仪"之义。意为鸿雁翔于天空,羽翼翩翩,雁阵齐整,四方皆为通途。遂取姓为"陆",名"羽",以"鸿渐"为字。这个不明身世的孤儿,从此将以陆羽之名名扬天下。智积禅师煮得一手好茶,便让陆羽自幼习练艺茶之术。然而,这个日后在《陆文学自传》中以"字鸿渐,不知何许人,有仲宣、孟阳之貌陋,相如、子云之口吃"自嘲者,虽用语诙谐,但也道出真情。恰恰这位貌丑口吃的少年陆羽,虽身在庙中,却喜欢吟读诗书。因此,12岁那年,陆羽离开了龙盖寺。此后,陆羽在当地的戏班子里当过丑角,还编剧作曲。随后,陆羽受到竟陵太守李齐物赏识,荐送火门山受业七年,直到19岁那年才学成下山。

此时,年仅19岁的陆羽便已立志茶事研究。他的著名诗作《六羡歌》自是直抒胸臆:"不羡黄金罍,不羡白玉杯。不羡朝入省,不羡暮登台。千羡万羡西江水,曾向竟陵城下来。"

然而,天宝十四年(755),安史之乱(亦称天宝之乱)爆发,生灵涂炭。晚年的唐玄宗李隆基已然昏聩，洛阳失守，便听信宦官监军边令诚谗言，对退守潼关的封常清、高仙芝两员经验丰富、作战勇猛的将领，以"失律丧师"之罪处斩示众。随之起用曾经屡建奇功，现已半身不遂、病卧在家的哥舒翰为兵马副元帅，令其率军20万，镇守潼关。但是，随着时间的推移，唐玄宗又失去耐心，听信奸相杨国忠鼓动，下圣旨强迫哥舒翰从潼关出战，哥舒翰接圣旨后知道此战必败，但不能抗旨，只得挥泪带兵出战，果然中伏大败，自己也被手下绑送敌营。潼关失守，玄宗仓皇西逃。在马嵬坡六军将士终于忍无可忍，发动兵变杀死杨国忠等人，高力士等人缢杀杨贵妃，旋即太子李亨在灵武自行即位，是为肃宗，尊李隆基为太上皇。玄宗虽退往蜀地，然而，深受变乱之苦的关中黎民百姓，逃往长江一带。此时，名扬朝野的李白与妻子宗氏亦一道南奔避难。战乱使社会遭到了一次空前浩劫，唐朝自此由盛而衰。杜甫有诗曰："寂寞天宝后，园庐但蒿藜。我里百余家，世乱各东西。"

也正是这一天下大乱的历史关头，迫使陆羽跟随关中难民一路南下，跋山涉水，辗转来到江南湖州。当时陆羽年仅24岁，由是定居于此，以茶民为友，以茶叶为伴，遍历长江中下游和淮河流域，考察收集了大量第一手茶叶种植、采摘、产制资料，开始依据实地考察资料写作《茶经》。这便是天门无茶而出茶圣的历史缘由。

流寓江南的李白因参与永王李璘谋反作乱之嫌锒铛入狱，由此流放夜郎，遇赦得还时，留下千古绝唱《早发白帝城》，暗讽他的政敌为"两岸猿声啼不住",傲视群雄"轻舟已过万重山",以他的桀骜狂放来了一次最后的倾泻,不久结束了他传奇而坎坷的一生。而杜甫也是在漂泊饥困中,平定安史之乱不久,客死于由潭州摇往岳阳的一条小船上。

陆羽虽然也善于写诗,但唐诗的时代即将过去(而晚唐和宋词的时代还在遥远的未来期待),其诗作存留于世的并不多。恰是他在那样一个由盛至衰的乱世,自唐朝上元元年(760)隐居江南,潜心撰写《茶经》三卷,成为世界上第一部茶叶专著,传于今日,成为历史的丰碑。正如《新唐书陆羽传》所载:"羽嗜茶,著经三篇,言茶之原、之法、之具尤备,天下益知饮茶矣。"在中国茶文化史上,陆羽所创造的完整一套茶学、茶艺、茶道思想,以他所著《茶经》首开先河,也是中华文明对人类的第五个重大贡献,在人类文明史上成为一个划时代的标志。

陆羽还撰下《水品》一篇,可惜今已失传。只是在其同代文人张又新的《煎茶水记》里,详细列出陆羽品评过的江河井泉及雪水等共20品水单。陆羽逝世后,后人尊其为"茶神",始于晚唐。及至今日,由于陆羽对中国茶业和世界茶业发展做出的卓越贡献,被称为"茶博士",誉为"茶仙",尊为"茶圣",祀为"茶神"。

茶是中国的骄傲,民族的自尊、自信和自豪。饮茶可以思源。在陆羽家乡天门,"茶圣节"成了这里的文化品牌。人们纪念陆羽,就是因他的《茶经》风清气正,真实体现了"君子之交淡如水""清茶一杯也醉人"的道德风尚,是中华民族珍惜劳动成果、勤奋节俭的真实写照。天门虽不产茶,但是拥有茶圣之乡美名,天门人胸怀天下,即将在家乡建成茶博物馆,收集天下茶品,展示给世人,成为中华茶文化的象征,同时将天门打造成为茶的集散地,让天下的茶从这里经过。

哀牢山下

我是第一次走进元谋土林。从土林奇异的峰间望去，可以看见南面山脊一排绵延的风力发电塔，在青山与蓝天之间画出一道白色线条，旋转的桨翼似乎在搅动着天际。而元谋作为恐龙和元谋人的故乡，现在这里已经是蔬菜种植基地。真是一方水土养一方人。

当我们来到哀牢山下的双柏县，这里又是另一番风景。在县城近旁蓄着一汪绿水，水抱县城，滋润着满眼绿色。这里是彝族同胞聚居县，因为我们的到来，专门组织了一场彝族风情表演。

从小径尽头开始，一路铺满了松针，一踏上去，奇异的松香扑鼻而来，脚下的松针显得柔软无比。来到小院，已经聚集了当地的百姓。传统的彝族老虎笙、毕摩表演让人大开眼界，赤足蹈火、牙叼烧红的犁铧等，摄魂震魄，还有激情四射的彝族舞蹈、曼妙的彝族山歌、绚丽的彝族服饰。这里的彝族服饰花样有390多种，令人目不暇接，足足可以开一场彝族服饰博览会。

县委书记李长平也是一位诗人，他的一首诗被谱写了优美的曲子，成为县歌。与他聊起双柏县的人文地理，历史掌故如数家珍。最让他称道的是，这里的山川锦绣，人民质朴。保住老祖宗留下的美丽山川，才是他们的首要任务。县委、县政府决意不在哀牢山上修风力发电站，保持一条清洁山脉。我为他们的这种眼光感到振奋。的确，现在，走在大江南北，似乎所有的山脉都修建了风力发电站。而风力发电对大气环流、水分蒸发、候鸟迁徙带来的负面影响还没有被充分评估和认识。应该说，风力发电业潜在静悄悄的污染，只有时间能够证明一切。

李长平说，他们准备把全县境内3万立方米以下容量的小水库全部拆除，小水电厂全部关停，让山涧溪流还原原初的生机和活力。曾几何时，见沟就修水库，见溪就阻断修坝，也是一种泛滥。岂不知，"流水不腐，户枢不蠹"是老祖宗早已发现的真谛。一条活水，就是一方生态平衡的命脉，鱼类繁衍，生物品种的制衡，就是靠活水实现的。而现在，几乎所有的河流都被水坝和水电站阻断，也未必是真正的社会所需。我很想看到，双柏县如何实现打通溪流山川，还原一方土地的自然活力，造福一方百姓的魄力和举措。

当然，祖国千山万水，彩云之南更是山川众多，以保住一方名山哀牢山，不为急功近利、跑马占荒式发展的风力发电站所扰，也是一种贡献。

期待着风清气正、青山绿水、山川锦绣、百姓和美的双柏县新的明天。

牧马秦人

那天，在雨中参观宝鸡青铜器博物馆，讲解员详细讲解秦人的迁徙路线，陪同我们参观的朋友用浓重的关中口音说道："哦，那秦始皇就是个放马人的后裔。"我突然觉得秦始皇好可爱，居然与牧马人有关。不过，八百里秦川可是典型的农耕文化带，南北原上和陇上之境也是千百年来的熟耕之地，我怀疑在秦人迁徙沿途何处能有让马群驻牧吃草的地方。

2015年9月，我应邀来到甘肃张家川关山，眼前的一切，不得不让我修正自己的浅见。那辽远的草地、茂密的丛林、安闲俯首觅食的牛马羊群，与我所熟悉的天山、阿勒泰山景致无异。明媚的阳光、碧蓝的天空、远近飘浮的白云，更是给这秋月的清爽平添惬意。一条弯弯曲曲的小河，浅吟低唱，兀自在那里欢快地流淌。几株硕大的山杨，在河湾静静地沉思，无暇顾及叠筑于枝杈高处的喜鹊窝巢群落和它们欢欣的喳喳声，或许正在默想即将来临的冬天和行将离别枝梢的金叶。草木一秋，这是宿命。

在小河那边，山坡上有一片亭亭玉立的白桦林，洁白的身姿在微风中舞动。我来到白桦林边，白桦林深处有一棵白桦被风吹斜，歪倒在另一棵白桦树肩，更是给这白桦林增添了几许生命的张力和色彩。在小河对面，那条蜿蜒的公路覆盖了古时官道。此刻，除了我们的车辆停泊在路边，偶或还有载重卡车隆隆驶过，似乎由此向我们炫示这里曾经是丝绸之路起点的延续。宛若昔日无尽的车马驼铃声，随着从白桦林间滑过的秋风，拂响抖动的每一枚叶片，恰似发出历史的金属回音。亘古以来，那出征的队伍、往来商贾、和亲公主、异邦来使，都曾从这里走过。而在关山那边，便是沉默的八百里秦川。牧马秦人亦是从这里驭乘快驹，越过关山，在山那边建立起秦国，最终实现书同文，车同轨，一统天下。

最令后人记诵的是《木兰辞》描绘木兰从军"万里赴戎机，关山度若飞"的那幅历史画面。关山古称陇山，又称陇坻、陇坂、陇首。《太平御览·地部》载："天水有大坂，名陇山……其坂九回，上者七日乃越……"显然，史上实属难逾之山。不过，在海路未开通前，自周秦汉唐直至明朝的漫漫历史岁月中，但凡在长安、洛阳、开封等中原地带建都时期，关陇古道便是我国连接亚欧的陆上纽带（而在燕京、大同建都时，北出关塞，通过蒙古高原，取道欧亚草原），沿途可谓"五里一燧，十里一墩，三十里一堡，百里一寨"，是古丝绸之路上建筑工艺最高、延续时间最长、保存最为完整的古道群落。

不过，由木兰的行为可以看出，那时的中国女人尚没有缠足，不然木兰从军不会是同僚慨叹的"同行十二年，不知木兰是女郎"。还有，看来当时男女发束似无太大区别，否则木兰不能回家便是"当窗理云鬓"了。另外一个关键细节《木兰辞》没有交代——也无法或无须交代，那就是，在漫漫十二载边关戎涯中，木兰是如何瞒过那些男性兵丁的？这里充满了玄机。当然，《木兰辞》

字如玑珠，无须描述太多细节。

时光是最好的见证者，现如今这里山川依旧，却换了人间。张家川人精心呵护着这块并非穿越，而是真正见证过历史的土地。此刻，身着花红柳绿的鲜艳服饰的回族儿女，站在秀丽的白桦林边一展歌喉，唱起了美丽动听的花儿《河里的石头翻三翻》。

> 河里的石头翻三翻，
>
> 水小着翻了个两翻；
>
> 我一回娘家转三天，
>
> 想你着转了个两天。
>
> 阿哥哟，
>
> 想你着转了个两天。

从白桦林中蹿出的风，缠绵着将歌声带向远方，与那低垂于山峦的白云交织在一起。耳边却又响起花儿《上了梁梁缓着哩》。

> 上了梁梁缓着哩，
>
> 我看见娘家远着哩，
>
> 哎呦呀，
>
> 我看见娘家远着哩。
>
> 等了三天你没来，
>
> 我眼泪淌了两窗台，
>
> 哎呦呀，
>
> 我眼泪淌了两窗台。

遥想当年木兰"愿驰千里足，送儿还故乡"，她的心迹定是洒落在这方土地，与今日回族人民的浪漫情怀相融在一起。

桑植与天山

那天,全国政协考察组一行来到湖南桑植,参观贺龙故居和贺龙纪念馆,那一幅幅的图片将历史与现实衔接。我立即给贺捷生大姐打去电话,说我们已经到桑植,刚刚参观完故居,正在贺龙元帅纪念馆参观。贺大姐很高兴,她一再地感谢我们能走到她的家乡,参观故居和纪念馆。我说:"大姐,千万不能说感谢,这是我们应当做的分内的事。"

记得20世纪60年代我们的小学语文课本里有一课《两把菜刀起家》,描写的就是贺龙元帅当年如何在家乡以两把菜刀干革命的泣鬼神动天地的故事。陪同我们的人介绍说,其实,那是两把柴刀,湖南方言故事在传播途中柴刀演绎成菜刀,并最终以菜刀定格。他们曾经在桑植县入口处立起两把菜刀雕塑,后来,来自外地的旅游者和客商提出,可否将两把菜刀雕塑收了,不然挺吓人的。于是,为了发展地方经济,他们采纳了这些旅游者和客商的建议,将两把菜刀的雕塑收了起来。但是,那种天不怕地不怕的革命老区精神,成为这一方土地的傲骨和精髓。

我在纪念馆看着一组组珍贵的历史照片,在一组照片前停了下来。那是1965年10月1日,贺龙元帅率领中央代表团出席新疆维吾尔自治区成立10周年庆祝大会,并代表党中央、国务院致辞，10月9日在和田地区与维吾尔农民在一起的照片。其实，在这期间，贺龙元帅带领代表团飞临伊犁，我当时是伊宁市第十五小学五年级学生，我们学校组织全体高年级的同学来到机场路上夹道欢迎中央代表团一行。那是一片彩旗和鲜花的海洋。机场路两边不像现在挤满了建筑。那些在春天里我们植下的树苗，已然成活，长出满枝条的树叶，但是仅此而已，眼下尚不能成为树荫庇护我们。10月的伊宁依然绿树葱茏，阳光强烈。我们在清晨的阳光下遥望着机场方向，期待着那只银燕飞临。马路对面就是长满了菖蒲和芦苇的水洼（现已不复存在，俨然成为群楼丛林），当地人把它叫作塞斯坑——源自维吾尔语 se sikh kol——臭水湖谐音，在暑期里，只要晴天，几乎每天下午都要被中小学生塞满，在那里游泳取乐。此刻，随着日头爬高，浑身晒得热了起来，真想跳进那边的水洼游泳，驱赶身上的热气。但是不能，我们今天的任务就是欢迎贺龙元帅一行。

那时，时兴敲锣打鼓夹道欢迎，手捧鲜花，打着彩旗烘托气氛。当创建共和国的传奇英雄贺龙元帅带领的中央代表团成员车队，从我们这些少先队员队列前缓缓经过时，我清晰地看到贺龙元帅在向我们热情招手，我们的队列前没有现在那种隔开的人墙，或执勤的军警，我们的视线可以直接相遇。我们所能做的是尽情地欢呼：欢迎欢迎！热烈欢迎！

后来我才得知，当时贺龙元帅一行带来的珍贵礼物是由南京半导体收音机厂生产的熊猫牌半导体收音机。我曾在1969年冬天的中学生拉练中（而在此时，贺龙元帅已于1969年6月9日被迫害致死），在途经伊宁县红星公社听取盲人贫下中农代表、学习毛选积极分子司马义为我们忆苦思甜时，看见他脖子上就挂着一个由棕黄色牛皮封套包装的熊猫牌半导体收音机。他不无炫耀、更是真诚地向我们举起那个收音机说："这是当年自治区成立10周年时中央代表团赠送给我的，我现在每天都通过它听来自党中央的声音。"他打开收音机开关，即时给我们放一段中央人民广播电台的播音，他本人其实不懂汉语，但是脸上笑容灿烂，他不无自豪地说："听到了吗，这就是来自北京的声音，通过它，北京和边疆的距离拉近了。"后来，我插队来到红星公社，还担任过红星公社党委新闻干事，不止一次接触过这位司马义大叔，他很为当年中央代表团赠送给他的熊猫牌半导体收音机自豪和骄傲。

多年以后，当我向贺捷生大姐讲起这一幕时，她很高兴，她说，其实当年自己应该和父亲一起去新疆的，尤其应该去伊犁，因为她的母亲蹇先任60多年前（1942年）从苏联回国，在跨过霍尔果斯口岸桥之后，首先踏上的就是这片土地，随后被当时的新疆军阀盛世才扣留，押送到乌鲁木齐软禁起来，长达8个月之久。贺大姐说，在那段时间，母亲交了不少维吾尔族朋友，向他们了解民族风情，学习手工艺，也向他们学习婉转别致的民族语言。作为一个知识女性，母亲在学习方面既有天赋，又是个极为细致和认真的人。向维吾尔族朋友学习语言时，她不仅把维吾尔文一笔一画地描摹下来，还用汉字标注读音，又在旁边加注相关内容。这样的笔记，她足足记了多半本。当她离开新疆时，差不多能和少数民族朋友进行简单的对话了,这为她在滞留阶段从事群众工作带来不少方便。作为伊犁人,我第一次听闻这段感人至深的故事,对贺大姐说:"您应该亲自去一趟伊犁,感受一下那边的地理地望、风土人情,将您母亲的这段故事讲述给天下听。您无论写成散文或随笔,请先给我,我在《中国作家》首发。"贺大姐欣然应允,并在来年夏天亲赴伊犁等地,亲历她父亲母亲走过的那片土地,写出了绝美散文《父亲的天山,母亲的伊犁》,我是于2011年1月17日签发到2011年第3期《中国作家·文学》刊发的。此文一出,产生了巨大的反响,先是荣获"第五届《中国作家》鄂尔多斯文学奖","第六届鲁迅文学奖"又接踵而至。于是,各种文学奖项纷至沓来。

贺捷生大姐出生在红二、六军团的大本营桑植南岔村冯家湾。在她出生第18天,即1935年11月19日,红军的三大主力之一,8个月后改编为红二方面军的红二、六军团,从桑植刘家坪开始长征,追赶一年前已经长征的中央红军。由此,贺大姐成为最年幼的长征亲历者。她不仅是元帅之后,共和国将军,同样是一位优秀的军旅作家。她自己坦言,沿着父辈的足迹走一走,缅怀他们的业绩,正是她晚年最想实现的愿望。这些年来,贺大姐为我们讲述了一系列红色故事,而被网友留言"看得让人热泪盈眶"的散文《父亲的桑植——谨以此文献给父亲贺龙》,讲述了贺龙元帅从1916年用两把菜刀领导芭茅溪起义,到南昌起义失败后,1928年2月初,赤手空拳回湘西举行"年关暴动",直至1935年长征以后摄人心魄的故事。当然,她在讲述桑植与父亲的故事的同时,也为我们描述了父亲的天山、母亲的伊犁,倾诉伊犁是几十年来萦绕在她心里的一个梦,就像一声召唤,总在她的灵魂中催促启程。

  我们走出贺龙纪念馆,在伟岸的贺龙元帅铜雕前合影留念。远处传来鼓乐声声,桑植白族风情表演遥遥期待着我们的到来。

雨城即景

我是从南国海边深圳的阵雨中辗转成都，中午时分进入雨城雅安的雨幕。密集的雨脚落在地上，溅起一汪汪的水花，复又汇成一股股的水流恣肆流淌，流向江边。只见眼前的青衣江波涛滚滚，江水暴涨，吃近两岸河堤。此时，手机不断传来水淹武汉的讯息，让人扼腕。滚滚长江东逝水，也有一捧浪花是从青衣江带着雨城人的焦灼心情而下。

雅安雨水多，素有"雨城""天漏"之称，是四川降水最多的区域，有些年份其雨城区降水量甚至多达 2000 毫米。我们原本下午要去碧峰峡熊猫基地采风，但是，大雨挡住了去路。中巴车开到一条湍急的河流旁，看着浊浪涌满桥涵，便从岸边带着遗憾折返。雅安是大熊猫的家园，准确地说，四川大熊猫栖息地核心区 52% 的面积在这里。1869 年，法国生物学家阿尔芒·戴维在雅安宝兴县邓池沟发现世界上第一只大熊猫，并制成标本运往法国，成为巴黎博物馆的镇馆之宝，曾轰动世界，雅安由此冠以大熊猫发现地之美名。1955 年以来，从这里先后送出活体大熊猫 136 只，第一只出国活体大熊猫和第一只以"国礼"身份出国的活体大熊猫均由此送出。如今，雅安是我国活体大熊猫存量最多的地区，而且雅安大熊猫的栖息地，竟大多就在茶马古道旁。

雅安是我国历史上南路边茶马古道起点，雅安边茶从唐朝开始传入西藏，距今已有1300多年历史。现今，雅安边茶又赋予了新的雅称——"中国藏茶"（亦称"雅安藏茶"）。那天，我们在雨城区参观新建的"中国藏茶村"，耳目一新。"汉藏纽带·西蜀瑰宝""中国非遗，千年传承""黑茶鼻祖，雅安藏茶"等招牌词语十分醒目。藏茶是全发酵茶，采摘于当地海拔1000米以上的高山，择用当年生成熟茶叶和红苔，经过特殊工艺精制而成。自古以来，藏族人民十分爱茶，有民谚曰"宁可三日无粮，不可一日无茶。""一日无茶则滞，三日无茶则病。"藏茶具有消脂去腻等多种功效，千百年来，成为藏族人民日常生活必需品。藏茶是各种制茶工艺中流程最为复杂、最为耗时的茶类。通常需要经过和茶、顺茶、调茶、团茶、陈茶五大工序和22道工艺，用时6个月左右方可依照古法炮制而成。

在中国藏茶村博物馆，展示着一幅幅珍贵的历史照片，形象地还原了藏茶采摘、生产、运送的历史瞬间。令人最为震撼的是，那些背茶走进藏区的背夫（亦称背二哥、背子），手握"T"形拐杖——俗称"拐笆子""墩拐子"，拐尖镶有铁杵，背负着每包20斤、由十至十几包藏茶摞成的百十斤重的茶背子，一步一个脚印，坚忍不拔地走向藏区的步履。在他们前方，横亘着高山险水，他们行进在绝壁栈道，抑或是激流江边，走累了，也不能放下背负的茶背子——地势陡峭也无处可放，而是将"T"形拐杖铁头杵在脚边顽石上，拐杖柄托住茶背子，稍事休息，缓口气，继续艰难前行。经年累月，那些顽石上便杵出了一眼眼小坑，无声地述说着藏茶走过的历史。而今，那个被吟唱为"二呀么二郎山，高呀么高万丈"的雄山，已被拦腰打通隧道，天堑变通途。高速公路亦在雅安境内纵横交错，四通八达，藏茶已然告别人背畜驮的艰辛历史，轰鸣的重型卡车一路欢歌轻捷地驰进藏区，送达千家万户，而背夫和茶背子已然退出历史舞台，静悄悄地走进了博物馆。灾后重建，更是给这一方土地带来了翻天覆地的变化，从震中芦山县开始，到雅安各地，从人们的精神面貌，到硬件建设，可谓焕然一新。

如今，藏茶汉饮蔚然成风。我们坐在藏茶博物馆品茶区，一边享用甘醇的藏茶，一边聆听茶室主人娓娓道来。品尝藏茶有四绝，称为"红、浓、陈、醇"。"红"，指茶汤色透红，鲜活可鉴；"浓"，指茶味地道，饮用时爽口酣畅；"陈"，指茶香沉郁，且保存越久，陈茶香味越是浓厚；"醇"，指入口不涩不苦，滑润甘甜，滋味醇厚。的确，那透明的玻璃茶缸中，藏茶特有的红色显得十分纯净。在这昔日边地咽喉雅安，品茶的茶具也要比江南粗犷得多，不是以浅浅小盏细品慢咽，而是以茶缸大口啜饮，给茶赋予了另一种风格。或许这是一种文化的反馈，当背夫们将茶背到藏区的同时，又从藏区带回了大缸喝茶的豪迈，形成雨城雅安一道独特风景。

藏茶给雅安带来另一种新风尚，即用藏茶做室内装饰——用竹篾做的茶包码起室内的墙壁，既有一种南国竹篾文化之美，又有满屋茶的馨香。或许这也是一种新的收藏藏茶方式，随着日深月久，茶的品质越发提升。在未来的某一天，将这些陈茶撤下入市，换上新茶，室内依然茶香缭绕，有益身心健康。

现今的雅安，那条"以茶易马""茶土交流"的川藏茶马古道焕发勃勃生机，成为雨城新的内涵，吸引天下来客品尝雅安独有的中国藏茶，领略雨城朦胧的风采，捡拾背夫们铁杵留下的点点足迹，自成一幅雨城奇景。

金玉之城

记得 20 世纪 80 年代末,我从广州乘车前去深圳,高速公路正在修建,沿途几乎是在临时铺设的辅路上踽踽而行,整整走了七个多小时,受尽颠簸之苦方才抵达。如今的深圳,已成为南国海滨一颗耀眼的明珠。那天,我们参观罗湖区水贝村万山珠宝城,眼前为之一亮,显然这里是深圳的一个缩影。

水贝应当说是中国当代珠宝业的发源地。在改革开放春风沐浴下,这个村子奇迹般地发展,如今只留下村名,已成为深圳的有机整体。走进昔日的水贝村域,满街都是琳琅满目的珠宝店。而一座万山珠宝城,便蕴藏着价值 50 亿元的金银珠宝,真可谓对"价值连城"一词的具象化诠释。

其实,金银珠宝,不啻显示"珠光宝气"与富贵,个中蕴含了人类文明与文化。比如,玉属于中原文化的象征,而金则属于草原文化象征。古希腊历史学家希罗多德曾经记载过印度北方人的淘金故事。他们骑着母骆驼,牵着两峰公骆驼,翻山越岭来到北方沙漠,从比狗小、比狐狸大的蚁穴中采夺金子。采金人趁着太阳在一天当中最热之际,那些蚂蚁不得不躲避阳光钻入地下时前来采金。采金人的行迹一旦被发觉,那些蚂蚁便会全速追撵这些入侵者,试图啃啮他们。采金人只好先放出一峰公骆驼让蚁群啃啮。当蚂蚁再度追上来时,采金人会放出另一峰公骆驼让蚁群纠缠,自己骑着因思念幼驼心切而狂奔的母骆驼,带着金子夺路逃回……

我在鄂尔多斯博物馆,曾经见到一个稀世珍藏品——匈奴王的纯金王冠,打造工艺令人赞叹。那是一件由三条金冠带构成的王冠,额前镶嵌着幽幽的蓝宝石闪着冷光,王者之尊便蕴含在那一丝冷光中。王冠之上,是一只厂欲展翅腾飞的雄鹰立于半圆冠顶,却俯瞰着足下线条简练生动的四只狼围猎一只野羊的写实图景。鹰头是由两块绿松石磨制而成(其中一块是鹰头部,一块是鹰喙),由一根金丝从鼻孔穿入,通过颈部与腹部相连,由此鹰头可以自由左右摆动;鹰眼是由两块金片镶嵌,那鹰满目金光,却让人想起了无际的蓝天。王冠的主人早已折戟沉沙,化为尘埃,而这金玉构成的王权象征,依然在那里熠熠生辉。王冠虽然被今人深锁在博物馆幽暗的有机玻璃展柜里,却无言地诉说着那一段无人记载的历史,期待着后人解读它们。

我曾在阿拉木图近郊叶斯克县(Yesik)的塞种人(Sakh)金人出土博物馆欣赏到国王的武士金衣(的确,在古代如果不是武艺超群的武士,是很难坐稳王位的)。那副落地金铠甲,居然全是用菱形金块编织而成,束腰也是金腰带。武士头顶的高冠,亦是纯金制作;就连他的鞭杆都是金质的,是名副其实的金鞭。而王剑剑鞘是金子,剑柄也是镶了金的。武士的裤子镶了金边,护腿都由金块编联而成。一同出土的,还有金鹿、金盘羊、金虎头、金山羊等纯金制品,让今人对横跨欧亚草原的古塞种人的金文化称奇不已。

在长沙参观马王堆出土汉墓的金缕衣冢时，我更为古人的精巧设计、精妙工艺、精工杰作感慨。金衣的主人，或许生前就为自己的结局做过万千谋划，但是，百密一疏，一定没有料到在千年之后，连同其遗体与金缕衣冢一起，会展示于光天化日之下，以满足今人浅浅的好奇心。而水贝村的这种辉煌，想来也是古人未曾预料到的奇迹之一。

然而，这里的奇迹是因一个老人画了一个圈而发生的。那个曾经的小渔村，经过这几十年的发展，已然屹立在东方地平线。从车窗和树木夹缝一闪而过的景致中，我意外捕捉到一个细节：对面的山梁上只有青草依依，却不见树木。我望着只隔一条浅溪和一道铁丝网的山脉，回望满目葱茏、被林木覆盖的山脊，不无疑惑地问："为什么那边就没有树木呢？"回答令人震撼。那是当年怕这边的人躲进树林跑到那边去，就把邻近山上的树木全砍伐光了，所以只见绿草，不见树木。而如今，小溪与铁丝网两边的城市已经没有什么差异，所留下的仅仅是这一点轻描淡写般淡淡的历史痕迹。眼下，徜徉在容纳了世界名贵金银珠宝饰品的水贝村大街上，丝毫感受不到那种遥远的历史给人留下的紧迫记忆。熙熙攘攘穿梭于金玉之城的人们，都是普通百姓。金玉从王权的象征，已然还原为普通人的日常消费品，历史的脚步由此可见一斑。而正在建设中的金展中心，作为水贝村乃至罗湖区新的地标建筑巍然矗立，正在预示着深圳珠宝业和这座城市共同的明天。

中山"三边"

来到中山,他们十分自豪地告诉我,这里古称香山,人杰地灵,名人辈出,是一代伟人孙中山的故乡。为了纪念孙中山,民国十四年(1925年)4月15日,香山县更名为中山县,几经变革,确立为现在的中山市。一座城市,因一个伟人而命名,应当说古今鲜见。但是,孙中山在中国近现代史上的作用,那不只是一座城市涵盖得了的。所以,在许多城市,都有以"中山"命名的街道、学校、医院,等等。这位坚毅而谦和的伟人,雕塑虽然默立于这座城市中央,但是在经历了百年风雨之后,依然与中国黎民百姓生活息息相关,与这个共和制的国家英名长存。

一座城市,因了一条江而会变得活力四射。岐江穿过昔日的香山——今日的中山城,那座当年的码头小镇称作石岐。也正是这条默默流淌的岐江,静静地诉说着坐落于岸边的老石岐和新石岐的变化。从某种意义上说,是一条江催生了一座城,又是同一条江,在记述着这座城市迈进的时代步伐。而那种油然而生的欣慰与喜悦,充盈于昼夜流淌不息的水脉中,浅吟低唱,流向海洋。

今日的中山洋溢着生机与活力,其每一座城镇都有自己的产业特色,而且具有面向世界的气魄。古镇便是被称为灯市之都的镇子,这里生产的各色灯具,走遍全国都能看到,在全世界都有产自古镇的灯在熠熠生辉。而正是这样一座古镇,如今却开始建设湿地公园,试图通过构筑绿色生态水网,营造岭南水乡文化氛围,充分发挥绿色生态水网的生态、经济和社会效益。同时,灯都生态湿地公园将以生态绿光加之特色灯光为亮点,作为灯光文化展示窗口,搭建发展绿色生态的居住环境。将园区内的山、谷、湖、岛、溪、塘等地形与各个湿地池塘、浅水区域,各个拱桥、小桥连接起来,融为一体,构成一幅湿地美景图,以此来美化小镇人的生活。他们认为,这不仅是一项经济发展课题、民生课题,同时也是一项绿色生态文明课题。由此来打造一张古镇宜居、宜业、宜商、宜游的亮丽名片。显然,这座古镇可谓在和光与电的速度同步发展,以七彩之光照亮世界的同时,开始装点自己,用全新的姿态面向世界。

一个人对故乡的记忆有时会很奇特。中山是著名侨乡,从这里走向异国他乡的华侨,在他们的记忆深处却留有对家乡"咀香园"月饼的记忆。他们其实也就是想回味一下对于家乡的味觉记忆。我想,伟人孙中山当年也一定在内心深处铭刻着对"咀香园"月饼的那种清澈记忆。一种味觉就是一种动力,是思乡的动力、生活的动力、生命的动力,也是社会变革的动力。因此,一块"咀香园"月饼不仅成为记忆的符号,也是文化的符号,同时也成为中山的符号。一块"咀香园"月饼,可以凝聚中山人的人气,寄托着他们美好的心思。故乡除了山水人文,更会有与童年伴生的记忆,这才是令人缱绻眷恋之处,也是每个人不言而喻的内心隐秘。

中山依托着江边、海边、山边，被他们戏称为"三边"，于是孕育了咸淡水文化。珠江为淡水，南海是咸水，淡水代表传统的中华文明，咸水代表海洋文明。而伟人孙中山正是这两种文明衍生文化的集大成者。如今的中山人有了更为开阔的胸襟，他们将中山、珠海和澳门地域视为同一个香山地区。珠江有八大出海口，其中五个出海口流经香山地区汇入南海。咸淡水在香山地区交汇碰撞融合，形成了咸淡水文化。于是，他们倡议中山、珠海、澳门等地诗坛联合起来，共同创建大香山地区"咸淡水诗派"，由此体现香山地区与众不同的文化发展路子。这也符合习近平总书记提出的"一带一路"倡议。我们曾在中山市的一个文明小区宇宏健康花城建立《中国作家》创作基地，派驻作家到这里深入生活和创作，业主们于是自发写出"我的邻居是作家"的文章予以赞誉，可见人们对精神文化的渴求与向往。如今的中山，正如他们所说，是伟人故里，和美中山；是一座社会和谐、经济兴旺、环境优美、民生幸福的现代化城市。这也正符合150年前诞生于翠亨村的孙中山先生的遗愿。

一座金桥的消逝

我第一次看到乌兰汗这个名字,是在一本苏联作品集上。应该是乌克兰作家冈察尔的短篇小说《永不掉队》译文之尾。当时我在边疆生活,这位译者的名字引起了我浓厚的兴趣。我暗自揣度,好奇怪的名字,"乌兰"应该是蒙古语,是红色的意思,而"汗"应该是维吾尔族女性名字常用字眼,这位译者究竟是什么人?但是,很快我又否决了自己,"汗""可汗""可罕"自古有之,而且专指男性帝王。那么,这位乌兰汗又是哪位"红色帝王"?

那时候没有现在的网络、手机,连曾经风行一时的BB机也未曾问世,信息十分闭塞,我只能在遥想中度过。每当在报刊图书中见到译者乌兰汗的名字,就会感到无名的欣喜,作品本身往往被我忽略,却对这个人名感到亲切。

后来我来到北京,在几次会议场合见到了这位乌兰汗,原来就是高莽先生。当初的那些疑团便迎刃而解。

第一次近距离接触高莽先生是在20世纪80年代中期,时任《诗林》杂志主编巴彦布先生到北京组织文学活动,之后在民族文化宫请我们吃涮羊肉,高莽先生在座。他谈笑风生、和蔼可亲、平易近人的风格,给我留下了极深的印象。此后,我们时常交往,我还去他曾在紫竹桥附近的寓所拜访。

1995年6月30日,哈萨克斯坦著名歌唱家茹札·仁芭耶娃赴日本演唱返程途经北京,哈萨克斯坦驻华使馆在对外友协礼堂举行了一场演唱会。在那里我和高莽先生不期而遇。那天,临时为茹札·仁芭耶娃安排的翻译是中央民族大学的一位在校生,他一定是第一次在如此大庭广众之下做现场口语翻译,他的两条腿在发抖——显然是在怯场,支支吾吾地把这位女歌唱家的表述翻译得支离破碎,满场不禁为之叹息。我实在坐不住了,便走上台为茹札·仁芭耶娃做了口语翻译。我感觉得到满场终于长吁一口气,为之释然。茹札·仁芭耶娃也十分惬意,开始了她曼妙的演唱。

当我回到座位,不一会儿,坐在我右侧隔着过道并排座位的高莽先生示意我看他一眼,之后他就把速写本递了过来,原来他已经把我的侧面肖像速写出来,这让我既惊喜又惊讶,他画得实在是太美好了。演出结束后他说,回头他复制一份送我。没过几天,我便收到了高莽先生寄来的速写。我保存了很久,直到2014年收入由作家出版社出版的我的散文集《父亲的眼光》。集子出来后我给高莽先生寄去一本,并表示我的谢忱。高莽先生却在电话里说:"我得感谢你,收了画出了书还记得送我一本,现在有的人就忘了这些。"

有一次我在网上浏览,无意间发现他被授予中国社会科学院荣誉学部委员,我即刻打去电话表示祝贺,他在电话那一头呵呵笑着说:"谢谢老弟还想着我。"

今天上午,我在微信朋友圈看到巴彦布先生发布:"2017年10月6日22点30分,高莽先生在平静中离开了我们。他的一生精彩而充实,感谢每一个曾经爱他和陪伴他的人,愿他在另一个世界同样幸福。"91岁高龄的高莽先生竟驾鹤西去，此噩耗令我怆然。

高莽先生是哈尔滨人，本名宋小四，一生用了十几个笔名，乌兰汗是其中一个。他毕生致力于翻译、编辑、研究俄苏文学和中外文化交流与对外友好活动，是我国最早译介普希金、列夫·托尔斯泰等俄国文学巨匠的翻译家之一。文学翻译是一座金桥，不同国度的读者，只有通过翻译这座金桥抵达陌生的彼岸了解世界。高莽先生曾翻译过诺贝尔文学奖得主阿列克谢耶维奇的《锌皮娃娃兵》、俄罗斯著名塔塔尔族女诗人阿赫玛托娃的叙事诗《安魂曲》，2013年11月，也由此获得了"俄罗斯—新世纪"俄罗斯当代文学作品最佳中文翻译奖。高莽先生是我国俄语文学翻译界的泰斗之一，由于他对俄语文学翻译的杰出贡献，俄罗斯原总统叶利钦曾向他授勋。高莽先生历任《世界文学》杂志编辑、主任、主编，同时兼顾文学与美术创作，著有《久违了，莫斯科！》《枯立木》《圣山行》《俄罗斯美术随笔》等随笔集，他创作的《当代世界名人百人图》，被中国美术馆收藏。

我在网上看到江苏盐城一位网民留言："我家有一本诺贝尔文学奖得主的文集，每一位作家的画像，都是高莽先生绘制的，形神兼备，我非常喜欢。今天得到这个信息，令人感伤。高先生一路走好。"

生命终有走到尽头的时候，一座金桥就这样消逝了。我想起哈萨克人的一句话："手中握着金子时，你不会懂得它的价值。"随着时间的推移，高莽先生这座金桥的价值将越发珍贵。

对此，我确信无疑。

赛里木湖随想

那天上午,随着全国政协考察团驱车环行赛里木湖一周,天气晴好,没有一丝云彩,四周雪山的"倩影"尽收眼底。应当说,是可遇不可求的气象。只是 4 月中旬湖面的冰雪尚未开化,而阳坡的艾草已经开始返青。当车队经过赛里木湖北岸,正对着南面松树头子[哈萨克人称之为"柯赞"(kie zeng),意为山隘]之时,忽然看到了一幅奇景。在松树头子山隘那边,凸显着我所熟悉的果子沟溪流源头的库勒帖科榭(Kol Tekxie)山峰,宛若一只昂然翘立的鹰首,松树头子正好是鹰脯,而西侧的库尔库勒叠克(Kurkuldek)草原之上的苏克山(Suekh)和东侧的萨尔纳瓦山(Sarnawa),有如两翼,振翅欲飞。不不,那显然是一只展翅飞翔的朱雀。而在左手(正北)这座科孜勒布拉克山脊(Khzil Bulakh deng jale),显然就是玄武,一只静卧的千年神龟。赛里木湖东边的阿勒普山脉(Alep deng taowe),与湖西我们刚刚经过的那座阿合拜塔勒雪山(Ahbaytal)隔湖相望,正对着恰似左苍龙、右白虎的气势,而赛里木湖则像一面镜子,蕴含气象万千。这一切天地融合,浑然一体。

但是,这天地之造化,也得有人来相识才是,不然,"不识庐山真面目,只缘身在此山中"的茫然与无奈,将依然陪伴此方圣洁山川。

1221—1223年，奉旨前往铁门关面谒成吉思汗而归的龙门派道长丘处机，往返途经赛里木湖畔时，其弟子留下过这样的记载："逾沙，又五日，宿阴山北。诘朝，南行，长坂七八十里，抵暮乃宿。……晨起西南行约三十里，忽有大池，方圆几二百里，雪峰环之，倒映池中，师名之曰'天池'。沿池正南下，左右峰峦峭拔，松桦阴森，高逾百尺……薄暮宿峡中。翌日方出，入东西大川……"（《长春真人西游记》）显然，丘处机是从现今所说的五台、四台、三台、新二台一路上坡越岭沿湖南侧入果子沟，出山而去的，没有走过赛里木湖北岸。

长春真人在此所赋之诗也印证他的行迹："……天池海在山头上，百里镜空含万象。县车束马西山下，四十八桥低万丈。河南海北山无穷，千变万化规模同。未若兹山太奇绝，磊落峭拔如神功。我来时当八九月，半山以上皆为雪。山前草木暖如春，山后衣衾冷如铁。"显然，返程亦未沿赛里木湖环湖行走，更未及湖之北岸。他只将赛里木湖以"印象派"的感觉亲昵地慨称为"天池海"而去。《长春真人西游记》成书于1228年，这一命名除此再难以从浩瀚典籍中觅迹。

耶律楚材1218年被成吉思汗召至蒙古，翌年随征西域，1224年随成吉思汗大军东归。所著《西游录》成书于1228年，刊行于1229年。耶律楚材《西游录》中关于赛里木湖及周边描述仅二十四字："山顶有池，周围七八十里。池南地皆林檎，树荫蓊郁，不露日色。"尚不如其诗文记载翔实："……百里镜湖山顶上，旦暮云烟浮气象。山南山北多幽绝，几派飞泉练千丈。大河西注波无穷，千岩万壑皆会同……"（《过阴山》）当然，这亦与其信佛之缘有关。佛在心中，与太极阴阳风水无涉。楚材也因此与长春多有争辩。然则，成吉思汗把这二位"道不同不相与谋"者聚拢在身边，为帝国大业献智献策，足见王者胸怀，也是天下一统之气象。

40年后，1259年正月，刘郁奉命西觐伊儿汗旭烈兀经过这里，正值冬季，所以在其《西行记》中对冰封雪盖下的赛里木湖几乎没有正面记载，他只讲述从博罗城出发，"西南行二十里，有关，曰特穆尔彻辰。守关者，皆汉民。关径崎岖，似栈道出关。至阿里玛图城，市井皆流水交贯，有诸果，唯瓜、葡萄、石榴最佳。回纥与汉民杂居，其俗渐染。颇似中国"。而对守关汉民及阿里玛图城中回纥与汉民杂居，其俗渐染，记述详尽，迄今为独家记载。

当然，之后有因虎门销烟被贬而来的林则徐途经此地时留下的清新文字，但同样记载着他是沿着赛里木湖南侧进入伊犁河谷（返程亦然）。清末的堪舆学家们对赛里木湖有过只言片语的记载，有的甚至从未踏足这方土地，只是人云亦云地做过记载。那时候，除了驿站，没有现今的州界与县域经济之分野，所以，更没有人会在意其他。

在20世纪60年代，一位叫苏里堂·马吉德的哈萨克诗人，写了一部叙事长诗《赛里木湖的传说》（常世杰译），讲述了发生在赛里木湖畔的一对哈萨克青年男女的爱情悲剧，可谓轰动一时。

而在旅游时代的今天，"伪文化现象"已经几近泛滥，只要有利可图，一切都可以凭空"制造"，文化"碎片化"现象比比皆是。而"县域经济"这柄快鞭，抽打得那些"第一责任人"几乎忘乎一切，一切以发展"县域经济"为目的，于是乎，在此之上开始营生出扭曲文化现象。于是，各种溢美传说层出不穷，闻所未闻的历史"典籍"不断产生，带来的则是千年错位。

我望着环湖以东以南建起的绿幽幽的铁栅网，顿生悲凉。那个大一统天下，竟然被公权在握者切割成国界一般支离破碎，真令人齿寒。虽说这里"天高皇帝远"，但别忘了，"普天之下，莫非王土"！此时，正是旭日东升，紫气东来，那些铁栅网亦无地自容，尽敛幽幽绿光，面对高贵的大自然万千气象羞赧地低下头去。因为，昔日"博罗"（Bolat）一词，便是"冶铁城"之意，当时的冶铁用来锻制刀剑，所向披靡，而今冶铁之城虽然沉寂，铁栅网却将天地造化隔离，也算一绝。

在接近三台时，看到原本丰茂的草地间，搁置着一根根随意撂下的远道而来的铁管反着银光，还没有来得及连接。一问缘由，原来是在这风调雨顺的湖畔草原，居然要搞滴灌。天哪，人的妄为已到了极点。国资再厚，也不是用来如此随意糟践的。我忽然想起那首名句："尔曹身与名俱灭，不废江河万古流。"千古绝句提示着今人，切勿再为千年错位之事，理应顺天应人，顺势而为，重振中华。

额敏的阳光

那天早上,我们全国政协考察团一行,从塔城市出发,驱车来到60公里开外的额敏县。清晨的阳光甚好,蔚蓝色的天空万里无云,西边的塔尔巴合台山和东边的沃尔哈夏尔山逶迤而去,青色如黛,空气透明得可以极目而望,天际线边的一切尽收眼底。

我们参观了一所百年老校,校园内洁净如洗,两排圆冠榆静静地矗立于小路两旁,阳光洒在圆冠榆上,点染得像一把把金伞撑开在那里,一片肃穆安详。正逢暑假,校园内没有多少学生,但是,在校园南侧的足球场上,我看到一群少年在踢足球,在绿茵茵的球场上,这些少年带球飞奔的英姿,使这所百年老校充满朝气。而那洁净整齐的图书室,更显这所学校的文化底蕴和知识的力量。其实,学校是一方土地的一面镜子,它能折射出这一方土地的魂灵与精神。额敏令我刮目相看。

离开校园,我们来到桥东社区服务中心。在这里,一拨拨的小学生在参加暑期活动。他们有的在作画,有的在学习民族手工艺,时间在他们指间没有须臾浪费。出自他们之手的手工艺品展示着他们从小开始具备一技之长,养育着他们的工匠精神。

来到叶木力牧场,那条街显得小小的繁华。两边小楼林立,楼上是民居,楼下是店面。一个个民族工艺品制作销售店,挂着琳琅满目的哈萨克民族图案的花毡、挂毯、幔帘、服饰，悬挂在门前，铺展在道旁，把眼前点缀得五彩斑斓。就在这一片店面中，我们意外发现竟然有一个小小的艺术培训中心，二三十个不同民族的小女孩在彩色拼板地上或立或卧，在接受舞蹈训练。随着音乐声起，孩子们跳起"卡拉交尔嘎"（黑走马）集体舞，在门旁倚墙而站的一位祖母，不知不觉间与孙女们一起抖动着双肩，与那音乐的旋律润和着，融为一体。其实，生活就是这样，有阳光就好，有音乐就好，有伴随音乐节奏而起的舞蹈就好，手之舞之，足之蹈之，其乐融融，心韵使然……

当我们来到额敏县少年宫，眼前的一切更是令我们目不暇接。不同的培训室内，在进行着各不相同的培训。激越的冬不拉演奏，一群哈萨克孩子展示着他们的才华；雄浑的马头琴齐奏，弓与弦在那群蒙古族小孩手中挥洒自如，流溢的旋律会把你的思绪从室内带向辽阔的草原。出乎意料的是，一股悠扬的芦笙吹奏，竟从走道里清幽幽传来，让人恍若置身南国凤尾竹林下，余音袅袅。艺术的传播就是这样，一个人可以传布一方土地，那是一种责任，那是一种使命。我们循声走进那间培训室，一位玲珑小巧的女教师，在教一群男女生吹奏《月光下的凤尾竹》，旋律曼妙无穷。我暗忖，这位柔弱的女教师或许自己并不知觉，她在不经意间已经把南国凤尾竹的倩影，播撒在北方大地上。

这座少年宫规模可不一般，在讲解员带领下，我们楼上楼下不断穿梭。在一间舞蹈教室里，看得出自幼经过系统形体训练的小女孩，在老师的带领下，随着热烈的现代舞曲欢快地舞蹈，小小的身体曲线在那里魔幻般地变幻,释放着无穷的美的韵味。没准在不久的将来,全国乃至全世界的现代舞冠军,就在这里诞生。在另一间训练室内,一群哈萨克族小女孩,伴随着民族舞曲,正在跳着奔放的民族舞蹈,她们双目中充满爱和自信。的确,民族文化需要一代代人不断传承,才能发扬光大,激励人们。在声乐训练室,由不同民族的小伙伴组成的小合唱团列阵为我们演唱了几首不同风格的合唱歌曲,那种童声合唱的清纯和穿透力,直击心扉。

这座少年宫立体设计,十分科学实用。在一层,我们看到了一个综合室内体育场,篮球教练正在教一群发育超前的男孩子运球投篮。青春期的少年需要一种释放,家庭和社会如果没有给予正确的释放通道,青春期的逆反心理就会时时骚扰成长中的孩子,也使家庭和社会受到不同程度的干扰,有时甚至会带来局部的痛苦。现在你瞧,额敏少年宫体育场内的这些孩子,正在专心致志地学习篮球的运球投篮技术,心中充满了对未来成为一名万人瞩目的篮球运动员的梦想,他不会因青春期而对自己、对家庭、对学校、对社会带来任何的困扰,只有蓬勃向上的生命活力,内心充满对未来的期待与梦想,那梦想与中国梦融为一体。

在另一楼层,我们看到正在学习作画的孩子们,他们或炭笔素描,或画肖像,或作国画,或画水彩,个个运笔自如,笔下栩栩如生,虽未出"茅庐",却足以令人期待。在另一间培训室内,一群孩子正在伏案临帖硬笔书法,显得十分安静。写字是需要定力的,也是陶冶心智的最好方式之一。孩子们的字写得工整规矩、圆润饱满，有的已经看得出笔锋苍劲有力。显然，在信息时代，面对电脑键盘和手机视频，我们担心下一代会沦落为编码的"奴隶"，而忘却提笔写字，在这里已经显得有些多余。一座少年宫，承载着一方土地上孩子们的梦想与追求。显然，文化设施硬件建设，对一方的文化发展至关重要。地产商虽然把城市划分为几线几线，但是在文化上，应当只有一线。在额敏，我看到了这一线十分清晰。

辞别额敏，阳光正好，从西侧望去，沃尔哈夏尔山像个睡美人，长发坠向老风口，也可以说像个睡佛，云鬟高耸，发髻垂及那条新建的高速公路。

这一天，是 2017 年 7 月 16 日。

生命台坎

叔叔修起了一座红砖新宅。

新宅有高高的台坎，台坎上是一溜的长廊，长廊居中处开有一道门，拾三级台阶而上，自此门进入厅堂，一东一西两耳房，耳房的窗口与廊檐拉齐，煞是威严。与对面当年我也参与劳作，和爷爷健在时用干打垒土墙加土坯盖起的那座略显低矮的传统土房相比，显然有天壤之别（后来叔叔将土房拆了，给小儿子加盖了一座红砖小院）。

我第一次来到叔叔的新宅，拾级而上，登上高高的台坎，回望廊檐下的院落时，略略有点眩晕的感觉。心想，叔叔这房基起得是真高。满眼望去，有一种在群山之巅俯瞰世界的错觉。

院子里葡萄架后方栽有几棵果树，院子的三面贴墙盖有马厩和羊圈，几匹马在那里正享用着草料，清脆的咀嚼声从那边传来，声声入耳。羊也在那里闷声吃草，它们会在闲暇时懒散地卧下反刍（马是从不反刍的，所以它们咀嚼得十分认真），那时才能听到它们有节奏的咀嚼声。而此刻看过去，马厩和羊圈顶子还没有叔叔这宅子的长廊台坎高。

我对叔叔说，这房和院落盖得不错。叔叔略显得意地捋了捋他的小胡须，把我让进屋。

多少年了，这一幕始终在我眼前定格。

那一天，我正好在里海边上乌拉尔河入海口，看着一辆白色日本丰田越野车风驰电掣般顺着乌拉尔河初冬的冰面驰过，留下由冰面下的河水反射出的滚雷般的轰鸣声，我甚至来不及打开手机抓拍一幅绝世画面。在冰天雪地里，那绝对像一道白色闪电，从眼前一闪而过。朋友们说，车速至少有150迈。恰在此时，我的手机响了。是大弟弟打过来的，他说，叔叔走了，就在今天凌晨。

我愣怔在那里。怎么会呢？

但是，事实的确如此，千真万确。生命其实就是一道白色闪电，稍纵即逝。

我生命中的又一位亲人，就这样像一道白色闪电倏忽离去。

叔叔其实是一位离奇的人，他的一生充满传奇色彩。

他是我奶奶40多岁上生下的老幺子，所以，奶奶格外疼爱他，甚至到了溺爱的境地。据说，当年幼小的叔叔半夜会哭闹起来，一定要吃小麦粥。奶奶就会用牛奶给叔叔煮小麦粥喝。叔叔只有吃到那一口小麦粥，才会心满意足地睡去，不然就会哭闹到天亮。奶奶却对他充满无穷的慈爱，从不会说一句口气重了的话，从来都是"托克泰，托克泰"地宠着他。叔叔本名托力干（Tologen），奶奶对他的昵称"托克泰"却传遍这方草原，以至于不得不用官称时才叫他本名，通常都会随着奶奶的昵称来称呼他"托克泰"，久而久之，许多人以为这才是他的原名。

叔叔读中学时，我父亲把他接到伊宁市，在第一中学读哈萨克语初中、高中。1964年夏天，他顺利考上了新疆大学数学系。

就在前往乌鲁木齐报到途中，他在霍城县芦草沟公社带着行李下了车，说是顺路看一下我的爷爷奶奶，但是回到乌拉斯台牧场再也没有离开。那时候通信也不方便，直到很久以后我父母亲才得知此事，很是生气，但那时新疆大学入学报到早已结束，叔叔就此没有迈上大学的门槛，留在了牧场。

那时候，社会主义教育运动（简称"社教"）正在农村牧区如火如荼地进行，牧场需要像他这样的有高中文化的人。于是，叔叔便在水利测绘队里工作，那时候正在大兴水利工程。全国在"农业学大寨"，新疆在搞王恩茂提出的"五好"农村（好居民点、好道路、好渠道、好条田、好林带）。芦草沟公社也在搞果子沟和乌拉斯台两条河的灌溉工程。在一个暑假里我回奶奶家时，看到墙上挂着公社党委给叔叔颁发的优秀奖状，这让我幼小的心灵油然升起对叔叔的敬意。

那时候还没有现在的大型挖掘机，一切都是人工劳作。一锹、一镐、一坎土曼、一抬把子地开掘斗渠，再以河滩石铺就渠槽，只用了一春一夏，两条斗渠竟修成了。人心齐，泰山移，只要齐心勠力，天下没有办不成的事。有一次我去山上牧场，在一处山脊横马回望时，竟看到那新修的斗渠像一条白线，笔直地伸向远方平原。人工造化竟然也会如此美丽，着实让我怦然心动。而在那一条白线里，就有我叔叔的辛勤汗水和心血，我在暗自感叹和感动。

水利工程结束后，叔叔回到牧场，做起了粮仓保管员工作。牧场给他配备了一匹枣红马，那马竟有花走步（一种马的平稳小跑步伐，那是一种天赋，不是每一匹马都会有的），于是乎叔叔给枣红马备了一套鹰头鞍,每天喝过早茶便骑上枣红马一溜烟尘驰向粮仓,给那些从山上牧场下来的牧民发放口粮。

几位下山来领口粮的牧民,用羊毛织成的硕大口袋盛满小麦,用驮畜驮着,刹好鬃索,便会急匆匆地赶往水磨去磨面。叔叔则会做好出入账本,收好粮仓,骑着枣红马开始在草原上兜风。那嗒嗒的马蹄声煞有节奏,犹如敲在心头,令人十分惬意。久而久之,叔叔便有了一种新草原骑士的风格。这一幕和叔叔的形象在日后我的小说《红牛犊》《风化石带》《郁金香》中多有表现。

叔叔也做过荒唐事。他受一位下乡播撒革命火种的红卫兵的影响,戴上红袖章揪出牧场党支部书记,给他头上扣一桶糨糊,用报纸做成高帽直接糊上去,当着牧民们的面进行批斗。这事在相当一段时间里成了一个结,让叔叔始终难以解开。直到在一次叼羊竞赛中以草原骑士方式才得到化解。

叔叔天性快乐,他会弹奏冬不拉,歌也唱得很棒。和他同行,一路歌声不断,让寂静的草原充满活力,你的心境也会随着他的歌声充满欢乐。叔叔言语诙谐有趣,每一句话从他口中说出,都会令人捧腹不已。叔叔的老文字写得十分漂亮,他也喜欢阅读,但凡到手的书他都会一睹为快。但生活是现实的,他生有四儿两女,在生第七胎上婶婶因大出血而亡故。于是,叔叔没有再娶,自己又当爹来又当妈,一手将孩子们拉扯大。现在孩子们都已各自当了爹妈。

2015年夏天,在霍城薰衣草节期间,我请时任副县长吐尔逊陪我去看叔叔。吐尔逊就是当年牧场党支部书记的长子。叔叔不在家，孩子们说叔叔到山坡上放牧去了。由于时间紧迫，我们就驱车前往山坡上去看叔叔。孩子们给他拨了手机，当我们的越野车开到山岗上时，只见一骑飞驰而来，到了近处才看清那是叔叔。我们下了车，叔叔也下了马，我们热烈地握手拥抱。叔叔的一只眼睛因青光眼已经失明，白翳蒙着眸子，隔着世界，却隔不住叔叔炽热的感情。我们就在山岗上简短相见，有如当年我们叔侄俩骑着马儿在草原上寻找红牛犊、到乌拉斯台河谷源头伐木砍柴那样亲切美好。人世间的一切美好都是用来分享和铭记的，叔叔在我记忆中就是如此。

那天早上，他如厕回来，按照习惯拾级而上，正准备登上最后一级台坎时，脑出血以迅雷之速袭来，那包裹着大脑的密如蛛网的细小血管某处，因叔叔登上台坎时的运动压力而突然爆裂，血液从血管中弥漫向颅内，病变使他的平衡力和自制力瞬间失控，他甚至来不及呼喊一声，轰然倒下，从他那亲手修建的高高的台坎上滚下，重重地摔在地上，再也没有能站起来。难道这就是生命的台坎吗？或许，叔叔也不会想到自己生命的尽头，竟会在这个出自他劳动之手的高高的台坎上。这似乎就是他生命的伏笔和归宿。

叔叔就这样走了，他的音容笑貌已经深深地镌刻在我的作品中，相信读过我相关作品的读者，也会和我一样喜爱我这位亲叔。唯愿他在天之灵安息。在最近一段时间，我所熟悉的作家田聪敏、雷达、红柯、哈萨克斯坦作家热合木江·沃塔尔巴耶夫先后离世，我对他们一并表达我的怀念和深深的敬意。人生是漫长的，生命是短暂的。这就是生命的铁律。请珍惜生命中的每一天。

一马平川

从高铁德州东站出来，便是一望无际的平原。其实，早上驶出太行山脉，展现在眼前的便是绿色的华北平原。现在，进入宁津县界，更是一马平川，一览无余，与我们昨天还在晋中所见的千山万壑截然不同。

宁津县县城面积830多平方公里，境内哪怕一座小山包都未曾见到，是真正赤裸裸的平原县。你的视线也就随着道旁护林杪梢而起伏，久而久之，或许会生出一种视觉疲劳？不可预知。

就在这样的平原地带，宁津人正在创造他们的奇迹。对于宁津的杂技、长官包子、大柳面、保店驴肉，人们都在津津乐道。这也是近年来在旅游日盛境况下，"经济搭台，文化唱戏"之风引领的结果。各地"挖空心思"地突出本地文化特色，其实在市场经济格局下，发出这样的声音影响力微乎其微，甚至往往淹没在本地解说者的唇齿之间。我看到的宁津却是另一番景象，宽阔的街道、整洁的市容，让人一眼望去就心生惬意。

那天早上，县里领导陪着我们采风团参观宁津的市容市貌和经济开发区。在经过一处十分幽静典雅的水泊公园时，他们介绍说，这个湖面开阔的公园，当时是为了修建途经宁津县境的高速公路，挖取土方而留下的大坑。后来高速公路修成了，他们便把这处早已规划预留好的规则的大坑改造为水泊公园，湖畔植以花草树木，既美化了市容市貌，又给城区平添了一个市民休闲的去处，深受当地群众的欢迎。真是一举数得。地处冀鲁大平原的宁津县这一做法，或可成为那些把祖辈留下来的青山挖得满目疮痍、现今苦于不知如何补救的山区县可资借鉴的经验。我走在那些地方，看到一座座山体被挖得坑坑洼洼、支离破碎，心里真不是滋味。一抬眼，那些赤裸的山体白刺刺地直扎眼球，比那些耸立的楼群更醒目，你甚至听得到它们无声的呻吟。而在宁津，这一切被一种和谐自然状态替代，令人心旷神怡。

　　宁津的经济建设布局也很有远见。在一家正在生产中的家具厂参观时，厂方人员兴奋地说："宁津工业园区政策配套到位，我们从外地搬迁到此，所遇问题只要提出就能解决。比如，一开始我们的技术骨干人员没有住处，宁津县就为我们40多户人家解决了安置房。孩子转学问题遇到困难，县里立即协调学校安排孩子入学。这样我们就没有了后顾之忧，全身心地投入生产。我们的这些家具订单来自四面八方，但这条流水线上生产的家具都是来自北京的订单。"的确，一组组风格各异的家具正在组装，相信不久的将来会进入千家万户，装点他们的生活。

　　宁津还是全国体育健身器材生产地，在这里已经有数百家体育健身器材生产厂家，夜以继日地加足马力生产。他们的产品销向国内外市场。记得有一次，一位哈萨克斯坦体育界的朋友讲述过这样一个故事。他到中国按图索骥找到山东宁津，实地考察这里的体育健身器材厂家，直接从厂家进货，成本大大降了下来。

他从这里一次就拉了几车皮体育健身器材到阿斯塔纳，但是货到之后遇到了问题。那天订货方体育运动中心派出拳击队和摔跤队帮他卸货，但是那些拳击手和摔跤手，个个都像一头棕熊，压根没把他放在眼里，任凭他喊破嗓子也没人听他吆喝，搬一趟器材下来，不是躺在草地上懒得动窝，就是在那里闲聊个没完，典型的磨洋工。万般无奈，他只好给他的好友——他们的教练打电话诉苦。不一会儿，个头矮小的教练出现了，当他不声不响地走来时，这一群"棕熊"大块头齐刷刷从草地上爬起来，一溜小跑奔向车皮，不出一个时辰，那几车皮货全部卸清并整整齐齐入库完毕。他没想到，他这个小个子朋友，在这群"野兽"眼里居然有如此威慑力。看来，真正的威严不在于声色俱厉，而是在于默默的行动。他的感受其实也给了我很深的触动。而这样静悄悄地付诸实际行动，撸起袖子埋头干活儿，其实也是宁津人的特点之一。

　　宁津也是一片孕育英雄的热土，在抗日战争年代，涌现出马振华这样的抗日英雄。当时是抗日战争最艰苦的年代，自1939年春季开始，敌人不断增兵冀鲁边区，实施"扫荡"。八路军为保存有生力量，于这一年冬季，主动撤至鲁西南一带。边区地委做出决定："深入敌后，到敌区去！"作为中共津南地委书记和边区特委书记，马振华深入敌区，向抗日干部群众进行宣传，向他们提出口号："坚持就是胜利！"1940年9月12日，还差四天就是中秋节了，马振华深入敌后动员开会，在宁津县柴胡店区薛庄壮烈牺牲。那年，马振华才36岁。为纪念马振华烈士，

1940年宁津县改名为振华县，1947年恢复宁津原名。

　　有一则故事更是吸引了我。在宁津北边一个村落，在一座旱桥下有一条深沟，据说那是史上通往沧州的官道，《水浒》中的林教头，被刺字发配沧州，戴着枷锁走的就是这条官道。不经意间，名著和这方土地联结在一起，更是给这片平原增添了历史文化底蕴。或许，"老不看三国，少不看水浒"会成为旧说，老老少少到这里来一睹昔日官道遗迹，与《水浒》原著记述做一考察对比，会有更多意想不到的收获。其实，平原也有平原的秘密，只不过有待人们更多的发现和发掘。

　　宁津大地在期待你的到来。

阿斯塔纳：一座年轻的都市

飞机在白云之上拉平以后，开始进入平稳的飞行期。

邂逅福建年轻人

和我邻座的那位年轻人，刚刚收好两部手机，充满热情地和我攀谈起来。他是福建人（带着浓厚的闽南口音），来阿斯塔纳已有三年多时光了，是被家里的叔辈亲戚带到这里来的。

我问他在阿斯塔纳做什么生意。

他说，不做生意，只是给各个工地提供细铁丝。

这是我第一次听说有专做细铁丝供应的人。

他说，其实就是专门用来固定待浇注的建筑物钢筋、盘条的细铁丝。

我说，那你的细铁丝怎么进货、出货？

他说，都是从福建家乡用专列拉过来的，一次就能拉14车皮，去年一年，他一家就销售了3600吨细铁丝。

我看着这位二十七八岁模样的年轻人，心里肃然起敬。有心人就是这样从细微处着眼，把生意做活，把事业做大。福建人的心智果然不凡。

哈萨克斯坦首都阿斯塔纳是座年轻的都市，今年6月才满

20年建都史。伊希姆河蜿蜒穿城而过,河两岸皆是鳞次栉比的高楼大厦,令人目不暇接。那天,我坐在北京大厦顶层旋转餐厅,环视着阿斯塔纳城,一座座风格迥异、色彩斑斓的楼宇尽收眼底。这时,我就不由得想起了那位邻座同行的福建小伙子,那一座座楼的钢筋骨架,就是被他们运来的一吨吨细铁丝交织缠绕构筑起来,已然成为这片水泥森林体内的毛细血管,恒定在那里,多么丝丝相扣,细致入微。

莽原上诞生的繁华城市

当初,纳扎尔巴耶夫总统毅然决然做出迁都决定,应当说这是一个富有远见的创举。而今一座现代化的大都市拔地而起,在短短的20年内已经屹立在北方昔日的莽原,不能不说令人叹为观止。

在阿斯塔纳的周边,是一望无际的草原,在20世纪50年代,被开垦的处女地的故事就发生在这里。毫不夸张地说,拖拉机从田地这一头开到那一头,恐怕就要半天时间。再往北走一点,松树林就在平原上不可思议地展现。

而在阿斯塔纳以西不远处,就是那座古拉格群岛集中营之一,这里是当年专门关押女性家属之地,现在以一种沉默的方式记述那一段挥之不去的历史。

在阿斯塔纳正南1300余公里处,是哈萨克斯坦旧都阿拉木图。阿拉套山巍峨的雪峰犹如城市的顶冠立在眼前。有一年4月初,我从冰天雪地的阿斯塔纳飞抵阿拉木图时,那里繁花似锦,一片春意盎然。

有趣的是，中国听众耳熟能详的歌曲《都达尔和玛丽亚》（又名《可爱的一朵玫瑰花》，哈萨克斯坦称作《都达尔》），其创作者玛利亚·贾格尔正是阿斯塔纳的前身阿克莫拉市人。她1887年出生在这里，在十六七岁那一年遇上了哈萨克小伙子都达尔（本名都森），这位俄罗斯族姑娘便一见钟情，唱出了这首闻名遐迩的著名歌曲《都达尔》。

丝绸之路走出文化交融

《都达尔》不胫而走，1939年被那些东迁甘肃青海，前来西宁与马步芳谈判的哈萨克首领带到湟水河畔时，恰遇王洛宾在马步芳麾下做礼宾官，首领与马步芳的谈判通常都在上午进行，每到中午，首领就会回到湟水河边的树林里（现在的西宁西公园），边饮马奶边进午餐，他带来的琴手便会弹起冬不拉唱歌。王洛宾每天都会随着首领来听歌，喝了马奶以后，首领和冬不拉琴手都会兴奋起来，于是，琴声和歌声会延续到下午。王洛宾会将这些哈萨克歌曲记录下来，然后从街头找来略通汉语的维吾尔族生意人，让他翻译歌词。可想而知歌词翻译的水准，于是，王洛宾再加以想象和改动，歌词就成了现在传唱的那样。

美文和诗不可译，同一首歌却翻译传唱得全然不同，也是翻译史上的一个典型案例。不过，旋律没有丝毫改变，这婉转曼妙的旋律正是与这座年轻的首都历史关联。这首歌于20世纪30年代初传入我国新疆的哈萨克族地区，由此传遍华人所在的地方。

显然，古老的丝绸之路，其实也是一条传播文化和艺术之路。

2017年6月7日，中国电影文学学会与中国电影集团、英雄儿女品牌联盟携手，在上海合作组织阿斯塔纳峰会和2017年阿斯塔纳世博会前夕，将《伊犁河》等六部中国电影译制成哈萨克语，在阿斯塔纳举办中国电影周，既为峰会和世博会开幕增添了喜庆气氛，又受到阿斯塔纳市民的热情欢迎。两国元首发表联合声明时明确指出："中哈两国要进一步加强人文文化交流，要互译中哈文学和电影作品，共同拍摄电影……"这无疑使这座年轻都市的人文品格进一步提升，中哈互译文学作品、共同拍摄电影的帷幕已经徐徐拉开。"一带一路"五通的关键是民心相通，只有民心相通了，其他的一切都会自然相通。民心相通的关键是文化相通，文化的核心便是鲜活的文学艺术、电影、电视剧、音乐、绘画、体育、教育，等等。阿斯塔纳这座年轻的都市无疑在向世界敞开文化相通之门，热情地拥抱世界。

阿斯塔纳世博会期间，我还担任中国美食文化馆名誉馆长。庆丰包子铺等一系列中国名店在这里开设专店，将中国风味美食带到了年轻的都市。

千里之行，始于足下。的确，阿斯塔纳这座年轻的都市，见证着新时代人类历史发展的步伐。

边疆牧场：一座城市

他们说，坐落在嫩江边上的齐齐哈尔，真正的建城者是达斡尔人。这句话让我十分感动。他们面对历史很诚实。面对这样的一群人，心底的信赖感油然而生。而那几位达斡尔族朋友不约而同地告诉我，他们就是契丹人的后裔。历史与现实瞬间就衔接在一起。

齐齐哈尔在达斡尔语中意为边疆牧场。这一方辽阔的黑土地在契丹人治下的辽代属上京路、东京路。金灭辽后，齐齐哈尔归属上京路所辖蒲裕路，管辖嫩江流域、黑龙江中上游及外兴安岭以北的广袤地区。蒲裕路是金朝北部军事重镇和政治、经济、文化中心，也是齐齐哈尔建城的开始，距今已有800多年历史。

就在辽金王朝更替之际，发生过一起迄今匪夷所思却又真实的历史。辽被金灭亡，耶律大石自立为王，率领二百铁骑宵遁漠北，跋涉3万里经过乃蛮部西行，在伊犁河流域和中亚地区建立西辽王朝，被称为喀喇契丹（"喀喇"在阿尔泰语系中意为"黑"，在此意即"亚种"，即"亚裔契丹"）。1124年（宋宣和六年，甲辰）2月5日耶律大石即位，号葛儿罕，时年38岁，后建都于虎思斡耳朵城（在今吉尔吉斯斯坦境内）。1211年（西辽天禧三十四年，辛未）秋，西辽襄宗直鲁古出猎时，被流亡的乃蛮王子屈出律率八千伏兵擒获，并趁机夺位。直至1218年西辽为蒙古所灭。1222年，契丹将领八剌黑·哈只卜（或巴拉克·哈吉布）率一部分西辽臣民逃亡至伊朗起儿漫（今伊朗克尔曼省）地区，建立了完全伊斯兰化的"库图鲁厄汗"政权，即称"起儿漫王朝"（有学者称之为"后西辽"）。而此时的喀喇契丹人也逐渐融入当地穆斯林居民中。起儿漫王朝历经86年，最终为蒙古伊儿汗国所灭。应当说，喀喇契丹人的西辽王朝对中亚、波斯乃至世界史产生过深远的影响。俄语中对中国的称谓 КЙТАИ，正是西辽喀喇契丹人留下的。这是喀喇契丹人亦即索伦达斡尔人对人类文明的贡献。1763年5月，布特哈旗的达斡尔人，奉清廷之命自嫩江流域西迁新疆伊犁、塔城等地戍边，于1764年7月抵达，建起索伦营。现今在塔城市还有阿西尔达斡尔族自治乡，而这一支达斡尔人至今保留着他们的传统生活风俗。

　　1691年（康熙三十年，辛未），清廷准奏在卜奎站建齐齐哈尔城，并授索伦总管玛布岱副都统衔，掌管建城事宜。由此齐齐哈尔的许多地名是达斡尔语。富拉尔基是齐齐哈尔的一个区，旧称"湖拉尔吉""富勒尔济"，达斡尔语意为"红岸"，是负有盛名的重工业基地。梅里斯达斡尔族区，在达斡尔语中意为"有冰的地方"。意想不到的是，当年的北大荒就在梅里斯，现在成为青年林场。1957年刘白羽曾经到这里深入生活采访，写出一组传诵一时的散文随笔。所谓"棒打狍子瓢舀鱼，野鸡飞到饭锅里"的故事，就发生在这里。嫩江在梅里斯达斡尔族区流经98公里，每一道河湾和河汊岛屿都蕴含故事。

在青年林场建有一条小长廊，水泥地面上留有知青们的足迹，不亚于星光大道上的明星们的足迹。那些当年来自天南地北的知青，如今已步入耄耋之年，从挂在纪念墙上的合影中，可以看到他们慈祥的笑脸。7万多亩平原森林，正是当年知青们开垦莽原植下的青春岁月。在一处红松林间，有几排简陋的平房，场长向我们介绍，这是前些年根据梁晓声的作品改编的一部电视连续剧在这里拍摄时留下的外景地，他们舍不得拆除，原样保留在那里。从窗口望去，大排炕依旧摆在那里，似乎在诉说陈年往事。

梅里斯达斡尔族区雅尔塞镇哈拉新村名副其实，是一座全新的村落。1998年嫩江流域发大水，洪水肆虐，将旧哈拉村淹没。时任全国政协主席李瑞环带头捐款，时任几位全国政协副主席和彭丽媛、张艺谋、冯巩等委员纷纷捐款（在村口的碑铭上可以看见当时捐款者的姓名和捐款单位全称），在洪水退去以后，建起了一座全新村落，并赋予哈拉新村村名。现在，家家户户住在新居，村子一片整洁。村里还有一座小型民俗博物馆，展示着达斡尔族历史文化。那些精心布置的展品，无不讲述着达斡尔族丰富的生产生活和民俗文化传统。旁边就是手工制作间，民间艺人在这里制作达斡尔民族工艺品，向前来观光的旅游者出售。

2018年6月2日，笔者应邀参加梅里斯达斡尔族区第31届"库木勒"节。"库木勒"意为"柳蒿芽"，是一种草本植物。历史上，在春夏之交，青黄不接之际，达斡尔人便以"库木勒"果腹渡过饥馑。于是，在一个民族血脉中留下了深深的记忆，正是"库木勒"使这一方达斡尔人生生不息，繁衍至今。由此达斡尔人对"库木勒"充满感恩与敬意。一个历史上驰骋疆场的强悍民族，对于这样一株渺小的植物所充满的感恩与敬意，令人肃然起敬。一个内心充满感恩与敬意的民族，才是强大的。

那天，嫩江边的草原上彩旗飘飘，人山人海，达斡尔族同胞与来自全国各地的客人欢声笑语，共度佳节。在以海东青（雄鹰）腾飞雄姿为背景构筑的舞台上，正在展示一台富于民族特色的欢乐歌舞。达斡尔族民歌十分丰富，几乎涉及达斡尔族人民生活的方方面面，社会生活、生产劳动、精神文化、风俗习惯等，分"扎恩达勒"（山歌）、"哈库麦勒"（舞蹈歌）、"乌钦"（叙事歌曲）、"雅德根·伊若"（萨满歌曲）等不同曲式传唱至今。此刻，阳光灿灿，白云低垂，从舞台上升起的欢快音符，满载达斡尔族人民的心声，与蓝天白云交织在一起，在辽阔的黑土地和嫩江上空久久回荡。

新年唱响七声音阶

祁连山

那天,辞别阿克塞哈萨克族自治县,从敦煌机场飞往西宁机场要转去长沙。起飞不久便进入祁连山上空。天气难得十分晴朗,平日里要被云封雾锁的祁连山脉,此时裸露无遗。虽是10月末,由于气候变暖的原因,雪线依然高居雪峰足下,长长的冰舌从雪峰腰际垂下,在山谷尽头融为涓涓细流,几条细流汇集在一起,变为乳白色的河流奔向远方,在更远的峡谷积蓄力量,化作大河冲向河西走廊,滋润着那里的城池,浇灌着那里的沃野。大自然的循环往复真是奇妙无比。

我虽然多次飞跃祁连山脉上空,但是巧遇这样晴朗的天气,得以一览祁连山的尊容还是第一次。飞机在万米上空飞行,我坐在舷窗口,饱览舷窗下的山脉,有一种别样的惬意在心底涌动。我时不时地拿起设置为飞行模式的手机,对准窗外的景色拍摄不止。那一座座沉默的雪山,似闭目养神的长者,安详地坐在那里,无暇顾及忙忙碌碌飞越它上空的我们。终于看到分水岭了。以这道分水岭为界,水流分向南北而去。向北的是流往河西走廊,向南的是流往青海柴达木盆地。在分水岭这里,山势虽高却很平坦,是理想的高山牧场。夏季这里一定是鲜绿的景色，牦牛和羊群徜徉于草浪之中，如图如画，如歌如诉，如痴如醉。宛若细丝的公路切过这里，让远古和今天衔接，令人陶醉。

　　让我震撼的是，祁连山脉原来如此博大厚重，除了雪山、草原、河流、湖泊，还有森林、村庄，每越过一道雪岭，便是一道新的风景。在靠近西宁附近，便是一座座村庄和城镇。在收获的季节，一块块农田的色泽都不一样。而一个多小时的飞行竟然全是在祁连山上空。直到西宁附近才看到堆积的云层，而在湟水以南，一座更高的雪岭出现。不知不觉我们在西宁曹家堡机场降落。

曹家堡机场

　　我第一次真正和曹家堡机场打交道，是在1993年7月末的一天。正赶上曹家堡机场首航（我是前一天从北京飞抵兰州，再由兰州转乘火车赶到西宁打前站的，因为北京到西宁当时还没有直航班机），我去机场接从北京来的几位作家。没想到那一天曹家堡机场人山人海，全是方圆百十里內赶来的老百姓。他们身着藏族、土族、回族等各民族服装，绚丽多彩，分外夺目，乘着牛车、马车、手扶拖拉机、拖拉机拖挂等自发赶过来。他们聚集在飞机即将降落的东山坡上，欢欢喜喜地等待首航大飞机的降落。这一幕迄今牢牢印刻在我记忆深处。

　　当大飞机出现在东边的天空时，人群开始骚动起来，人们用不同的语言呼喊着，甚至有高亢的青海花儿的漫歌声传入耳膜。那是一幕怎样的欢天喜地的场景，人们像迎来盛大节日似的在迎接首航班机的降落。随着大飞机徐徐接近地面，人们的肢体开始有节律地舞动——他们是在情不自禁地舞蹈。

当大飞机降临跑道，轮胎着地时扬起一股青烟，向着机场西边的跑道尽头一边减速一边惯性滑行而去时，人群从东山坡上潮水般地向机场西边涌去，那人潮有如滚动的黄河波涛，汹涌澎湃，惊心动魄。那时候，西宁机场候机楼很小，人群在机场铁丝网围栏外拥来拥去，极为壮观。当跑得最快的人还没有跑到机场西头，大飞机已经在跑道尽头折返，人们又呼喊着复而向回折返。显然，生活的逻辑有时候并不是谁跑得最快谁先得到，往往需要的是沉稳和耐心。后面的人流速度缓了下来，渐趋平静。于是，当大飞机在停机坪终于停下时，人们也在原地驻足观望。舷梯上走下来乘坐首趟航班的贵宾，迎宾者在舷梯口献上金色的哈达……

现在，当我乘坐的航班降落在曹家堡机场时，周边的建筑鳞次栉比，候机楼已经扩大了数倍。起起落落的航班，上上下下的乘客，已然与当年的情景恍若隔世。走在候机楼里，觅向转机大厅，所遇到的每一张面孔都是那样自信、安详、从容。可以看到那些身着紫红色氆氇的僧人、头戴白帽的本地人，他们融在川流的人群里，是那样的自然、和谐，没有丝毫的隔膜感。在短短的几十年里，曹家堡机场从建设、施工，到建成运行，目睹了西宁这座城市的变迁。而如今，曹家堡机场已与西宁浑然一体，丝丝入扣，血脉相连。世事的变迁有时就是在这样不经意间发生的。

我望着落地玻璃窗外的山坡，当年那里是一片荒芜，眼下已是树木繁茂，一片葱茏。这里的一切都在静悄悄地发生着变化。

曹家堡机场其实就是西宁的一扇窗口，也是中国改革开放40年的一个缩影。

七声音阶

我常常被一些细节感动得热泪盈眶。当我看到一群哈萨克男女青年翩翩起舞，跳起《黑走马》群舞时，看着他们抖动的双肩释放着无限的生命活力，我便会在心底感动，禁不住赞叹生命的美丽。我看到蒙古族舞蹈，在狭窄局促的蒙古包内，依然舞姿气势如虹，跳出万马奔腾的辽阔草原的风采，独自感慨万千。未承想在目睹过杨丽萍的《雀之灵》之后，有一次看到一位傣族男士跳起孔雀舞，让我那样地震撼，他居然舞出了孔雀的雄性风采，一招一式，那一个蓦然回首，都让你感受到孔雀的刚劲有力、雄性的强悍。在中缅边界有一次看到缅甸青年跳起蛇舞，那手形举成蛇头状，在那里起伏回旋，腰肢的扭动居然像一条蟒蛇，浑然一体，一条蛇也能舞出这般美丽动人的舞姿，真是令人不可思议。

2018年8月间，我们从齐齐哈尔的梅里斯出发，一路北上，穿越兴安岭。高速公路已然把天下拉近，驾着飞驰的汽车，天边的白云之下，举目扬鞭说到就到。而一列列满载的列车从旁逆向隆隆驶过，昔日沉睡的森林草原，焕发着勃勃生机。穿越绵延的兴安岭，眼前是一片无限伸延的草原地带，那种与天际线相接的绿色，让你想象的空间陡增，心中充满一种无尽的愉悦。

黄昏时分我们驶进草原之域海拉尔，一桌丰盛的家庭宴席已经布就，几位达斡尔、鄂温克、鄂伦春朋友举杯引吭高歌，蒙古族马头琴手为他们伴奏。音乐史上将从太平洋沿岸到多瑙河畔广袤大地称之为五声音阶带,唯有哈萨克族是七声音阶。而眼下五声音阶带的民族兄弟,唱着七声音阶的《阳光流淌》时,我的感动无与伦比。旋律的交织就是文化的交融,各民族文化的交融无疑将带来文化的欣欣向荣,这一点千真万确。

沿江而下

那一夜，我是穿越时断时续的雨阵来到建德市的，高速公路前方只有车灯穿透雨帘的空茫，除此之外什么也看不清。翌日清晨醒来，从窗口望去，原来这是一座山城，新安江从城中流过，江岸鳞次栉比的楼群，与两岸群峰比肩，蔚为壮观。好一座美丽的山城。云霭缠绕着那些山峰，如梦如画，颇有水墨丹青的意境。

我比采风队伍晚来一天，未能赶上参观新安江水电站。那是一座20世纪50年代完全由我国自行设计、自行制造、自行建设的杰作。应当说，在当时就展示了年轻共和国的实力与发展态势。新安江千岛湖水库也由此诞生。历史往往在瞬间形成。

早晨，我们乘坐大巴车沿着高速公路一路赶到建德绿道乾潭驿站，在这里换乘电瓶车，顺着新安江边修成的旅游栈道沿江而下。事实上，随着这些年来经济飞速发展，在过去难以想象的地方，高架高速公路腾空越过天堑的画面比比皆是。而足下这条栈道，沿江岸逶迤而去，是我在大江南北目睹过的那些高速公路桥的缩小版而已。

电瓶车静静地行驶着，江岸景色如诗如画，江面上水流恬静，偶或会有一两只水鸟掠过水面，剪动的双翅增添了别样的景致。随着兰溪和新安江的汇合，江面上开始出现一艘艘的驳船，水运看去一派繁忙，古老的江河骤然恢复了生机。

同行的当地文友们开始讲起这里的人文掌故，他们描述这里就是当年方腊起义之地。方腊是青溪县人，钱塘江上游新安江，水质清澈，在淳安河段又名青溪，县名由此而来。那时青溪县隶属睦州（我们随后将到）。北宋宣和三年（1121），改青溪县为淳化县，故治在今浙江淳安县千岛湖中。宣和二年（1120）方腊起义军从青溪县出发，一路攻占城池，一直打到了歙州，凡破六州、五十二县。方腊起义正是在宣和三年被童贯所率宋军剿灭，县治改名当在此时发生。但是，在《水浒传》中自有另一番描述。宋江征方腊，108将仅剩36人。阮氏兄弟也是在这一带拼杀。少年时期读着《水浒传》浑身热血沸腾，或许正应了那句"老不看三国，少不看水浒"老话。此刻，过了花甲之年，走在历史的小说画面中，不觉产生一种亦真亦幻的缥缈之感。山还是那个山，水还是那个水，只是换了人间。

偶或也会遇到徒步旅行者，我为他们的坚忍精神暗自感叹。让我能记起这不是穿越时空，而是在真实的现实中前行。

新安江、兰溪、富春江三江汇流处的梅城镇是严州古城，三国东吴黄武四年（225）建县，亦称睦州。这里江面开阔，两岸绵延平坦。一座修旧如旧的古严州城墙"墨守"江边，一派肃穆。一位当地作者带着长箫，一路吹来，在此城楼之上听着却别有一番意蕴。江水浩渺，箫音袅袅，一派古韵，令人为之清爽，或有些许思古之幽情缠绵悱恻。

城墙之内，便是新陈杂驳的梅城风光。抬眼望去，随处可见醒目文字："建设新时代美丽城镇，再现'千年古府'新面貌""千年古府新机遇，美丽城镇新篇章""保古城，建新城"。这些富有地方特色的标语口号,向游人展示着昔日古镇新主人们的豪情壮志和他们求真务实的风格。

在参观一处考古牌坊堆放点时,介绍字幕上出现的题标"古牌坊群复建出土石料再利用",十分打眼。那些沉默的石头,带着当年工匠们的体温,静静地躺在那里。那些铁钎凿印无言地叙说着纷繁历史。镂凿的图案和文字,让人与历史文化握手相遇。感谢梅城人的智慧,他们没有匆忙处理这些残石,其中还有革命战争时期几位烈士的断碑,随着时间的推移,需要从容梳理,各复其位。眼下,最好的方式就是摆放在这里,让它们无声地启迪教化后人。

这座古镇还真富有内涵,我们被引导着参观了"诸葛后裔旧居"、福运门、澄清门、南大街、建德侯坊、三星街(清邮局、县委旧址)、古玉带河、正大街(金钟汉故居、胡亨茂故居、思范坊)、十字街口、府前街、浙江大学西迁竺可桢校长旧居……

在那条贯通全镇的故道上,穿梭的电动摩托,修建的店面、开张的店铺,施工的工人、门前闲坐的老人、背书包的孩子,还有我们这群散淡的采风者,一切的一切,构筑了古镇真实的生活画面……

第二天,我要赶往杭州萧山机场。一大早出来,穿城而过的新安江江面上雾气腾腾,却也时断时续。送我的师傅说,江面上升起雾气,空气清凉,暑天可以降温。我第一次知悉南方江面的雾气可以调节空气,大自然暗藏的玄机居然如此神奇。

龙舟精神

那一天，正值伏天酷暑。在金华，你站在任何角落，都会大汗淋漓。只有躲进有空调的室内或车内，方可获得一丝喘息。这倒也好，在三伏天下的江南把汗出透，或许会应了中医所说的除寒祛湿，有益健康。

在酷暑中来到金华，也是因了朋友的一片盛情。这里是我所敬仰的著名前辈诗人艾青的故乡。他们希望我们到这方土地走一走，看一看。我欣然应允，便与曾凡华、木汀同行。艾青曾经在新疆生活多年，甚至住过地窝子。他平反昭雪回到中国作协，住在北纬饭店，我就去拜望过他。他的诗性睿智、他的达观、他的友善，给我留下了难以忘怀的印象。人们都记住了他的著名诗篇《大堰河——我的保姆》，我却多记了一句他的名言："蚕在吐丝的时候，吐出了一条丝绸之路。"那胸襟气势如虹。

当活动组织者告诉我，下午的活动是金华作家协会与金华游泳协会座谈时，我觉得有点蹊跷。不过，客随主便，我和他们一起来到深藏于一片居民楼一层的金华游泳协会。金华游泳协会会长居然是《金华日报》著名记者金建民，金华体育局局长邵国龙介绍，金华体育界有36个协会，为推动金华全民健身和体育运动事业发挥了不可替代的作用。

3年前，由时任金华市政协委员、现任文联主席李英提出应恢复金华赛龙舟活动的提案得到市委市政府的高度重视，并责成市体育局牵头，金华游泳协会具体落实，成为金华市民广泛参与的一项赛事。3年来前来观看的观众日渐增多，已达10万之众。今年的赛事将在10月举办，对此他们从现在就开始投入筹备工作。

　　其实，赛龙舟是一项群众性传统体育活动，尤其在农村，以村为单位组织龙舟队进行竞赛，对村民移风易俗，提升精神文化风貌，具有巨大潜力。在"文革""破四旧"运动中，这方土地的龙舟被作为"四旧"破除，龙舟被砸毁烧尽，几乎荡然无存。他们南下广东取经，坦陈那边的人比他们精明，即使是在"文革"期间，广东乡村也没有真正砸毁龙舟，而是悄悄沉到河水塘底，保护下来。随着改革开放春风浩荡，他们喜气洋洋地把沉在水底的龙舟起出来，重现赛龙舟这样的中华民族传统体育赛事，丰富了人们的精神文化生活。赛龙舟本身就是众人齐心协力，随着鼓点，节奏一致奋力划桨，奔向胜利终点的团队精神所在。可以说，这就是龙舟精神。

　　在金华市金东区孝顺镇东上叶村发现了400多年前的龙舟桨，还有一个200多年前清朝的龙舟桨。这些发现充分证明金华赛龙舟的历史文化源远流长。在江南，赛龙舟应当是群众性参与度最高的活动之一。赛龙舟已经成为全运会赛事项目，并已纳入亚运会赛事项目。

　　邵国龙告诉我，他们尤其重视游泳协会推进的赛龙舟活动。

在习近平总书记提出的"绿水青山就是金山银山"环保理念下，浙江省委提出了治理江河水源。金华有三江六源，经过治理，河水清了，赛龙舟就是为了提升老百姓的获得感。

　　座谈会后，我们移步来到位于市中心的婺江岸边。令人感动的是，金华作协组织了一支龙舟队。作家龙舟队总教练（也是市游泳协会副主席）翁时文告诉我，过去，江水都是臭的，别说比赛了，站都难站，现在好了。婺江也称双溪，源自李清照的词："闻说双溪春尚好，也拟泛轻舟。"他们在总教练的统一指挥下，手持木桨在岸上练习划桨动作。天气晴朗，但闷热难耐，我站在那里都浑身冒汗。金华市作家协会的这支会员龙舟队，个个精神抖擞，齐力划桨，由动作生疏到逐渐整齐划一。于是，由我敲响第一声鼓，宣告金华作协作家龙舟队试水。队员们头戴红色运动帽，鱼贯走向码头。不一会儿，在船首鼓点指挥下，队员们奋力划桨，那叶龙舟似一首诗在江面舒展流淌，桨点着水虽不统一，却是抒情前进，信心满满，应当说自成一景。

　　当作家龙舟队歇桨上岸时，个个显得兴奋。他们说，要将龙舟赛从金华带向"一带一路"，带向奥运会。金华人的雄心壮志可见一斑。

辑四

书香伴随人生

节日礼物

节日礼物,小时候我们对它充满期待和憧憬。一件新衣、一双新鞋,抑或一个文具、一把糖果、一根爆竹,得到它,那喜出望外的劲头,迄今记忆犹新。当然,对今天的孩子们来说,这实在是难以想象的事了。因为新衣、新鞋、新文具,甚至是新玩意,无须期待节日的到来,几乎每天自会扑面而来。然而,仔细想来,小时候我们的目光被节日的礼物吸引,忽略了那时真正的蓝天。而今天的孩子们更多看到的是雾霾天气——岂止是孩子,我们常常共同分享着粉尘(PM2.5)的"贡献",忙碌在城市不同的角落。

我最早感受到北京空气的难以忍受,是在20世纪80年代末的一个春节。那时,改革开放给社会和经济注入了活力,人们的收入水平提高了,手中有点闲钱了。于是,铆足了劲去买鞭炮,在除夕之夜,整座城市沉浸在隆隆的鞭炮声中,城市的上空被浓烈的硫黄味弥漫,几乎令人窒息,还有满街的纸屑,匪夷所思。此后更是一年胜过一年。鞭炮的当量在不断提升,人们购买和燃放烟花爆竹的兴致越发热烈。其实,大家在以此比拼和炫示各自的实力。那种"爆竹声中一岁除""总把新桃换旧符"的中古时期情怀已然渐行渐远。

1993年,笔者作为新任政协委员,在北京市政协八届一次会议上提出了《关于"北京市城区禁止燃放烟花爆竹"的提案》（1993年，第13-53号）。据说，那年也有其他一些委员提出相同的提案。是年10月12日，北京市第十届人民代表大会常务委员会第六次会议通过《北京市关于禁止燃放烟花爆竹的规定》，并于当年12月1日起施行。古老的北京终于在又一个甲戌年，过了一个十分安静祥和的春节。

在此之后，虽说北京节日的空气有所好转，但是冬日里依然摆脱不了煤烟的困扰。那时候，城区大规模拆迁改造还没成气候，人们还在争论是要传统四合院，还是要现代高楼居所。我发现，在三环以内，老城区绝大多数市民依然靠蜂窝煤取暖。那样的日子我也曾经历，先用报纸把劈柴点燃，再用劈柴把烟煤点燃，然后放上一块蜂窝煤，生铁炉壁便会缓慢而持续地释放出热能，将低矮的小屋烘暖……家家户户都如此这般，每一根烟筒释放出的煤烟，便在城市上空凝聚、笼罩，使空气质量降到低点。于是，笔者在市政协提出《关于建议逐步实施电采暖取代燃油燃煤等传统采暖方式的提案》（2000年、第03-0160号）。这一提案被市政府采纳，并从2001年开始实施。北京冬日的空气开始告别煤烟的熏扰，变得渐渐纯净起来。

有趣的是，在施行了12年之后，2005年，北京市又将燃放烟花爆竹"禁"改"限"，允许在规定的时间、规定的地点燃放。于是，剧烈的鞭炮声又开始不绝于耳．城市被震得天摇地旋。就连汽车也不堪忍受声波和震波的极限，连街响起尖锐的报警声，更不用说具有生命的宠物惊恐万状，老人与婴儿无法入眠。当然，火灾与炸伤甚或被炸身亡的惨剧一并而至。对于这一改变，仁者见仁，智者见智，被当时的媒体誉为"喜爱传统民俗的人们感到欣喜"。然而，人们很快体验到了这一传统民俗重新归来之后的喜爱与烦恼交织——噪声、空气污染像个病魔挥之不去。

随着高污染、高耗能工业企业的一度无序发展，北京及周边省区污染源不断增加，这几年来北京深受雾霾天气的困扰。2013年元月，北京竟然有25天是雾霾重锁的日子。当月，我出差从深圳飞回北京，在首都机场落地出舱，便被浓重呛人的污浊空气熏燎得嗓子冒烟。多么令人难以置信，雾霾居然覆盖了华北、中原约100万平方公里的国土！

去年以来，国家出台一系列综合治理空气污染措施，开始取得实效。同是在元月，那天我看到了北京的晴空。朝阳从高楼背后升起，嵌着缕缕金丝。冷艳的玻璃体楼座，墙幕似镜，映衬着对面林立的楼群。央视大楼在阳光照射下显出另一番情致，在央视大楼近处，又一个新的楼基正被起重机吊臂悄悄拔起。蓝天无际，西山近在眼前……

这样的蓝天，才是最好的节日礼物。孩子们需要，我们也同样需要。

让我们共同爱护这一片蓝天，珍惜这一份节日礼物，移风易俗，在繁华的首都城里与古老的烟花爆竹说一声再见吧。

一封快递

春节长假后的第一个早晨,有人敲门。家里人开门,是我的快递到了。我想,新年伊始会是谁发来的快递呢?我说打开看看。家里人打开说,是财政部的文件。我拿过来一看,是财政部北京专员办《关于转复全国政协委员艾克拜尔·米吉提同志意见建议的函》(财驻京监函〔2018〕9号)。

尊敬的艾克拜尔·米吉提委员:

感谢您对财政部工作的关心与支持!

我办高度重视您对财政工作提出的宝贵意见和建议,已及时向财政部相关业务司局上报反映。财政部党组和党组书记、部长肖捷同志十分重视,相关司局已就您所关注关切的部分问题做出了答复。现特将答复情况转复如下。

……

其实,我作为中共党员政协委员,已经连任两届,本届按规定已经不再担任政协委员。我从心态上已经做好调整,准备过退休生活(当然,作为作家我是不会退休的)。

但是,这封转复函让我心中顿生涟澜。财政部和驻京专员办的各位领导对我的意见建议的确很重视。2017年10月30日上午,驻京专员办的几位领导邀请我去专员办座谈交流,认真听取了我的意见和建议，深入探讨了一些相关问题。

现在复函专门答复，令我欣慰。答复针对文化产业资金监管问题，提出了两项具体措施。一是研究改革文化产业发展专项资金支持模式，重点支持一批文化产业领域具有较强外部性和辐射性的平台项目，主要包括综合服务平台、项目对接平台、共性技术支撑平台等，为中小文化企业节约开拓市场、人才培养及技术支撑等营商成本，促进企业聚集发展。二是加强文化产业发展专项资金绩效管理，督促、指导中央宣传文化体育部门加强项目库建设，强化项目申报、入库、评审等相关工作；全面推进绩效评价，形成以绩效目标为导向，以绩效评价为手段，贯穿预算编制、执行、监督全过程的预算绩效管理体系。

针对主流文学刊物发展问题，也有具体举措，且见真金白银。"为推动主流文学刊物发展，中央财政通过中国作协部门预算安排'文学出版与传播''文学创作与研究'等项目，支持提升主流文学刊物水准，推出一系列反映时代精神和现实生活、弘扬社会主旋律和正能量的文学作品。下一步，我们将继续通过现有资金渠道提供经费支持，推动主流文学刊物健康发展。"

针对进一步加大财政工作宣传、解释力度问题，一是积极开展正面宣传，回应社会关切。二是大力推进信息公开，以公开促宣传。充分利用财政部门户网站、手机版网站、手机 APP、政务微信等，每个工作日都发布财政新闻、重要政策文件、政策解读、政策数据、重要会议活动等信息，及时、全面向社会各界推送财政改革发展情况。同时，注重新闻媒体及新媒体加大财政政策的宣传解读力度。三是完善新闻舆论工作机制，提升工作实效。下一步，将围绕重要财政政策、重大改革举措，以及舆论高度关注的财政热点敏感问题等，进一步加大宣传、解读力度，突出政策落实效果等宣传重点。全面公开财政信息，增进社会各界对财政工作的理解和支持。我对财政部的答复相当满意。而且因是在春节前夕2018年2月8日做出的答复，我更为满意。

当然，还有关于稿酬不应视为一次性收入纳税的提案，因涉及修订现行《中华人民共和国个人所得税法》，未能落实，相信在不久的将来会迎刃而解。因为建设创新型国家，需要激发全社会的创新活力，尤其是原创力。稿酬，包括科技创新，都不应视为一次性个人所得。创作和创新往往需要十年磨一剑，应当与一次性收入区分开来。

说起来我是从第八届开始连任三届北京市政协委员，第十一、第十二届全国政协委员，我生命中的25年是与政协相伴。我在北京市政协提出280多件提案，在两届全国政协会议提出100多件提案。其中《公共场所禁止吸烟》已成为强力执行的法律，烈士纪念日和国歌法已经成为国法。去年12月22日第十二届全国人大常委会第三十一次会议首次提请审议英雄烈士保护法草案。我也是建立该法的积极提案者之一。从某种意义上说，政协已经融于我的血液之中，成为我的一种思维和行为模式。"一届政协委员，一生政协情缘。"我很欣赏这一句话，并深有同感。

（原文发表于2018年3月19日《人民政协报》）

提案带来的成就感

我是 1993 年任第八届北京市政协委员的,连任第八、第九、第十届三届委员。2008 年任第十一届全国政协委员,第十二届连任。在 20 多年的政协履职生涯中,提出了几百件提案,其中几件让我印象尤为深刻。

第一份提案带来的喜悦

第一次作为政协委员,我在北京市政协八届一次会议上与王懿君、向红笳、黄信阳、修明、石玉琨、殷继增、赵景荣、赵书等民族宗教界委员联名提出《关于禁止在北京市区销售和燃放烟花爆竹的提案》,即我的第一份提案,很快在当年得到落实。这一年 10 月,北京市人大就通过了《北京市关于禁止燃放烟花爆竹的规定》。1994 年春节,一改往年除夕之夜北京城被隆隆的爆竹声淹没、被呛人的火药味弥漫、大街小巷被翻滚的破纸屑覆盖的旧景,人们过了一个全新、安静、文明、祥和的春节。我的内心很是激动,我以为,这便是对古老北京献上的节日礼物。

然而,由于某种历史原因,在 10 年之后,在进入 21 世纪门槛时,这一规定被"禁改限",即在"限定的时间、限定的区域"

允许燃放烟花爆竹。近年来,由于日益加深的雾霾,北京市民开始自觉告别燃放烟花爆竹,在"限定的时问、限定的区域"只能听到稀稀拉拉的爆竹声。其实,燃放烟花爆竹最大的受害者是老人与小孩,还有宠物。燃放烟花爆竹时,婴儿哭闹不止,宠物惊厥不宁,老人则被浓烈的烟味熏得难以呼吸,或呼吸道旧病复发。加上雾霾,对所有人的健康都不利。当然还有火灾隐患。我以为,在北京这样的特大型城市,应当禁止燃放烟花爆竹,这将是历史的必然选择,也是时代的要求。

生活在首都,我始终关心着空气质量。从20世纪80年代开始的大规模拆迁和大兴土木,使北京城饱受扬尘污染之苦。扬尘污染得到有效治理后,禁止燃放烟花爆竹使阶段性污染得到有效遏制。但是,我发现北京依然在冬季备受空气污染之苦。仔细观察,是大片的三环以内老城区居民冬季取暖方式没有改变,依然是废旧报纸点燃劈柴,由此引燃烟煤、蜂窝煤,家家户户都在释放煤烟,二氧化碳和粉尘污染严重,致使北京的空气整个冬天烟雾腾腾。而北京上空200~300米处有一个逆温层,会像锅盖一样扣住城市胴体,唯有源自西伯利亚的寒流带来的强劲的风,掀开这个逆温层"锅盖",吹走那些凝滞的烟雾,北京上空会短暂显现蓝天。寒流一过,强风骤减,那烟雾与粉尘又会弥漫开来,堵得令人心慌,从而会使老年性疾病、呼吸道疾病易发多发,成为影响社会群体健康的直接诱因。于是,我在2000年北京市政协九届三次会议上提出《关于建议逐步实施电采暖取代燃油燃煤等传统采暖方式的提案》,提出政府应当对三环以内老城区居民实施煤改电采暖补贴政策。这一提案对于北京市政府 2001 年开始出台实施"煤改电"举措起到了促进作用。

随着时间的推移，在单纯追求 GDP 产值经济发展模式下，北京及周边地区的工业污染日益加重，人们深受其害。现在，已经不只是北京受到雾霾影响，整个华北、华中、东北部分地区已然连片污染，几十万、上百万平方公里的国土面积常常被雾霾深锁。严重时，甚至影响首都机场航班正常起降，造成许多航班延误，影响人们的生活秩序。最近一次我乘高铁一路南下前往长沙，一直云游在雾霾中。于是我们开始采用 PM2.5 监控体系，偶尔也会见到难得的"北京蓝"，那几乎是我们的节日。作为全国政协委员，我对此也发声，写出一系列的社情民意反映和文章，呼吁携手共同治理雾霾污染源，《还你一片蓝天——写给我孙女玛丽娅的一封信》，其实也是我写给所有不得不生活在雾霾下的孩子的一封信。

提案催生国家立法

1995 年，我在北京市政协八届三次会议上提出了《关于制定禁止在公共场所吸烟法规的提案》，得到媒体广泛关注。1995 年 5 月 12 日，北京人民广播电台"议政论坛"专栏节目，邀请我做特约嘉宾，现场直播"在公共场所禁烟问题"的专题讨论，得到社会积极反响。这一提案同时得到北京市爱卫会、市政府法制办的高度重视，当年就举行各种座谈会、研讨会、协商会，迅速出台地方立法《北京市公共场所禁止吸烟的规定》，于1995年12月21日由北京市第十届人民代表大会常务委员会第二十三次会议通过，自1996年5月15日起施行。这一规定，的确是为了保障人民身体健康，提倡社会公德，减少吸烟造成的危害，依据国家有关法律、法规的规定，结合北京市实际情况而制定出台的。应当说，这是一个创举，在我国地方立法史上翻开了新的一页，也符合首都作为首善之区的形象。

当然，一些社会习惯并不会因了一项法律规定就会改观。作为最早公布实施公共场所禁止吸烟的北京市状况不容松懈，依然经常可以看到在公共场所禁烟标示下吞云吐雾的"绅士"。2000年，在北京市政协九届三次会议上我又提出《关于建议对我市公共场所禁止吸烟法规实施情况进行一次督促检查的提案》。因为，好的地方性法规需要很好地去实施，才能发挥作用，并成为每一个公民的自觉行为准则，否则就会失去其意义。因此，我建议对北京市公共场所禁止吸烟法规实施情况进行一次督促检查，以使这项法规真正深入人心，真正造福一方百姓，同时也使北京市的法制建设得以扎扎实实地推进。

随着北京市实施在公共场所禁止吸烟，全国一些大中城市也相继推出了地方性法规，禁止在公共场所吸烟。显然，禁止在公共场所吸烟，是一个社会文明程度的标志之一，而不在公共场所吸烟，也是每一位社会成员自身文明程度的标准之一。随着时代发展的步伐，社会文明和法治进程鼓舞人心，2014年11月28日，北京市第十四届人民代表大会常务委员会第十五次会议表决通过《北京市控制吸烟条例》，该条例已于 2015 年 6 月 1 日起实施，而当年推出的《北京市公共场所禁止吸烟的规定》同时废止。北京市公共场所室内已全面禁烟，而且各类办公大楼和公共场所禁烟监控系统十分到位，惩罚措施非常严厉。在公共场所不抽烟已成为每个社会成员的自觉行为，社会文明程度进一步得到提升。

我在 2010 年全国政协十届三次会议上提出的《关于设立"共和国先烈日"的提案》，得到中宣部圆满答复。2014 年 8 月 25 日下午，十二届全国人大常委会十次会议听取国务院关于提请审议通过《关于设立烈士纪念日的决定（草案）》的议案。《草案》规定，每年 9 月 30 日为烈士纪念日。自烈士纪念日确立三年来，每年的这一天，习近平总书记、党和国家领导人、首都群众来到天安门广场人民英雄纪念碑前，向先烈敬献花篮，缅怀先烈志，共铸中华魂。这对于弘扬社会正能量，树立正气，让人们谨记和缅怀那些为中华民族的今天抛头颅洒热血、献出自己生命的英雄先烈，具有重要意义。一个不崇尚自己英雄的民族是得不到尊敬的。尤其要在青少年中树立崇尚英雄、热爱英雄的良好风尚，才能使中华民族精神生生不息、永续传承。

2010 年全国"两会"上，我提交了《关于对足以影响环境、气候大型项目上马前要充分听取跨学科专家意见的提案》，环保部不仅积极采纳我的建议，还表示将进一步规范大型项目上马前的公众参与，《公众参与暂行办法》的修订工作已经启动，正组织制定《环境影响评价技术导则——公众参与》。现在，国家实施环境督察,将这一工作进一步落到实处,那种不顾一切以破坏环境为代价的所谓发展模式,已经开始得到有效遏制。

20多年的履职生涯让我体会到,政协委员真能发挥作用,党和政府真采纳政协委员的提案,政协委员的提案对社会发展步伐真正能起到促进作用。

朋友的智慧

人是需要朋友的智慧的。

苏叔阳那天对我说:"老艾,你是政协委员,你应该提一个提案,在天安门广场国旗升旗台周边汉白玉护栏上,贴上国歌铜牌,把国歌五线谱曲子和词刻上,并把词作者田汉、曲作者聂耳的名字也刻上去,这样会成为爱国主义教育内容。"我听了眼前为之一亮:这的确是一个非常值得提出的提案!

苏叔阳多年担任田汉基金会的会长,所以他一直在思考关于国歌的问题。而且,恶意篡改国歌歌词、曲谱,以歪曲、贬损方式奏唱国歌,甚至在葬礼上放国歌等对待国歌的各种社会乱象令他愤愤不平。我也深有同感,但是从来没有产生过在天安门广场国旗升旗台周边汉白玉护栏上,贴上国歌铜牌这个大胆设想。这就是朋友的智慧。于是,我在"两会"上提出了《关于在天安门国旗升旗台侧附国歌〈义勇军进行曲〉五线谱歌词铜牌的提案》:"中华人民共和国国歌《义勇军进行曲》,是爱国主义的主旋律,它是国家尊严的形象符号,其地位与国旗一样。但是,现在很多场合缺少国歌标示,特别是在天安门广场,有人民英雄纪念碑、有国旗杆、有每天的升国旗仪式,但是没有国歌标示。建议在国旗杆升旗台侧壁,附上一块60厘米×40厘米、刻有《义勇军进行曲》五线谱配词铜牌，并刻有词作者田汉、曲作者聂耳之名。一是有利于进一步弘扬爱国主义精神，提高中华民族凝聚力；二是成为天安门广场新的一景，成为社会主义核心价值体系教育的重要内容之一；三是成本低廉，符合当前中央推行的简朴精神。"

  第一年没有单位回复意见。我于来年第二次提出该提案，接到天安门广场管理局办复电话，听得出他们很兴奋，说："艾委员，您这个提案太好了，我们一定努力去办。"到这一年11月初，那位天安门广场管理局办复人员打来电话说："艾委员，很抱歉，没有法律支撑，我们无法办理。"我这时才意识到，原来我们唱了几十年的国歌，居然没有立法保护。当年在九一八事变之后，在国民党狱中将寥寥84个字的歌词写在烟盒背面送出的田汉，与东渡东瀛如约将"进行曲"创作完成寄回国内的聂耳，或许并没有想到1935年这首为电影《风云儿女》创作的主题歌，会伴随抗日战争的烽火硝烟唱响大江南北，传遍祖国大地，最终成为中华人民共和国国歌。这也将是一个恒定的话题。

  我是1982年4月间，第一次在昆明滇池边的西山上看到聂耳墓。那时我就想，这是一个什么样的生命，能让千军万马齐声唱出如此激越昂扬的歌声，前仆后继，奋不顾身地冲向前线，浴血奋战？当时，望着聂耳的墓碑和塑像，国歌旋律自我心底涌出，在耳畔彻响，令我周身血液沸腾。那些一起登山的伙伴已经远去，但是我依然驻足聂耳墓前陷入沉思。当然，年轻的聂耳意外死于日本海边的一次游泳，这也令人匪夷所思。田汉作为"四条汉子"之一卒于"文革"期间，亦是路人皆知的多舛命运。

意想不到的是，在 2016 年 4 月 24 日，我们前往内蒙古敖汉旗时，在这里觅到了聂耳的足迹。1933 年 2 月，在敖汉旗四家子镇广场上，一路自东北撤回的抗日义勇军骑兵部队在这里集结，另一路来自上海的慰问队和纪录片《热河血泪史》拍摄组也来到这里，其中居然有人见到了聂耳的身影。当时，他们齐声唱响东北抗日义勇军自己的歌曲《义勇军誓词歌》，但那旋律并非后来聂耳创作的"进行曲"。

今年 5 月 17 日，我们在云南考察途中进入新平县南薅花腰傣民俗文化村，在这里参观了聂耳母亲祖居。在院子里一面墙上便是简谱《中华人民共和国国歌》。我非常感动，在《中华人民共和国国歌》旋律中，律动着各民族人民的血脉。在这里我看到了这位伟大的作曲家生命源头的溪流。2016 年 6 月 7 日，我随全国政协考察团，在玉溪参观过聂耳故居、聂耳纪念馆、聂耳大剧院，我和满族作家王兴东委员还在聂耳故居合影留念。当时我就在想，无论如何我都要为推进国歌立法竭尽全力。

2014 年开始，我在"两会"上再次提出《关于在天安门国旗升旗台侧附国歌〈义勇军进行曲〉五线谱歌词铜牌的提案》的同时，提出了《关于建议修订〈国旗法〉为〈国旗国歌法〉的提案》："《中华人民共和国国旗法》自 1990 年公布以来，发挥了重要作用。但是，并没有涵盖《中华人民共和国国歌》相关条文。在现代国家，国旗与国歌地位应当同等重要。建议将现有的《中华人民共和国国旗法》修订为《中华人民共和国国旗国歌法》，并将其纳入国民普法教育内容和社会主义核心价值体系教育重要内容。"我以为，从小唱国歌，应成为每个人的行为准则，应成为每个公民的文化自觉行为，这将对我国的民族团结起到巨大的促进作用。

此后，每年"两会"我都重提这两份提案，我坚信我的提案一定会被采纳。那熟悉的歌词和旋律会在心底久久萦回："起来 / 不愿做奴隶的人们 / 把我们的血肉 / 筑成我们新的长城 / 中华民族到了最危险的时候 / 每个人被迫着发出最后的吼声 / 起来 / 起来 / 起来 / 我们万众一心 / 冒着敌人的炮火前进 / 冒着敌人的炮火前进 / 前进 / 前进 / 进！"这令人热血沸腾的歌词和激越昂扬的歌曲，会点燃每一个中国人。

经过多年连续提案，《中华人民共和国国歌法》于 2017 年 9 月 1 日第十二届全国人民代表大会常务委员会第二十九次会议通过，并于 2017 年 10 月 1 日，共和国 68 岁生日这一天生效实施，其意义非凡。这是我国立法史上的一件大事。自此，这一充分寄托国民情感和心声的国家象征，将与国旗、国徽一样受到法律保护。这是一个激动人心的时刻。当五星红旗高高飘扬的时候，伴随着雄壮的《义勇军进行曲》旋律，56 个民族共同唱响国歌，那是一种怎样的壮观景象，民族自豪感会油然而生。在国歌的激励下，中华民族伟大复兴的中国梦一定会实现。我也确信，我那份《关于在天安门国旗升旗台侧附国歌〈义勇军进行曲〉五线谱歌词铜牌的提案》，终将得到落实。

我与作代会

我第一次参加作家（文人或是喜欢文化的人）的聚会，大约是在 1978 年 12 月。那是冬季，新疆天山以北的奎屯市，整个冬天都会云雾蒙蒙，难见晴空丽日。那天，刚刚恢复工作不久的新疆文联主席王玉胡和《新疆文艺》副主编陈柏中、小说组长都幸福来到奎屯召开座谈会，王玉胡同志做讲座。我第一次听到有一位领导人（当然也是作家），居然无须稿件直接讲演，一发而不可收拾，滔滔不绝一讲便是四小时，没有一句重复之词。我第一次看到有如此造诣、如此自信、如此学养、如此开门见山的人。听说王玉胡同志当年在南泥湾时的警卫员，现在都是特克斯县的县委书记，令我更加肃然起敬。

当然，当时我已经把我的第一篇小说写好，并且用誊写纸在每页 300 字的稿纸上复写了 3 份，惴惴不安地将一份递交都幸福先生，我和他于 1973 年 4 月在伊宁县红星公社工作时就已相识；另一份给了正在创办的《伊犁河》编辑郭从远。我此生的作家之梦、文学之梦正在心底燃烧。

1979 年 3 月，《新疆文艺》举办笔会（当时还叫学习班），把我也请到了乌鲁木齐，我们住在自治区人事局干部招待所听课改稿。这时，第二次见到王玉胡同志，他来讲课。刚刚回到北京的王蒙老师，也来与大家见面讲课。我的处女作《努尔曼老汉和猎狗巴力斯》正好在1979年第3期《新疆文艺》上全文刊出，我的文学之梦从这里起步。

1980年3月，我接到《人民文学》的通知，说我的处女作《努尔曼老汉和猎狗巴力斯》获得1979年全国小说奖，请我到北京领奖。我从伊犁乘班车赶到乌鲁木齐，来到《新疆文艺》编辑部时，在这里又获知我被新恢复的第五期中国作协文学讲习所（鲁迅文学院前身）录取，真可谓好事连连，让我心中充溢着暖意，并且此生铭记于心。

1980年8月，我从文学讲习所学习结业回到乌鲁木齐时，正好赶上自治区文代会召开，我作为特邀代表参加会议。而真正参加全国作代会是1984年12月的事了。我以特邀代表的身份荣幸地参加了全国第四次作家代表大会。

那时，我们住在京西宾馆西楼（东楼还没有建起），有一张迄今我还珍藏着的照片，我和夏侃·沃阿勒拜、贾合甫·米尔扎汗、乌玛尔哈孜·艾坦四位哈萨克族作家的合影。而且，这次作代会我们第五期文讲所有23位同学作为各地代表参加。自此以后，我接连参加了第四、第五次青创会，还担任中直团的副团长。第七届全国文联代表大会代表，第七、第八、第九届中国作协代表大会代表，并连续当选为中国作协全委会委员，被推举为中国作协少数民族文学委员会委员、中国作协影视文学委员会副主任。

这一次的第十届全国文代会、第九届全国作代会期间，尤其令我感动的是，习近平总书记出席开幕式并发表重要讲话，明确指出:"祖国是人民最坚实的依靠,英雄是民族最闪亮的坐标。歌唱祖国、礼赞英雄从来都是文艺创作的永恒主题,也是最动人的篇章。我们要高扬爱国主义主旋律,用生动的文学语言和光彩夺目的艺术形象,装点祖国的秀美河山,描绘中华民族的卓越风华,激发每一个中国人的民族自豪感和国家荣誉感。"习近平总书记的这个讲话,可以说是 2014 年 10 月 15 日在文艺工作座谈会上讲话的姊妹篇,为文艺创作指明了方向。"总书记的讲话十分精辟,振聋发聩。应当说,是对曾经一度喧嚣一时的低俗、庸俗、媚俗的低级趣味文化倾向的一次拨乱反正,引起了与会作家艺术家的强烈共鸣。

  这一次作代会上,我们第五期文讲所的学员只有王安忆、叶辛、张抗抗、刘富道、叶文玲和我参加,其中王安忆、叶辛、张抗抗三人继续当选为副主席。那天,王安忆对我说:"你看,抗抗说,这次好多同学都没能来参会,但是,我同样看到了许多新面孔。文学事业就是这样一代代薪火相传,繁衍下去。"我相信,这是一次由文学高原走向高峰的起步之旅,这便是留在我记忆中的作代会。

我的酉年春节

我的酉年春节过得很特别。从年三十起几乎就一直待在家里，读读书，审审稿，上上网，回复手机短信微信，自己也在不断致信问候。在这个信息时代，不，在这个手机时代，你几乎没有一分钟的闲暇，比起那个已经远去的寄贺年卡的岁月，简直可以用忙得不可开交、不亦乐乎来形容了。过去多么省劲儿，集中写好贺年卡，往邮筒一掷，你再无法左右它的命运，任由它被那一张邮票牵引着飘摇而去。只能遥遥期待某一天，鸿雁传书，收到朋友的回复，见字如面，见信如晤，那温暖和友情便铭记心头。现在，你时刻都被4G、Wi-Fi编织的网络细密地包裹着，云计算时刻都紧随你的足迹，那个导航女声以不带感情的、不偏不倚的口吻准确无误地告诉你，下一个红绿灯口左拐再右拐，提醒你离路口剩100米，80米，30米，5米……

也正是在微信上，我不断收到趁着长假飞向五湖四海的朋友们发来的问候，晒出熟悉或陌生的不同背景的留影。既有赤道风光，也有北极寒光。感谢这个手机胜过相机的时代，摄影家曾有一句行话："高档相机满身挂，关键时刻看'傻瓜'。"现在只能看手机抢拍了。我静坐家里，足不出户，便可跟随这些朋友的镜头，饱览天下奇景，不胜美哉。

也正是在手机微信上,我听到了那个对国人曾经陌生,而一夜之间便已风靡天下的音乐奇才迪马希(Dimash Kudaibergen)金属般的迷人歌声。真正的艺术,从来都是直击心窝的。连我自己都很奇怪,听着迪马希的歌声,我泪流满面。他那高贵、锐利、无与伦比的歌声,不断穿透我的心,让我热泪滚滚,眼泪止不住地一次次夺眶而出,全然顾不得家人和晚辈在前。我蘸着泪水当即译出他唱响的那首老歌《可爱的啊》(*Kharaghem Ay*)发布在我的博客上。家人不断给我递过来纸巾,让我拭去泪水。但是,我边拭边听边译,不一会儿就将歌词译了出来。

  可爱的啊
  美丽原来是这样的啊
  生命会有一个愿望
  人是这个世界的客人
  时光却是那样短暂

  可爱的啊
  黄羊是这样奔驰的啊
  谁会在命中等待你啊
  心情为什么会如此脆弱
  命运会让你与谁走到一起

  可爱的啊
  你的回眸那样明媚

> 可爱的啊
>
> 你的眸子那样美丽
>
> 可爱的啊
>
> 生命原来会如此走过
>
> 没有爱世界是那样苍白
>
> 回首此生时光
>
> 抵不上与你相爱的一天
>
> 可爱的啊
>
> 你的回眸那样明媚
>
> 可爱的啊
>
> 你的眸子那样美丽

在当晚的歌赛中,他竟唱出了匪夷所思的超高音(鲸鱼音),震撼了全场,震撼了听众,更震撼了我。我的热泪又一次打心底涌出,恣肆流淌。

我在想,我在年届六十退居二线时表过一个态,从今开始我将前60年清零,今天我1岁,我再重新活出个60年给你们看看。如此算来,我也该3岁了(比我孙女还小1岁),是不是这眼泪又让我回到了童年?

远方的美景、动人的歌声、纷至沓来的微信和家人陪伴我度过酉年春节。明日初三,我将踏上远赴霍城的新的征程。

黄河为界

那一年，我考入大学，我们中文系班里有18名军人。起初，他们只有上衣四个兜和两个兜之别（干部与战士），一入冬，这区别就大了。部队驻地在黄河以北的，便是皮帽、皮大衣、大头鞋；部队驻地在黄河以南的，则是棉帽、棉大衣、棉鞋。在黄土高原的皋兰山和白塔山之间，黄河从兰州自北向南穿城而过。在盘旋路旁的兰大校园里，这些军人同学的着装自成一景，无声地提示着黄河这条地缘的清晰界线。

那一年寒假，我们几个同学一块儿到了西安，想看看这座古都的风貌。结果发现这里没有暖气，借住的同学宿舍还真是冷。一问，也是黄河为界，西安城不予供暖。我们几个同学感到庆幸，幸亏在兰州冬季还有暖气。后来搞明白了，计划经济时代，冬天黄河以南不予供暖，黄河以北才供，而供暖期则各有不同。

黄河又成为一个大"几"字形，"几"字形的顶端已经深入漠北，在河套平原年年冬天结冰，春季开化时形成凌汛，常常成为另一种奇观，乃至形成自然灾害。每年凌汛期，成为"几"字形顶上这一带政府和群众的抗凌防汛重任，甚至有过出动飞机投弹炸冰的年份。那么，在"几"字形顶端这一带，入冬和开春的供暖期不会太短。

我到延安去过几次，当然，现在要寻到当初的窑洞比较困难。我进去参观过那些窑洞，都是一个土灶连着一个土炕，烟道由土炕穿过导向窑外，成了自然取暖器。千百年来老百姓就是这么解决取暖问题的。据说当年边区政府在延安时有几种取暖方式，一是传统土炕，二是炭盆，三是在枣园窑洞外挖了一个通道，在那里生火，热气由通道导入室内取暖。现在城市化进程加快，到处都是高楼大厦，传统取暖方式渐行渐远，统一供暖采暖。去年12月再次到延安鲁艺旧址参观时，整个展厅，包括作为鲁艺大教室的那座西班牙传教士修建的教堂里，都没有供暖设备，依然是当年的状况。

我在北京住了几十年，最初在平房居住烧蜂窝煤，采暖期由自己决定。天一冷就可以把蜂窝煤炉搬进屋里，直到入了4月才由屋内搬出，感受不到搬进楼房以后供暖前那半个月和停暖后那半个月彻骨的寒冷。住进了楼房，那时候也没有现在这些可以采暖的家用电器，只能在屋里多添些衣服防冻，手脚总是冰凉。那时候，我们住在西堂子胡同，那个四合院门口有个老太太，一年四季蜂窝煤炉就在小屋内，春秋之际更是冻不着，对老年人自是一个防寒保护。从某种意义上，我还廷留恋那种四合院里的生活方式。而今我自己也由一个活力旺盛的青年，转眼不觉步入老年。不光是我，整座城市老龄人口比例不断攀升，一座城已经成为老龄城市、老龄社会。这是一个千真万确的客观现实。人均寿命增长，这是一件好事，但是，老龄人口自有他们的特殊需求。那么，我们能为老年人做点什么呢？从老年服装到起居饮食、医疗保健，老龄人口有千百件特殊需要。但在北方,冬季里有一件事最为关键,那就是取暖条件的舒适与取暖时间的长短。至少,冬季坐在温暖的屋子里,生病就会少一些,健康就会多一些。普通百姓到了老年,一日三餐能吃得香,每天大小便能正常排出,每天能够安稳入睡,这就是身体的最佳状态。有了身体的最佳状态,当然就会精神矍铄,还能老有所为。既不会让子女受累,也不给社会增加负担。说一千道一万,这一切的一切,在北方冬季取暖最为关键。

2006 年,我在北京市政协十届四次会议上提出了《关于调整北京地区供暖期的建议》提案。那一年,我已然年过半百,也该想一想老年人的事了。

"北京已经进入老年社会。每年在供暖期到来之前和结束之后,许多退休在家的老年人无处可去,窝在家里很容易受冷生病,由此产生社会医疗保险负担加重和家庭医疗开支上升。而且由于供暖问题引发许多社会矛盾,给政府工作带来压力,甚至对政府公信度都带来一定的影响。与时俱进地解决好供暖问题,也是构建和谐社会的重要内涵之一。

"目前沿用的黄河以北地区供暖期由每年 11 月 15 日开始到次年 3 月 15 日止的规定,是 20 世纪 50 年代按照计划经济模式确定下来的。我们已经告别了计划经济时代,收取供暖费标准早已实现市场化运作,继续沿袭 50 年代确定的供暖期供暖,已显得滞后。因此,根据北京地区的气候条件,着眼于'以人为本'的执政理念,建议调整北京地区供暖期:供暖提前到每年 11 月

1日,试供暖从10月25日开始;停止供暖由现在的3月15日,延长到每年3月31日为宜。"

当年媒体就做了跟进报道:"……在本次政协会议上,艾克拜尔·米吉提委员提出了《关于调整北京地区供暖期的建议》,认为北京市的供暖期应该调整为从每年11月1日到次年3月31日,并且可实行渐进供暖。艾克拜尔委员说,目前的供暖期是20世纪50年代按照计划经济模式确定下来的。我们已经告别了计划经济时代,收取供暖费标准早已实现市场化运作。""北京基本上是从10月下旬就开始降温,冬季来得非常突然,经常是一夜之间就进入寒冬,因此从10月25日就应该开始试供暖。中国人又有'春捂秋冻'的说法,因此停暖时间也应该推后。有数据也已经表明,每年供暖前后是人们生病的高峰期,北京各大医院人满为患。"

在2007年,北京市政协十届五次会议期间,我再一次提出这个提案。但是,很快我离开了北京市政协到了全国政协,这件事就未能再盯住。

这事不知不觉一晃就过去了14个年头。现在我们又在共同防控新冠肺炎疫情,每一个老年人不被感染,健康地活着,就是对战胜疫情最大的贡献。

在举国上下防控疫情期间。今年3月10日,北京宣布延长居民供热时间,延长至3月22日。我很高兴。如前所述,这是我在担任北京市政协委员期间,两次提案想解决而未能解决的问题。虽然由3月15日延长了一个星期,也算是有了松动,离解决这一问题已迈近了一步。

就在今天——3月20日，北京市再度宣布延长居民集中供热至3月31日。新闻发布稿称："考虑到当前北京市仍处于疫情防控一级响应期间，学生、儿童及多数市民均居家生活，市委、市政府决定，将城镇居民供热时间再延长9天，至3月31日24时。"看到这则消息，我很欣慰，但是在字里行间没有看到"老人"或"老年人"几个字。或许是一时的行政文字疏忽？不过，老年人应当有老年人的包容和宽容。社会能够发展到今天，儿孙们能够成为国家的栋梁，健康快乐地生活着、创造着，那就是我们最大的心愿，其中自有我们这一代老年人的历史贡献，这也是社会发展的必然规律。

我仔细研究了这一段确实给人带来温暖的文字，从时间节点上，北京市的这一临时措施与我当初的提案吻合。只是我想，这一做法应当成为今后的长效机制，别疫情过了也就一同过去。

天津2019年已经实施自11月1日起供暖，至次年3月31日停暖，将供暖期延长了一个月。北京作为与天津毗邻的大都市，应当把这一次防控疫情期间推出的临时措施永久化。这也符合步入老龄化社会的时代需求。

应该让那些已经退休在家的老人，能够在天气寒冷之时，在家里坐得住，不感冒，少生病。自己有个健康的身体，不给子女增加负担，也给社会减轻压力。在寒冷的冬天，像候鸟一样飞到三亚过冬的人毕竟是少数，更多的人还是要留在北京（北方）的家里度过冬天，期盼着来年的春天。那么，就前后一个月延长供暖期，多给他们一些温暖，合乎天理人情。

  我期待着，也相信这一天的到来，因为今年北京已经做到了。迎春花已经盛开，玉兰花也在绽放。

我和新疆文坛那些事儿

我离开新疆到北京 30 多年了，但是，在当初与新疆文坛各民族作家的交往，却历历在目。

我和王蒙老师的交往，应当说是最早的。他也是点燃我文学创作之梦的最初的激励者。那时，我刚刚从插队的生产队调任公社党委新闻干事，公社来了几批深入生活创作的作家。第一位是陈村，他是为创作一部话剧而来，公社党委书记吴元生交代我要安排好他的生活起居，并负责为他做翻译工作，他要和维吾尔、哈萨克族贫下中农交流采访。他是在 1973 年的早春时节来到的，那时条件简陋，没有什么招待所，只好给他腾了间办公室，安了张床，每天在公社食堂负责安排他的一日三餐。他要下去走访，我就陪着他一同去当地社员家里，为他做口头翻译。自此我们成了忘年交，我们的友谊延续到今天。

不知不觉春天就来了，我所在的红星公社，即今天的吐鲁番于孜乡，这里盛产大白杏，汪洋恣肆的杏花一片片地开放，布谷鸟已经在枝头声声啼鸣，催促着春的步伐。大地一片暖洋洋的，到处都在冒着绿意。也就在这春意盎然中，又来了一批客人，称他们为自治区"三结合"创作组，吴元生书记把接待、安排这个"三结合"创作组的任务也交给了我。于是，我就像春天的鸟儿一样忽然变得忙碌起来,每天陪着他们下去走访、座谈、收集生活素材。他们每一个人的耳朵,就等着我这一张嘴——我当场翻译过来的内容,他们在分别做着认真的记录。只有一人很特别,他既不需要我为他翻译,也不向我问那些维吾尔族农民在说什么,有时还能和他们直接说上几句。我觉得很奇怪,便问这个"三结合"创作组的牵头人都幸福,我说:"这位戴眼镜者怎么不需要翻译,还会讲维吾尔语呢?"

都幸福说:"这个人就是王蒙。"我说:"王蒙是谁?"都幸福很神秘地告诉我:"这人是个作家,曾经写过一篇小说叫《组织部新来的年轻人》,被毛主席点过名,后来就打成了右派,到了新疆。他在巴彦岱——伊宁县红旗公社二大队维吾尔群众中待过六年,就学会了维吾尔语,还当过副大队长。"

当时对我触动最大的,就是他被毛主席点过名。我忽然觉得这个人了不起,居然能被伟大领袖毛主席点名!另一种感觉也在心底油然而生,他是一位作家,作家原来也是活生生的人!在此之前我读过很多书,但是,那书里附着的作者照片,都是一种恒定的表情,不是那种白须飘胸的外国老人,就是那种暮秋之年的中国老人。还没有看到过如此年轻、具有活力,还会讲维吾尔语的作家。现在,这位王蒙作家不知不觉就点燃了我心中的作家梦想。我得承认,在此之前虽然我已开始新闻写作,但从未有过从事文学创作的念头。而此刻,这种念头一经出现,便忽然强烈得以至于让我焦渴起来。但那是"文革"期间,存在各种创作禁区和桎梏,我想找到一本现实创作版本借鉴。在伊宁市的新华书店却找不到文学作品出售，全是马恩列斯和毛泽东著作。我搜遍所有的柜台，在一个角落里发现一个薄薄的小册子，是张岐的散文集《灯岛》，定价似乎是 0.18 元，我如获至宝，买下了它。因为这是在当时最新出版的文学作品集，根据我的新闻写作经验它是具有范本意义的。但是，当我如饥似渴地读完这本散文集，却陷入新的迷茫，心中怅然若失。那些海边的生活场景无法复制到我生活的边疆去，该怎么落笔？我发现这是一个巨大的难题。

夏季来临，陈村走了，"三结合"创作组也走了，我没有看到他们当时创作的作品。

但是，当我再见到王蒙老师的时候，已经是 1979 年的 3 月，在新疆人事局招待所举办的《新疆文艺》笔会上（那时候还叫"学习班"）。他这时已经落实政策回到北京，创作也进入了如日中天的辉煌期，已经摘取 1978 年第一届全国优秀短篇小说奖，他的新作不断问世，正在引领文坛创作新风。当时一起参加笔会的作者有周涛、杨牧、文乐然、肖陈等人，和我们这些新出茅庐的作者匆匆交流后他便离去。

1980 年 3 月，我在北京崇文门向阳二所（现在的崇文门饭店）见到王蒙老师时，他已经是北京市作家协会副主席，既是 1979 年第二届全国短篇小说奖评委，也是获奖作者。那天，他见到我说："人民文学出版社编辑出版获奖作品集，让我看了你那部短篇，格言民谚多了一点，我给你删了一些，你不会介意吧？"我说："这怎么可能？我怎么会介意呢？我感激不尽！"他告诉我说，写小说民间格言不要用太多。这是对我写作的一个智慧启迪。

在第五期文学讲习所，王蒙老师又成了我的辅导老师。从那时一路走来，我和王蒙老师师生之情越发深厚。20世纪80年代中期，读王蒙老师《淡灰色的眼珠》系列小说，我发现他所描写的那个环境我很熟悉，还有那个赶车的哈萨克人，那位哈萨克老大妈。其实，"文革"期间王蒙老师居住的那个小院，就与我们所住的伊犁卫生学校家属院一墙之隔，紧挨着清真寺和伊犁三中。聊起来很多细节都能对上，使我们有了进一步的亲近感，一种人文文化的认同。

2012年年底，王蒙老师对我说："艾克拜尔，最近我的孩子们在整理东西时发现我写于30多年前'文革'期间的手稿，一部长篇小说《这边风景》，连我自己都忘了。这部长篇花城出版社准备出版。但是，由于我离开新疆时间长了，有些事情、有些维吾尔民情风俗记忆也变得模糊了，还有民族政策方面，我建议花城出版社由你来做特约编辑，替我把把关，你看这样可以不可以？"我说："完全可以。"无论从哪方面来讲，我以为自己都有义务和责任做好这项工作。我将60万字的长篇小说清样带回家，利用2013年春节七天长假，完成了对《这边风景》的特约编辑工作（4月初又完成了校对工作），并在我所时任主编的《中国作家·文学》2013年第5期摘发部分篇章。通读完作品，我发现这部完成于"文革"期间未及面世的长篇小说，恰恰弥补了我在红星公社陪他们深入生活时没有留下作品的缺憾，王蒙老师那时其实还在悄悄创作。应当说，这部作品的问世，不仅对于认识王蒙老师创作全貌是一个最佳资料，对"文革"期间的文学活动也有一种全新认识的价值。

1975年9月，伊犁哈萨克自治州首府迁到奎屯市，1977年7月哈萨克文专业出版社——奎屯人民出版社落户这里。于是，客观上就起到了哈萨克语文学创作作品交汇之地的作用。当时，除了自治区文联哈萨克文文学刊物《曙光》，伊犁哈萨克自治州文联《伊犁河》哈萨克文版正在酝酿创办之中，其他地区的哈萨克文文学期刊尚未创办。因此，除了乌鲁木齐的哈萨克语创作作家诗人尚未将作品投送伊犁人民出版社，伊犁、塔城、阿勒泰等地的哈萨克语母语创作作家，开始向刚刚创建的伊犁人民出版社踊跃投稿。另一方面，刚刚粉碎"四人帮"，虽然还有"两个凡是"的影响，但是毕竟与十年"文革"有所不同，思想界和文艺界开始活跃起来，一批中老年作家随着落实政策复出文坛，他们生活底子深厚，创作实力很强，蓄势待发。中国的哈萨克族文学创作，也完成了由韵文体走向散文体的时代转型。因此，短期内收到一批长篇小说创作文稿。而伊犁人民出版社编辑队伍尚未建立起来，面对来稿无所适从。

于是，伊犁州党委宣传部就责成时任理论处副处长马合甫什，带着文化处的我和纳比坚一起去伊犁人民出版社，指导帮助他们审稿。

那时，尼合买提·蒙加尼（尼华德）刚刚落实政策安置到奎屯人民出版社工作。出版社负责人是吾哈拜，编辑室主任是阿尼瓦尔，出版科科长是哈里木。

带着手稿来的作家有当时还在伊犁霍城萨尔布拉克的乌拉孜汗·阿赫麦德，来自塔城的朱玛拜·比拉勒、乌拉孜别克·阿布德里，来自阿勒泰的巩盖·木哈江。

当时，参加审读工作的各位都很认真。由于没有现在这样的复印复制和电子排版、拷贝技术，只能众人面对一份手稿。于是，为了提高工作效率，大家围坐在一起，由作者本人或口齿伶俐者朗读，以图加快进度。

当时，奎屯人民出版社根据市政规划，在荒原上盖起两排砖砌平房，仅此而已。西侧的一排做了办公室，东侧的一排先做住房。当时，只有尼合买提·蒙加尼一家搬来。那时已经是 5 月的天气，午休时和尼合买提·蒙加尼老人家聊起来，他毕业于国民党时期在迪化设立的蒙哈学堂，与苏北海等人是同窗校友，精通汉语，对汉文典籍颇熟悉，这引起了我浓厚的兴趣。他请我到他家里坐坐，他夫人——塔塔尔族大婶拿出她亲手酿制的土啤酒（Sira）让我品尝。而也正是从尼合买提·蒙加尼那里得知国民党时期张西曼教授出版的关于西域民族研究的《西域史族新考》册子，他欣然将他珍藏的这本小册子借给我看。也正是在这一次的审读中，老人家拿出了他的叙事长诗《黄河》手稿，让大家会诊。由此可以知悉，真正的文人，无论何时都不会停下笔，只不过是有时会付诸笔端，有时在心里默念。乌拉孜汗·阿赫麦德的长篇小说《巨变》、乌拉孜别克·阿布德里的长篇小说《良师》、巩盖·木哈江的中篇小说《争执》，都是这一次审读的收获。朱玛拜·比拉勒的长篇小说《深山新貌》，作者最终交由新疆人民出版社哈文室编辑出版。

我和哈萨克族作家又一次的群体交流，是在 1979 年春夏之交。自治区组织一批哈萨克族学者、专家、翻译家集中在乌鲁木齐红山宾馆，撰写、编译《哈萨克族文学简史》。那时，我的汉文创作小说处女作《努尔曼老汉和猎狗巴力斯》已经问世，所以将我借调过去做这个文学简史的汉译工作。那时住宿条件简朴，我和阿斯哈尔·塔塔奈老人家被安排住一间房。翻译实际上是下游活儿，上游的编写工作没有完成，处于下游的我只能等米下锅。不过这倒也好，给了我相对富裕的时间，可以继续写我的小说，空闲之余，还可以和阿斯哈尔·塔塔奈老人家神聊。当时的文献资料极其有限，又加上"文革"前 17 年以阶级斗争为纲和"文革"灾难，很多东西被作为"封资修"，所以，像我们当时年龄段的年轻人，对很多鲜活的历史几乎一无所知。我是从阿斯哈尔·塔塔奈老人家口中听闻 1939 年在哈萨克文《新疆阿勒泰报》就翻译发表了毛泽东的《论持久战》，这是我之前闻所未闻的奇事。阿斯哈尔·塔塔奈也是一位著述丰硕的诗人、作家，1934 年起就开始文学创作，他收集整理过一系列的哈萨克民间文学作品。1956 年 12 月 10 日在北京还受到毛泽东等老一辈无产阶级革命家接见。他办过学校、管过文工团，但也受尽苦难。我对这个安详而平和的老人充满敬意。这一次的《哈萨克文学简史》编写翻译工作由阿布都热西提·巴依波拉提牵头，贾合甫·米尔扎汗、阿吾力汗等一批专家、学者参加。当然，在此期间，我也和乌鲁木齐的哈萨克族作家、诗人有了广泛接触。

1979年9月，伊犁哈萨克自治州首府由奎屯迁回伊宁市。这一年10月，我和伊犁州文联的宋彦明等人去当时的伊犁州党校校园内看望库尔班阿里。当时他刚刚平反落实政策，但是工作岗位还没有着落。我们去看望时，他谦谦有礼，和我们聊了起来。当得知我就是用汉文创作的青年作家时，他很高兴，他认识我父亲。所以他说："孩子，我这里有几首诗，请你拿去翻译一下吧，我的诗已经很久没有被翻译为汉文了，过去我的诗都是常世杰翻译，现在他年岁大了，工作也忙，你们年轻人多做一做吧。"我欣然应允，拿回了库尔班阿里的新诗稿。当年，他就是以一首《从小毡房走向全世界》这首豪迈诗篇享誉诗坛的。当然，这首诗写得好是一回事，翻译的艺术且及时传递到汉语读者世界又是另一回事。但愿我能为这位可敬的前辈诗人助一臂之力，把诗译好，让他多年压抑的心境获得一次释放。在此之前，我曾经为中央人民广播电台民族语部哈萨克语组翻译过64首哈萨克歌词，我想我能译好。我翻译的库尔班阿里的组诗《阿依娜布拉克》，刊载于《伊犁河》汉文版1980第3期，这也是"文革"后库尔班阿里诗作首次被译为汉文。

　　此后，我调到中国作协《民族文学》杂志社工作，与哈萨克族作家、诗人群体有了更为广泛的交流。迄今我还保留着几张珍贵的照片，其中一幅是1981年1月获得第一届全国少数民族文学奖的哈萨克族获奖作者库尔班阿里、巩盖·木哈江、乌玛尔哈孜·艾坦、贾合甫·米尔扎汗和我五人，走在天安门前的合影；还有一张是1984年12月参加第四次全国作代会期间夏侃·沃阿勒拜、贾合甫·米尔扎汗、乌玛尔哈孜·艾坦和我四人在京西宾馆我房间内的合影。历史是漫长的，而历史的瞬间是短暂的，稍不经意便会稍纵即逝。所以要珍惜历史的每一个瞬间，学会捕捉历史的每一个瞬间。

我在新疆的维吾尔族作家中有很多朋友，老中青三代都有。记得我在伊犁州党委宣传部工作时，就接待过著名诗人、中国作协副主席铁依甫江·艾力耶甫。那是个生性快乐、幽默、智慧、激情洋溢的人。1981年10月，我和王蒙老师、王山在乌鲁木齐特意登门造访过他。王蒙老师和铁依甫江是挚友，他们一见面就无拘无束地攀谈起来。

王蒙老师曾告诉我，"文革"中经常组织学习发言，有那么几位总爱发言，而且一"发"而不可收。有一次，上厕所回来在过道里遇见点着莫合烟的铁依甫江。铁依甫江一见面就颇有些愠怒地说："老王，你说说这是什么人嘛，一说一小时了，还没完没了，振振有词，滔滔不绝，空话连篇，烦死人了，我只能出来抽抽莫合尔卡（莫合烟）了。"

王蒙老师就说："喂，铁依甫江诗人，难道你不让他们说，是你想说？你有话可说？咱们应该感谢他们才对，不然，冗长的学习时间谁能挨过？是他们在为咱们填充时间。"

铁依甫江笑了起来，说："老王，你说得对。"便把烟屁股扔了，和王蒙老师一起回到了学习会场。

王山当时在新疆大学维吾尔语专业学习，对维吾尔语韵律和维吾尔诗词格律很感兴趣。铁依甫江拿起都塔尔就给王山弹起"格则勒"和"柔巴依"的不同节拍,并讲觯其韵律的不同,浅显易懂,明了晓畅,令人释然。

后来,我在多次文学活动中和诗人铁依甫江在一起。有一次,在他房间小酌两杯,他说:"喂,艾克拜尔,我只有到了北京,参加你们的会议,我才感受到我还是中国作协副主席。"说着,饮下一杯,两眼闪着晶莹的光。

1988年12月,铁依甫江来京参加中国作协的会议,有一天他对我说:"艾克拜尔老弟,我最近以来一直在发低烧,我想到一个好一点的医院检查一下,你帮我联系一下如何?"我说:"您想去哪家医院看看?"他说:"想去301医院。"我说:"好,我联系一下。"我给时任总政文化部部长、著名诗人李瑛同志打去电话,李瑛同志说:"我联系一下,很快回复你。"

半小时后,李瑛便打来电话,说已联系好301医院高干病房,让铁依甫江同志直接住院检查。我亲自陪同铁依甫江去301医院住进高干病房。几天后,查出铁依甫江患了肺癌。当时在京的赛福鼎·艾则孜、司马义·艾买提等党和国家领导人去医院看望铁依甫江。临近春节,诗人铁依甫江坐着轮椅登上飞机返回新疆,1989年2月20日在乌鲁木齐逝世。一位伟大的维吾尔族诗人,就这样走完一生的道路,却留下美丽的诗行。这就应了著名诗人臧克家的名言:有的人活着,他已经死了;有的人死了,他还活着。

老一辈维吾尔族领导人都很有文采,写诗作文,都很精彩。像包尔汉创作过话剧《火焰山的怒吼》,在盛世才的狱中编纂了《维汉俄词典》,还将孙中山先生的《三民主义》全部译成维吾尔文。发表了《论阿古柏政权》等论文，得到了毛主席的肯定。著有回忆录《新疆五十年》。1985年的北京哈萨克族同胞纳吾热孜节庆活动在民族文化宫举行，包尔汉应邀出席活动致辞时，我担任了现场口语翻译。1986年，我们还邀请他老人家出席第二届全国少数民族文学创作会议。

我和赛福鼎·艾则孜在北京成了忘年交。过年过节时，我都会去看望赛福鼎先生，文学、历史无所不谈。他的专著《论维吾尔十二木卡姆》是由我译成汉文的。他每次在写什么著作，都会告诉我。在他完成长篇小说《苏图克·布格拉汗》以后，作品社会反响很好，参加了第三届全国少数民族文学奖评奖，并获得殊荣。应当说，赛福鼎·艾则孜于1938年发表的短篇小说处女作《孤儿托合提》，是维吾尔文学史上第一篇小说，是开辟了维吾尔现当代文学小说创作先河之作，从文本学和文体学角度来说，在维吾尔文学史上具有划时代的意义。同时，也体现了一个古老民族文学发展新的步伐。此后，赛福鼎艾则孜连续发表了短篇小说——《两种景色》《当代奴隶》《痛苦的记忆》《遗物》《光荣的牺牲》等。20世纪40年代，他以戏剧创作为主，主要作品有《战斗的姑娘》《辉煌的胜利》《9·18》《不速之客》等，发表了诗作《统一战线》，这些作品依然是以抗日战争为主题。赛福鼎·艾则孜还翻译介绍国外优秀剧作，如意大利剧作家卡尔洛·哥尔多尼的《一仆二主》、乌兹别克斯坦剧作家哈姆扎伊克姆扎达的《地主和仆人》等，并自导、自演，亲自搬上舞台。

20世纪50年代，他作为新疆维吾尔自治区首任主席，在繁重的工作之余,创作了《图尔迪·卡斯木的欢乐》《农民的节日》等一批纪实、特写,《发面团儿》《斗争之路》等话剧,推出剧本选《战斗的历程》(1959)。60年代初期,他创作了《第一列火车的鸣叫声》《腾飞吧,伊犁》《母亲》等散文、小说、诗歌作品。70年代,创作了《红隼》《歌唱吧,百灵》《萨拉姆,帕合太里克》等散文诗和诗歌,出版散文随笔集《博格达峰的回声》(1973)、诗集《风暴之歌》。

80年代以后,随着繁忙的工作负担的减轻,他在年过六旬之际,获得了相对富裕的创作时间。于是,晚年的他进入了创作井喷期。

1980年,赛福鼎·艾则孜出版了当代维吾尔戏剧史上的重要作品——音乐历史剧《阿曼尼莎汗》。由这部戏剧为转折,赛福鼎·艾则孜的文学创作开始转向了历史深处。后来,赛福鼎·艾则孜亲自将《阿曼尼莎汗》改编为电影剧本。搬上银幕后不仅深受维吾尔族观众喜爱,也为各民族观众认识、了解维吾尔族历史文化,欣赏《十二木卡姆》音乐艺术起到了不可替代的作用。电影《阿曼尼莎汗》也由此荣获1994年全国"五个一工程"优秀电影奖。而赛福鼎艾则孜的另一收获是,在推动《十二木卡姆》研究的同时,撰写出《论维吾尔木卡姆》专著。1990年,他又创作了话剧剧本《血的教训》。

赛福鼎·艾则孜还撰写过一部反映新疆三区革命重要领导人之一、英年早逝的阿不都克里木·阿巴索夫的长篇传记文学《天山雄鹰》(1988),并写下他本人多卷本长篇回忆录《生命的史诗》（1990）。在这些作品中，他忠实记录了风起云涌、波澜壮阔的 20 世纪在新疆这片土地上发生的历史事件、出现的风云人物，产生的巨大的历史变革和社会进步，讲述了他自己和他同代的志同道合者探寻真理、追求革命、实现共同理想目标的可歌可泣的历程，充满正能量，以史纪志，激励后人。

赛福鼎·艾则孜一生创作了 1000 多首诗歌。除了现代自由体诗，还有大量的格律诗"格则勒""柔巴依"等。他的这些诗作格调高雅，情真意切，富有文化底蕴。他还写有一批政治抒情诗，视野开阔，内涵丰富，胸怀远大。同时，他创作了叙事长诗《生命之歌》，更是别具一格。他的诗作分别收进诗集《风暴之歌》（1975）、《赛福鼎诗歌选》（2003）等诗集。汉译《赛福鼎诗选》于 1999 年由人民文学出版社出版。

1998 年，根据赛福鼎·艾则孜本人要求，中央同意由我去协助他整理撰写回忆录。我一边主持《民族文学》的日常工作，一边整理关于赛福鼎·艾则孜的大量历史文献、档案卷宗，理出头绪，交与他的女儿阿尔孜古丽（赛绍华）。

晚年的赛福鼎·艾则孜病魔缠身，常年住在医院接受治疗。他去世后，阿尔孜古丽找到我，请我将赛老的一首短诗译为汉文，作为墓志铭刻在他墓碑上：

> 人终归要化作一捧土，
> 越过了生命之岭再无回路，
> 那一捧土将孕育出鲜红的玫瑰，
> 或丛生苦涩的列当，抑或荆棘。

铁木尔·达瓦买提副委员长到北京工作后，我们有了很好的交往。他自己也喜欢写诗，并对文学和文化事业非常关心支持。

我在《民族文学》工作期间，曾与江西龙虎山合作推出过"'龙虎山'杯文学新人奖"，并在龙虎山举办过由24个少数民族24位作者参加的笔会，当时我请铁木尔·达瓦买提副委员长出席，他欣然允诺，并前往鹰潭市出席少数民族作者笔会。这让参加笔会的少数民族作者感到振奋，鹰潭市的领导也感到很受鼓舞。原来，新中国成立以来到那时，真正走到鹰潭市落地的党和国家领导人，铁木尔·达瓦买提是第一位。那几天，鹰潭市委、市政府做了精心安排，我们的笔会圆满成功。

2006年6月16日是铁木尔·达瓦买提的生日。我带着我主编的《作家文摘·典藏》创刊号，还带了一套由我们中国作家出版集团巨帆影视公司制作的29集电视连续剧《国家干部》的影碟去看望他。他很高兴，翻阅了一下《作家文摘·典藏》，说这个刊物很好。随即说起这几年来他所做的与文化相关的一些工作。

他说，他自己的文集现在已经有10卷了，如果翻译成汉文，还会更多。另外，他最近正在做"麦西莱甫"的收集整理工作，已经成立了一个领导小组，由新疆维吾尔自治区文化厅具体承办工作事务。现在已经收集到100多种"麦西莱甫"的文本，有一个文本是居住在山区的维吾尔人保留至今的，没有受到任何外界文化的影响，很珍贵。他已经从这100多种"麦西莱甫"中精选出30种（摒除其他内容相似的"麦西莱甫"），准备印制成书。在这个过程中发现"麦西莱甫"其实远比"木卡姆"内容丰富。

我说，这可是一件好事，真正能为子孙后代留下宝贵的精神文化。我建议他在编辑出版30种"麦西莱甫"精选本的同时，把所收集到手的100多种"麦西莱甫"全部编辑出版，虽然有些地方可能会有内容相似或重复之处，但是它仍然有极高的研究价值，尤其是在文本、抄本研究方面，是难得的第一手资料。他表示赞同。

他说："你看老弟（ukam），我今天整整79岁了，明年就该80岁了。只要我的健康状况允许，我还会做一些这方面的工作。其实，对于一个民族来说，传统文化能不能得到延续，我们的年轻人能不能从中获得滋养，是非常重要的。我们能给后人留下什么呢，把我们能收集到的这些民族文化精华整理成书，留给他们就是最大的财富。"他说，"我还主编过《中华各民族大辞典》，你大概见过。"

我说："是啊，其中有几个词条当时是我写的。您还组织出版了12卷本汉维英对照《维吾尔十二木卡姆》，这都是庞大的系统工程。我觉得您也是生逢其时，这个时代太好了，您有条件做出了历史上任何一代维吾尔人没能做出的文化贡献。"

他说："的确这个时代太好了，才有条件做这些事情。现在就是全力以赴做好'麦西莱甫'相关编辑、整理、出版工作。"

2008年10月4日是开斋节，我去铁木尔·达瓦买提家拜年，又聊起文化和文学。应当说，他是热爱本民族文化，也是懂文化的一位国家领导人。我很尊敬他。在此之前的9月25日，在人民大会堂正好参加了由他组织实施的维吾尔族《麦西莱甫》系统光碟首发式。他说,其实《福乐智慧》《突厥语大辞典》的组织出版工作也是他抓的。当时他给时任新疆区党委书记汪锋写信,提出必须抢救这些文化宝典,汪锋做了批示,同意他的建议。于是他组织专家完成了这两项工程。到了北京以后,又做了上述文化工程出版工作。他自己的维吾尔文文集出了八卷,汉文文集四卷。他说今年还要出两本书。一本是回忆录,一本是日记选。他说他有500册日记和工作笔记,让他过去的一个维吾尔族秘书整理了一下,经中央批准,同意出版。我说这可是件好事,可以让读者领略许多未曾披露的当代史料。他说他的另外500册日记和工作笔记在一次火灾中被焚毁,十分可惜。

我在《民族文学》和中国作协民族文学工作处工作期间,包括新疆在内,与全国各民族作家有广泛交往。对克尤木·图尔迪、祖尔东·沙比尔等一批维吾尔族作家均有很好的交往。1991年3月,我组织一批少数民族作家赴海南岛、西沙群岛采风,其中就有祖尔东·沙比尔。记得当时他晕船,回到三亚亚龙湾军港,刚一下军舰,站在坚实的大地上,祖尔东·沙比尔对我说的第一句话是:"艾克拜尔老弟,这辈子别让我再看到大海的面孔。"说罢我们就哈哈大笑起来。第二天,我们从三亚出发乘车赴通什,祖尔东·沙比尔唱了一路的维吾尔小调。他唱的那些情歌,有的我即兴翻译给同行的作家们听。他们听得也个个开怀大笑。

1998年8月,他因心脏病去世,留下了一批长篇、中篇、短篇小说和剧本。应当说他丰富和提升了维吾尔小说创作。尤其在语言上他大量使用了哈萨克语名词词汇,使他的作品在表现伊犁维吾尔族生活方面更加鲜活、灵动。

克尤木·图尔迪也是在来京参加中国作协会议时感觉心脏不适。时任中国作协党组书记翟泰丰同志协调好阜外医院,责成我陪同克尤木·图尔迪去医院安排住院。克尤木·图尔迪夫人要来北京陪他,克尤木对我说:"艾克拜尔,你看我家里人要来北京,但她是第一次来,人生地不熟的,看能不能麻烦你一下?"我说:"没问题,我去机场接她。"于是,我亲自驾车从机场把他夫人接来。

克尤木·图尔迪是到克拉玛依采风时,徒步攀上白杨河大坝引发心脏病去世的。他是维吾尔族第一部长篇小说《克孜勒山下》的创作者,他的名字无疑会留在维吾尔文学史中。

那年,天山电影制片厂的热西达大姐去世,我和母亲还有几个妹妹、弟弟一起去她的墓地凭吊。归途中,表姐夫哈里说:"祖尔东·沙比尔和克尤木·图尔迪也安葬在这块墓地,你要不要看一看?"我说:"当然要看。"于是,不一会儿车就停在了墓地小道旁。

他们两个的墓紧挨着。祖尔东·沙比尔是早一年去世的,便安葬在这里。据说克尤木·图尔迪是在此之后带着司机看过墓地,挨着祖尔东·沙比尔的墓买好了自己的墓地,只告诉了他的司机。一年以后,克尤木·图尔迪也仙逝了。两位作家便长眠于此。

我让表姐夫哈里为他们两位诵了《古兰经》,便离开了墓地。

维吾尔文学史中的一章,似乎就这样翻了过去。

书香伴随人生

应当说,西方中世纪的黑暗,是被一部部的图书、用一页页的文字掀开的。的确,图书传播了知识,人们通过阅读,开启了心扉,不再成为思想桎梏的奴隶,政教合一的愚昧,被文艺复兴的人文精神超越。显然,图书是人类智慧积累的宝库,也是伴随人类发展的见证和推手。蔡伦造纸术和毕昇活字印刷术的西传,给人类社会带来共同的福祉。

在我国,自古有着"书香之家"的佳话。那是因为象形文字的复杂性,使得绝大多数人"斗大的字不识半筐",成为文盲。因此,书香门第令人羡慕,不必咬文嚼字,阐释微言大义,能识文断字,便是一种追求。现代教育的普及,使文盲率降低到个位数,普通人具备了阅读能力。

阅读图书是一个良好的习惯,它能使人提高自身素养,丰富精神世界,积累知识,开阔视野。当然,专家阅读与大众阅读显然取向不同,但是,在分别达到一定深度时,会发生节点交叉。

大众阅读大多有趋从性,但又因人而异。从盲目的、漫无目的的阅读起步,到逐渐走向选择性的、指向性的阅读,会经历一个或长或短的提升过程。一般读者这时会摸到读书的门路,开始选择特定的书目阅读,比如文学、政治、经济、传记、历史等,他会根据自己的人生阅历、业务需要或纯粹消遣，进行选择性阅读。

专家阅读通常是相对专一的，根据自己专业发展的需要，严格遴选书目，进行最有效的阅读，以达到在自己专业领域直接指导或参照的目的，指向性和目的性很强。但是，到了一定的阶段，应当跨出自己的专业领域，也读一些杂书，尤其是文史哲、艺术类书籍，会对拓宽思路、举一反三、创新思维大有裨益。

阅读是一件愉悦心灵的事，是最好的休息方式之一。千万不能读死书，死读书。要形成自己轻松、愉快、有效的最佳读书方式，既要广泛涉猎，又要精准阅读，以最大程度汲取他人的间接人生经验，用以完善自己，少走人生弯路，多做对社会有益的事情。

知识浩如烟海，图书层出不穷。我国一年出版图书40余万种，一个人用毕生精力来阅读也不能穷尽。人生短暂，要学会用有限的时间，做最有效的阅读，做最完美的自己。

在信息时代，互联网、手机阅读已然兴起。随着数字化、云计算时代的来临，随着新媒体融合步伐的加快，随着低碳经济的实现，或许在某一天我们会告别传统的纸介图书，但是数字图书依然存在，阅读依然将主导读者，书香依旧伴随人生。

"闲事"不是小事

我在北京市政协当了15年委员,也做了两届全国政协委员,逐渐养成了一个好管"闲事"的习惯。平常人可能都觉得多一事不如少一事,但做政协委员不能这样。我好管的"闲事"里,比较多的是普通老百姓最苦恼的身边事,比如,去年我关注的城市马路牙子太高造成群众停车难的问题;还有一些是大家通常不太关注或关注不到的事,比如,在天安门广场国旗升旗台侧附国歌《义勇军进行曲》五线谱歌词铜牌的问题。

"管闲事"是能管出成果的。2015年6月1日起,被称为"史上最严"的《北京市控制吸烟条例》开始实施。这是1995年我在北京市政协八届三次会议提案《关于制定禁止在公共场所吸烟法规的提案》(第13-406号)延伸的结果。最近国家卫生计生委介绍,公共场所控制吸烟条例已列入国务院立法计划。20年前的提案终于从地方立法得到国家层面的支持,我感到很欣慰。虽然政协委员提案的落实有时可以立竿见影,有时需要假以时日,但无论如何,这些提案能对社会进步发挥一点作用就好。

"闲事"不是小事,要用提案的方式扩大它的影响,从而更好地推动问题的解决。2015年,我在十二届政协三次会议上提交了《关于在天安门国旗升旗台侧附国歌〈义勇军进行曲〉五线谱歌词铜牌的提案》《关于降低城市马路牙子，增加停车位的提案》《关于进一步加强知识产权保护的提案》《关于少数民族人名汉字规范问题的提案》等一系列提案。

其中有的提案很快得到了落实，并且引起社会反响。比如，我在提案中关注的"琼瑶起诉于正侵权案"这件"闲事"，历时19个月，最终以琼瑶胜诉，"《宫锁连城》被处以禁播，于正赔偿琼瑶500万元，并在公开媒体刊登致歉声明"落下帷幕。那种一度在利益驱动下，剽窃者可以有恃无恐，出版者可以熟视无睹，播出者也可以装聋作哑——似乎形成某种亚链条，成本低廉、风险不大，常常可以不承担任何责任的侵权状况开始有效扭转。我想这是这份提案对我国创新事业健康发展起到的一点积极的促进作用。

老百姓身边的琐事是最值得关注的。随着我国进入汽车社会，在北京这样的大城市里，困扰每一位驾车者的是停车难问题。在汽车的发源地德国，城镇基本没有马路牙子，所以机动车停车十分方便，随时随地往马路边上一靠就可以停下来。而我们的马路牙子都在20厘米以上，一般家用小轿车根本停靠不上去。一方面我们的马路牙子高耸着，拒绝车辆停靠，一方面政府又在为缺少停车位而感到困扰，普通驾车者更是为停车位而烦忧。他山之石，可以攻玉，其实，借鉴一下别人的成熟管理经验未尝不可。停车位问题看似琐事、闲事，对老百姓来说却是一件大事。我最近几年连续在全国"两会"上提此提案，获得了不少关注，相信终归有一天会得到有关部门的重视，能够接纳我的建议，降低马路牙子，让城市平添N多车位，让市民获得停车便利。

国歌是一个国家的象征，《义勇军进行曲》是爱国主义的主旋律，是国家尊严的形象符号，但是很多场合都缺少国歌的标示，特别是在天安门广场，有人民英雄纪念碑、有国旗杆、有每天的升国旗仪式，却没有国歌标示。我在2014年、2015年连续两年提了《关于在天安门国旗升旗台侧附国歌〈义勇军进行曲〉五线谱歌词铜牌的提案》。

这项提案得到了有关部门的高度重视。提案结办单位天安门管理局接到我的提案后，十分投入，做了大量细致的工作，试图落实我的提案，但最终还是遇到了一些具体障碍。比如，天安门管理局只是北京市政府的派出机构，天安门又属于特殊地区，在这里增设任何标志物，天安门管理局都无权决策，决策权在更高的中央一级机构。但更为重要的是，我们只有《国旗法》而无《国歌法》，因此又出现了法律掣肘的怪象。

即将到来的"两会"上，我会提交一份提案，这也是我去年就提过的《关于建议修订〈国旗法〉为〈国旗国歌法〉的提案》，因为只有将国歌纳入法律确保的地位，才能实现将国歌《义勇军进行曲》用铜匾（用五线谱做出，标明词曲作者姓名）镶在天安门国旗升旗台底座侧面，使其成为天安门地区一个新的景观和爱国主义教育的重要内涵之一。

过去有群众调侃政协委员"说了白说"，但从我这么多年当政协委员和管"闲事"的经验里，得到的一个感受就是"多说不白说"。我确信总有一天，《义勇军进行曲》的铜匾会竖立在天安门广场最恰当的位置。

我与书院

我父亲是一个书迷。他虽是职业医生,但是喜欢阅读文学和人文学科著作,尤其热衷于收藏不同语种的各类书。母亲自然也喜欢阅读父亲收藏的文学书。但是,"文革"开始,除了红宝书,所有的书都被视为"封资修"。迫于形势压力,我父亲收藏的那些书,不得不在一个周末用来烧热馕坑打馕。记得那天,父亲亲手把他心爱的书一把一把地撕开,扔进馕坑焚烧,那书页燃起的火焰,一缕缕地蹿出馕坑口,窥探着外边的世界。就这样,整整一个上午烧书,打了两馕坑馕,足足够我们全家吃两个星期。这事过后,父亲情绪一直不太好,但他还是会把一句话挂在嘴边:"人平安就好。"

我自己喜欢收藏书,是从插队后被抽调到公社党委任新闻干事开始。因为工作所需,我需要大量阅读。但在当时,别说我所在的伊宁县,就连伊宁市也没有公共图书馆可以阅览。所以我开始精心选购图书。久而久之,就养成了一种习惯,手头一有闲钱,便要赶往新华书店买书。每个月如果不买几本新书,心里总觉得缺少了什么,空落落的。

后来自己从事文学创作和编辑、翻译、研究工作,更离不开书。每天都在和文字打交道,每天都在阅读、写作、编辑、翻译、研究。于是，书就成了我生命的组成部分。书给我带来知识，启迪智慧，赋予激情，拓展视野，开阔胸襟。书让我以清晰的思路、坚定的意志、顽强的毅力，百折不挠地前行的同时，明了务必谦虚谨慎，勤勉好学，低调做人。我那时想，这个时代太好了，再不会有像父亲被迫亲手焚书的遭遇了，我的藏书可以留给我的孩子们阅读。

但是后来我发现我错了。每一代人自有每一代人的命运和福气，那是时代所决定了的。我的两个孩子一个学医成了医生，一个学传媒成了电视和网络媒体人，他们各自有各自的专业和业务方向、事业目标，无暇顾及我所珍藏的那些文学类的书。他们在今天的基础上为创造各自的明天而努力。于是，我开始思索我的这些书该怎么办，但是一直找不到一个恰当的办法。

在这一过程中，我目睹一些前辈，在生命的周期无可抗拒地终结时，甚至来不及安排一辈子所藏书撒手而去。那些子女有能力的，将父辈留下来的书做了妥善处理，当然也不乏全盘继承者。但是，也有一些人的书，最后的归属是收废品的编织袋。有识货的，从那里淘到旧货市场的旧书摊上去，不识货的，直接送到造纸厂化成纸浆。这就是某种客观法则。

不知不觉，我也迫近退休之年。这时候我才发现什么叫时不我待。我才感觉到从办公室到家里满书柜满屋满桌堆积的书，是应该有一个妥善的去处，不应该成为任何人的累赘。

恰在此时，我应邀参加了我的家乡新疆霍城县的薰衣草节。那是 2012 年的夏日 6 月间。随着节庆活动安排，我走完所有的景点、观摩了所有活动内容后,发现我的家乡除了美丽的自然风光和人文景点,没有文化景点。我突然萌生出一个念想,将我个人的藏书无偿捐赠给家乡,建一所公益书院。当我讲出想法时,得到霍城县委、县政府领导的积极支持。经过一年的前期筹备,2013年6月14日,建立了"艾克拜尔·米吉提书院",并在霍城县举行了揭牌仪式,中国作家协会席副主席、中国国际笔会中心主席丹增,中国作家协会副主席谭谈出席揭牌仪式。

  经过近3年来的发展,书院藏书已有15000多册,并且建立了电子阅读和检索系统。书院就设在霍城县老干部活动中心,有350平方米的书房和阅览室,向读者免费开放阅读。书院的日常管理由霍城县图书馆代行。现在,一些朋友及相关出版单位和机构也在向书院赠书。书院的建立,增添了霍城县的文化景点,提升了文化美誉度,丰富了旅游内涵。尤其对普通读者和青少年提供了阅读便利。特别是当下图书价格不菲,边远地区很多家庭无力给孩子购买图书。我希望我捐赠的书院,能够让这些家庭的孩子分享阅读的快乐。这也符合我国正在开展的"全民阅读"活动宗旨,为进一步在全社会形成"多读书、读好书"的文明风尚,为提高全民族思想道德和文化素质,推动经济社会又好又快发展服务。"全民阅读"是根据"世界读书日"演变而来。1972年,联合国教科文组织向全世界发出了"走向阅读社会"的号召,要求社会成员人人读书,让读书成为人们日常生活中不可或缺的部分。希望散居在世界各地的人,无论你年老还是年轻,无论你贫穷还是富裕,无论你患病还是健康,都能享受阅读的乐趣,都能尊重和感谢为人类文明做出过巨大贡献的文学、文化、科学、思想大师们，都能保护知识产权。当然，推进全民阅读是一项长期任务，任重而道远。目前，我国人均拥有公共图书馆藏书0.55册，与国际图联和联合国教科文组织提出的人均1.5~2.5册图书馆藏书量国际标准存在显著差距。显然，公共阅读资源紧缺是一个客观存在。阅读是人民群众最基本的文化权利，也是最为普遍、最为持久的文化需求。当前中央提出精准扶贫、全面实现小康社会。精准扶贫离不开知识的普及，普及知识离不开图书。唯愿我的书院能够发挥一点积极作用，成为"书香中国"活动的品牌之一。

以书院为契合点，首都博物馆界以我国20世纪八大文化名人为主题的"文化名人与民族精神"展览在这里举办，并将展览内容赠给了霍城县。与此同时，分期分批组织文化名人、作家、书画家来这里活动，丰富了这里的文化生活。将来，我还要把我的所有手稿都捐赠给书院，逐步把书院打造成为一个学术研究、文学翻译和交流中心，让图书活起来，让知识互动起来。

一位网友在我的博客中留下这样一段话："文人终其一生要奋斗的，就是要给老家建个图书馆。祝贺您完成了一桩心愿、一件盛事，您将激发霍城的孩子们像您一样走出去，世界有多大，舞台就有多大。"

我衷心感谢这位网友，从某种意义上说，他的确道明了我的初衷。

我的语言学习和作家之路

母亲给我打开了一扇全新的语言之门,让我从此走进博大的汉语世界,一路走来,成为作家。

因为有了父母的坚持和支持,才走出了今天的我。这是我父母的自豪,更是我的骄傲。

那时候,我还没出生,更不会知道这一切居然为我后来学习语言拉开了序幕。

我的母亲上小学四年级时,家乡即将解放。那一夜,枪声骤起,外公警觉起来,先是把我母亲和舅爷藏在院子里的麦草垛下,随后让我舅爷背着我母亲躲进胡杨林外的荆棘丛里。外公一再叮嘱舅爷:"要往无人的地方跑,跑得越远越好,等过几天事态消停下来,你们再回来。"响了一夜的枪声在黎明时分变得稀疏,渐渐停下来。舅爷背着母亲在荆棘丛里躲避了三天三夜,到第四天干粮断了,水也饮尽,不得不穿越荆棘寻回家来。此时的小县城一片宁静,国民党军残余已经溃逃,不知去向。

那是1949年9月底,解放军快速推进到若羌县城,开始挨家挨户做宣传员工作。因女老师临产,母亲被临时指定为小学教员,开始带一年级学生。那时急需识文断字的人才,于是母亲被调任县政府做基层宣传和妇女工作。她在县政府集体宿舍与4

位汉族姐妹一同住，其中有17岁和15岁的湖南亲姐妹，母亲与她们朝夕相处中，学会了湖南方言。

母亲是个天性执着的人。她为解放军做向导、翻译，最初的任务是每到一家先进去问家里有没有男人，如果家里男人不在，解放军绝不会进老百姓院子，这是纪律。后来，母亲又参加地方工作队推翻保甲制度、减租反霸等一系列工作。很快，由于表现突出，母亲成为这座小县城的青年和学生代表人物。1952年9月，新疆派出牧区参观团前往内地参观，母亲很荣幸地成为参观团成员。但是，当时若羌没有一条像样的公路，参观团需要到遥远的乌鲁木齐集中。于是，解放军派出卡车，先要把母亲送到焉耆，再从那里乘四天车前往乌鲁木齐。

当年横穿浩瀚的塔里木沙漠，商旅驼队要足足走上一个月。此刻他们出发了。解放军战士全副武装，新中国成立初期流匪尚存，需要随时准备投入战斗。卡车车队在沙漠里几乎是"踽踽而行"，第一天只走了20公里左右。更为特殊的是，整个车队只有我母亲一位女性。母亲迄今回忆起来都很激动。她说："那些解放军真好，一个排的战士，很照顾我这唯一女同志的安全，我们就这样缓缓而行，涉过沙漠，穿越荆棘，半个多月才到焉耆。"

那时候，铁路刚通到兰州。从新疆到兰州搭火车，要从乌鲁木齐出发，途经吐鲁番、哈密，穿过星星峡，穿越漫长的河西走廊。母亲到了乌鲁木齐后，加入新疆牧区参观团，1952年9月10日自此出发，汽车开了近10天才到兰州。

在这里，参观团一行有幸参加天水至兰州铁路通车剪彩仪式。

对于我母亲来说,第一次乘坐火车是一种全新的体验。参观团安排了新的工作人员。很久以后,母亲才明白,她曾经和同宿舍姐妹们学会的是湘音汉语,现在开始要学讲普通话。

翌年回到家乡时,母亲已经能说标准普通话了,这是我母亲内地参观之行的最大收获。

母亲的这一收获在我7岁入学那年发挥了独特作用。当我长到入学年龄时,我的父母开始了一场困难的抉择。他们把我从爷爷奶奶那里接到城里,说要送我上学。父亲说得很清楚:"哈萨克语你已经会讲了,应该再去学习汉语,这样才能和更大的世界交流。"我对他的这些说法懵懵懂懂,压根就没听明白。当天下午,他们带我去汉语学校报名。

我们来到位于我家后面的第十五小学,这是当年伊宁市仅有的几所汉语学校之一。学校里很安静,以当时的条件来说,这是一所校舍齐整、初具规模的学校。在招生登记处那里,负责招生的人说,他们还没怎么招过少数民族学生,建议我们去少数民族学校报名。鉴于我父亲坚决的态度,他们说,这样吧,起码得有一点汉语基础才行,不然没法与老师和同学沟通。于是,他们同意对我进行简单的口试。

两位老师把我们一家三口带进一间办公室,在那里对我进行口试。当时两位老师就摇头,说这孩子没有一点汉语基础,没法收下。我的父母几乎是央求了。母亲表示今天回去就教会孩子几句,明天过来接受考试,肯定能通过。两位老师总算是点了点头。我对汉语的学习正是从这一天开始的。

回到家里，母亲就按校方口试题教我从 1 数到 10，然后教了一些图片名称。第二天一大早，父母带我去学校口试。还是头天那两位老师对我提问。两位老师对我似乎比头天要满意一些。我母亲一再表示每天回家她都会亲自教我，父亲也当场向校方宣称他也会跟着我一起学汉语，校方总算收下了我。此后，我在班里度过了三个月的适应期，只会用善意的眼神与同学们交流。直到三个月后，我终于能开口用汉语与同学们说话。

　　我的父亲果然从我入学开始自学汉语。他的汉语水平提高很快，在我上四年级的时候，已经能用汉语教授汉族学员班了。而我与汉语结下了一生之缘。今天想起这件事，我依然为父亲长远的眼光感到自豪，而母亲则给我打开了一扇全新的语言之门。

　　耄耋之年的母亲是新中国 70 年历程的见证人，也是亲历者。我的汉语学习之路正因为有了父母的坚持和支持，才延伸至今天。这是我父母的自豪，更是我的骄傲。

我在政协 25 年——
纪念人民政协成立 70 周年

1993 年起,我在北京市政协担任第八、第九、第十届政协委员,九届社会法制委员会副主任、民族和宗教委员会副主任,兼任《北京观察》编委、顾问。2008 年起,担任第十一、第十二届全国政协委员,民族和宗教委员会委员,前后一共 25 年时光在政协度过。

在担任北京市政协委员期间,提出提案 284 项,在担任全国政协委员期间,提出近 150 项提案。其中,《公共场所禁止吸烟法》《天安门广场烈士纪念日》《国歌法》《英雄和烈士荣誉保护法》4 项提案立为国法,还有若干项行政法规也是由我的提案催生,这也是我作为政协委员责任和担当的结果。

我在 1995 年提出的《关于制定禁止在公共场所吸烟法规的提案》,当年就在北京市人大立法通过,逐步影响到全国。国家卫生计生委于 2014 年 10 月底形成《公共场所控制吸烟条例》草案送审稿上报国务院。在首都公共场所禁烟已成为一种社会风尚。我的一些老朋友是烟民,他们每次吸烟时,就会打趣地说:"嘿,就是艾委员提案不让我们吸烟。"我也会笑对:"现在这是私人场所,你们可以吸烟。"于是,他们会一边点烟,一边念叨:"嘿,吸烟有害健康,这谁都知道,但是我们还在吸,这人哪……"然后就没有下文，话题转向别处了。

20世纪90年代以来，社会上不知不觉风行起调侃英雄、贬损英雄，甚至诋毁英雄的风气，一时让英雄无语。少年儿童不知道我们的英雄是谁，青少年不再以英雄为榜样，学校和社会也不再进行英雄主义教育，整个价值链出现断裂。狼牙山五壮士的后裔不得不以法律的武器来捍卫先辈的英名，我身边的一些军人和复转军人朋友也在抱怨这样的社会风气。于是，2010年我在全国政协十一届三次全会上提出《关于设立"共和国先烈日"的提案》，当年就得到中央精神文明办的积极答复。2013年由全国人大立法通过，2014年起实施，每年9月30日成为共和国烈士纪念日，中央政治局常委都要到天安门广场人民英雄纪念碑前纪念人民英雄。一个不尊敬自己英雄的民族是可悲的，一个不知道自己民族英雄的人是可怜的。习近平总书记在系列讲话中多次提到英雄、论述英雄，扭转了不尊敬英雄的社会风气。2014年我在全国政协十二届二次会议上提出《关于建议修订〈国旗法〉为〈国旗国歌法〉的提案》，随后连续四年反复提出该提案。2017年4月19日上午10点56分，终于接到全国人大法工委国家法室副主任王曙光女士打来电话说，我的关于《国歌法》的提案，经中央领导批示，初定4月27日上午举行座谈会，通知会机要交换送达。4月27日的座谈会在全国人大举行。

《宪法》第四章第一百三十六条第二款规定："中华人民共和国国歌是《义勇军进行曲》。"在宪法中只有一句话。之前我国只有《中华人民共和国国旗法》，但没有专门关于国歌的法律。

我曾经提出过，要在天安门广场的升旗台周边四面贴上60厘米×40厘米的铜匾，刻上国歌五线谱、词作者田汉、曲作者聂耳，这样有利于推进爱国主义教育。天安门广场管理局在接到提案之后非常积极，但最终遇到了法律障碍，缺乏法律支撑。

所以我建议把《中华人民共和国国旗法》改为《中华人民共和国国旗国歌法》，给予国歌法律地位，让爱国主义教育、社会主义核心价值观教育落在实处。2017年9月1日第十二届全国人民代表大会常务委员会第二十九次会议通过《国歌法》，2017年10月1日起开始实施。各民族共唱国歌时，民族自豪感会油然而生。这也是我反复为国歌立法提案的初衷。

2017年12月22日，《英雄烈士保护法（草案）》在第十二届全国人大常委会第三十一次会议上首次提请审议。2018年5月1日开始实施。一个让英雄无语的时代由此终结。

我作为少数民族政协委员，对少数民族文化发展提出了一系列提案和建议。在十二届全国政协第76次双周协商座谈会上，围绕"少数民族戏剧的传承与发展"建言献策，我做了题为《少数民族戏剧的传承与发展应该坚持正确方向纳入文化惠民工程》的发言，建议把少数民族戏剧纳入公共文化服务体系，给予人力、物力、财力的全方位支持。2009年，十一届全国政协二次会议上，提出了《关于建议人民网"中国共产党新闻"专网增加维吾尔、哈萨克文网页的提案》，这项提案10天内便得到了书面办复意见，是我的提案中办理速度最快的一份。2009年6月25日，人民网维吾尔、哈萨克文网页正式上线，成为维吾尔、哈萨克文网民分享的精神家园。2011年12月，我向中国作协党组书记李冰同志提出建议，增办《民族文学》哈萨克文、朝鲜文版。2012年9月19日，《民族文学》哈萨克文、朝鲜文版问世，丰富了哈萨克文、朝鲜文读者的阅读视界。《民族文学》也由此成为以汉、蒙、藏、维、哈、朝六种文字出版的国家级大型文学刊物。

人民政协与国计民生息息相关。我在担任北京市政协委员期间提出的一系列提案，关乎北京市民的日常生活。2000年北京市政协九届三次会议提出的《关于建议逐步实施电采暖取代燃油燃煤等传统采暖方式的提案》，2001年开始实施。《关于取消停车泊位证的提案》，2003年得以实施，对北京迈入汽车社会扫除了障碍。2004年在北京市政协十届二次会议上提出的《关于在北京市取消自行车牌照的建议》，《北京青年报》做过跟踪报道，刊登"自行车登记制度有望取消"的消息。此提案得到落实，北京从新交法实施之日取消自行车牌照，由此才有了今天扫码共享自行车的良机。在2005年北京市政协十届三次会议上提出的《关于建议调整北京地区个人所得税纳税起征点的提案》，还获得了该年度优秀个人提案奖，也是调整个税起征点的缘起之一。《关于解决海淀区六里屯垃圾填埋场异味扰民问题的几点思索和建议》，获得2007年1月北京市政协十届五次全会优秀提案奖。《关于调整北京地区供暖期的建议》，提出每年11月1日开始供暖，来年3月底停止供暖，是对进入老龄化社会的首都退休在家的老人们的一种关爱。《关于取消农民工子女入学捐款问题的建议》，是对入城打工的农民工子女受到平等教育的呼吁。而关于回龙观小区八项系列提案，受到昌平区政府高度重视，分管副区长亲自主持现场协调会，将被称为"亚洲最大的睡城"的回龙观小区唤醒。我的这些从细微处着眼的提案，看上去在城市生活中无痕，却让百姓享受温暖。这也是我的一份职责。

当然，也有一些遗憾。2006年，我提出的《关于体现绿色奥运精神，用海淀区六里屯垃圾填埋场产生的沼气替代天然气点燃奥运会主会场火炬的建议》，虽然得到时任北京市委主要领导的批示，但是，最终未能得以实施，个中的故事另叙。1993年，北京市政协八届一次会议期间，我提出的关于《北京市城区禁止燃放烟花爆竹》提案，在立法实施十年以后，"禁"改"限"，超大型城市又响起了隆隆的鞭炮声，硫黄味刺鼻而来，每年都有炸瞎眼睛、炸断手指的人。好在近年来为了去除雾霾，北京市民自觉开始告别爆竹，还生活以清净。

时代在发展，社会在进步。在迈入新时代的今天，纪念人民政协成立70周年具有重要意义。人民政协正是人民共和国诞生的见证者，又是70年发展史的亲历者。我作为一名在政协度过25年时光的老政协委员，对此感到无上光荣。

见证影视文学的全面发展——
《中国作家·影视》诞生记

2008年6月,我兼任《中国作家》主编。到任伊始,时任副主编萧立军就对我说:"艾克,咱们刊物其实应该再办一个影视版。"这话我听进去了,也记在心里。我当时对他说:"先不要急于做此事,等我熟悉了情况,明年可以先做一期增刊试一试,如果可行,从2010年开始做影视版也来得及。"《中国作家》由冯牧同志1985年创办时的双月刊,到2000年改为月刊,再到2006年增为半月刊(上半月文学版、下半月纪实版),已经是当时国内容量最大的文学刊物了。我接任主编,总得有一个调查研究和熟悉的过程,之后再根据读者需求、社会和市场两个效益做决策才是。所以,没有立即拍板。

2009年1月,作为主编,我提出了"用最优美的中文,写最美好的中国人形象,为全世界热爱中文的读者服务"的办刊理念。我认为,《中国作家》作为国字头的文学期刊,就应该有与之相应的责任与担当,为繁荣发展我国的文学事业做出应有贡献。

2009年适值迎接新中国成立60周年,我们的心思就用在了如何迎接这一大喜日子上。我认为,文学必须为国家利益服务,这是文学神圣的责任与担当。2009年2月7日(星期六),是个晴好日子。早上9点38分,著名电影编剧王兴东发来短信:

"艾委员，我是王兴东，上次我们谈到贵刊发电影剧本的事，我编剧的《建国大业》已开机了，这个剧本已有贾庆林两次批示，作为60周年庆重点作品，因此，很想在《中国作家》发表，你意如何，请指示。祝元宵节快乐！王兴东。"我们是在春节前人民大会堂的迎春茶话会上坐在一起时谈起过关于是否发表影视剧本事宜。没想到一提起增办影视版之事，王兴东很赞成，他说现在影视剧本很多，除了拍摄后与观众见面，文学脚本基本没有出路。如果真做起来了，有几点好处：一是影视脚本与读者见面，对读者和观众市场是一个互动互补；二是对一些剧本写作者、初学者、爱好者提供了一个学习借鉴的园地和范本；三是有一些好本子由于找不到拍摄资金没有出路，而对持资拍摄者又提供了本子；四是对作者著作权是一个保护，以后无论谁剽窃或模仿，你的刊物就可以成为原发物证；五是刊物也将自然获得剧本的版权，对完善我国知识产权环境，维护著作权、版权都有好处；六是会产生一定的经济效益。总之，我们谈得很投机。后来从人民大会堂出来，他要去中日友好医院，我请他上车，到了东土城路，让司机把他送到中日友好医院。此刻接到他的短信，我觉得这是一个积极信号，也与我和萧立军当初的商定契合。于是，我让萧立军着手操作这个增刊。老领导金炳华同志得知我的这一思路以后，也给了我一个剧本以示支持。当天中午我给王兴东发去短信，让他把本子和贾庆林主席的批示复印件一并给我。他随即要了我的具体邮寄地址后来短信说，他将特快专递给我。后来，我又从王兴东那里要来了一组剧照，这期刊物就显得十分大气，刊发了《建国大业》《穿越》等电影剧本。随之，两个剧本均拍摄为新中国成立60周年献礼片，尤其是《建国大业》成为献礼大片，令人欣慰、令人鼓舞、令人慨叹，也为迎接新中国成立60周年和人民政协创立60周年献了一份厚礼。

2010年7月《中国作家》变为旬刊，即上旬《中国作家·文学》、中旬《中国作家·纪实》、下旬《中国作家·影视》。三管齐下，推进《中国作家》全面发展。

2010年9月27日中午，在作办餐厅见到李冰书记，他对我说，《中国作家·影视》把明年影视作家深入生活的事抓起来。过了国庆，李冰书记要求把影视版办好，明年（2011年）期期都要有重头稿，除了中宣部抓的重大题材，要有原创未曾摄制的新剧本，要发一些话剧剧本。我向他汇报已抓到王兴东的电影剧本《辛亥百年》和柳建伟、刘宏伟的电影剧本《飞天》。由此，《中国作家影视》开始形成影响力，而且是全国唯一发表电影文学剧本和电视文学剧本的刊物，后来又增加了微电影剧本等栏目。

刊物的影响力还在于举办各种文学活动。以《中国作家·影视》为平台，我们举办了一系列影视活动，形成良好的社会反响。2011年7月31日至8月3日，在中山市举行"《中国作家》电视剧剧本创作座谈会暨中山采风创作活动"，叶辛、王朝柱、王兴东、韩志君等人参加。在北京大学举行"2012·文学与影视高峰论坛"。2012年5月16日，在现代文学馆举行了"纪念《在延安文艺座谈会上的讲话》发表70周年活动"，由中国电影文学学会、《中国作家》杂志社主办,电影频道支持。全国政协副主席阿不来提·阿不都热西提出席,李准、仲呈祥、王晓棠、于蓝、童刚、阎晓明、王兴东、翟俊杰等200余人参加。向于敏、史超、梁信、艾明之颁发终身成就奖,向苏叔阳颁发杰出贡献奖。

第十二届精神文明建设"五个一工程"(2009—2012)奖结果公布,是对《中国作家·影视》的一次集中检验。由《中国作家·影视》刊发的剧本有5部获奖:《建国大业》(王兴东、陈宝光)、《飞天》(柳建伟、刘宏伟等)、《信义兄弟》(丁兰策划)、《辛亥革命》(王兴东、陈宝光)、《惊沙》(小滨),根据《中国作家》刊发的纪实文学改编的电影剧本1部,在获奖的26部电影中占23.08%。在获奖的33部电视剧中,由《中国作家·影视》刊发的电视文学剧本1部《辛亥革命》(王朝柱),另有2部根据《中国作家》刊发的纪实文学和长篇小说改编的电视连续剧《远山的红叶》(郝敬堂著)、《湖光山色》(周大新著),两项合计占33部电视剧的9.1%。此后,《中国作家·影视》刊发作品多次获得各种奖项,成为我国刊发影视剧本的权威园地。

党的十九大以来,我国影视业迎来飞跃发展新时代。《中国作家·影视》也获得新的发展契机。在习近平总书记关于文艺工作重要讲话精神指引下,《中国作家·影视》将会见证从高原走向高峰的历史。

一次难忘的评委会

那时,"全国少数民族文学奖"还未确定为后来的名称"全国少数民族文学'骏马奖'"。1985 年,中国作家协会和国家民族事务委员会准备举办"第二届全国少数民族文学奖"。当时,中国作家协会还没有专门的少数民族文学机构,中国作家协会创作联络部民族文学处是后来应运而生的。为了全面推进评奖工作,在中国作家协会成立了临时工作机构"第二届全国少数民族文学奖"评奖办公室,我从《中国作家》被临时抽调到评奖办公室工作。

随着党的十一届三中全会改革开放的春风,百废待举,百业待兴。1980 年 5 月召开的全国少数民族文学创作会议,决定举办"全国少数民族文学奖",创办《民族文学》杂志。1981 年年底,颁发了新中国成立以来笫一届(1976—1980)全国少数民族文学奖。颁奖仪式在人民大会堂举行,党和国家领导人出席颁奖仪式,并确定"全国少数民族文学奖"要长期举办下去。由此,"全国少数民族文学奖"成为我国文坛的重要标志之一。

由于历史的原因,在当时我国 55 个少数民族并不是每个民族都拥有自己的书面文学作家。1949 年 10 月 1 日,我们在党的领导下,共同成立新中国,翻身做主人,各民族的历史文化发展处在不同的发展阶段,有母系氏族社会、农奴制度、巢居穴居、刀耕火种，很多民族没有书面文字，更没有现代教育，所以，除了一部分历史上具有书面文学传统的民族，对大多数民族来说，书面文学是一种奢望（当然，每个民族都有民间口头文学传统）。这种状况随着我国实行大规模的扫盲运动，开始普及现代教育，完成民族识别和创制新文字等社会文化建设，方可以得到改善。据统计，1966年"文革"前夕，中国作家协会少数民族会员只有57人，分属17个民族；到1985年"第二届全国少数民族文学奖"评奖揭晓时，发展为203人，分属22个民族。这就是我国少数民族文学发展的历史。但历史步伐是向前迈进的，这一点毋庸置疑。

"第二届全国少数民族文学奖"征文启事一经发出，在我国少数民族文学界引起热烈反响，在征文截止期内，收到了来自39个民族的300多篇作品。经过专家初审和评委会的复评，初步推选出25个民族的作家作品。当时，中国作家协会党组副书记、副主席冯牧分管"第二届全国少数民族文学奖"评奖工作，国家民族事务委员会党组成员、副主任任英也是分管领导（他们二人是领导小组组长）。领导小组现场办公，听取评奖办公室汇报评奖工作，我做了具体汇报。听完我的汇报，任英当即对于那组数字提出疑问。

任英说："《中华人民共和国宪法》规定，各民族一律平等。有39个民族的作者投稿参评，只评出25个民族的作者作品获奖。请问，是谁给了你们权力，剥夺14个民族的作者获奖的资格？"

任英的话说得很平静，但是，语中有风雷。冯牧同志当即坐不住了，宣布会议临时休会。紧接着将时任中国作协书记处书记乌热尔图、评奖办公室秘书长特·达木林和我等几个人召集起来，开了一个紧急会议。新中国成立初期，冯牧同志在云南工作近10年光景，几乎走遍云南的山山水水、少数民族村寨，对少数民族充满感情，同时具有高度自觉的党的民族政策意识和水平。他说："任英同志讲得对，既然有39个民族的作者投稿参评，我们无权剥夺任何一个民族的作者获奖的权利，我们应该做补救工作。"于是，紧急会议达成共识，少数民族文学评奖工作不是单纯的文学评奖，它体现了是否忠实贯彻《中华人民共和国宪法》，是否全面落实党的民族政策。因此，被评委会简单否决的14个民族的作者，每个民族都应该有一位作者获奖。

接着出现了一个具体问题。这14个民族的作者作品怎么选？选哪篇作品？几位领导面面相觑，他们一致转向我，说："小艾，说说你的意见。"因为所有作品登记工作都是我做的，每篇作品我都熟悉，有的作品我就是责编，新投稿作品我也都看过，对作者和作品了然于胸。我建议，鉴于时间紧迫（这是评委会最后一个下午），我们提出一个具体作者和作品名单，评委会投信任票通过。大家一致赞成。于是，我逐一排出了14个民族的14位作者的作品。其中就有佤族第一代作家董秀英的短篇小说《最后的微笑》、水族第一代作家石尚竹的短诗《竹叶声声》等这些人口较少民族书面文学的开山之作。董秀英由此走上了文学创作之路，写出了《马桑部落的三代女人》这样有影响力的作品。石尚竹获奖回去，三都水族自治县县委、县政府、县妇联为欢迎她载誉而归，在她家门口连放了3天鞭炮,接着将其任命为该县交通局局长。

当然,投完信任票,下来个别专家说:"有的作品水平还不及我上高中的女儿的作文。"

我说:"单从作品字面上看,或许你有你的道理。但是,从整篇作品来说,这是一个民族书面文学史的开始,它具有历史开创意义;而您上高中女儿的作文写得再好,也只是您女儿的个人作文而已。"那位专家也连连称是。

当然,随着改革开放40年来的发展历程,这一状况得到了根本改变。随着现代教育的普及,随着55个少数民族大学生人口比例的增长,各民族书面文学获得新的发展。全国少数民族文学奖从第三届起,就对成熟作家要求不再以单篇作品参评,而是以作品集参评。为了照顾文学新人,设立了文学新人奖,可以单篇作品参评。同时,从第二届起设立了少数民族母语创作作品翻译奖,旨在鼓励加强各民族间的文学交流。2008年第九届全国少数民族文学"骏马奖"专设"人口较少民族特别奖",就是为了奖掖出自人口十万以下少数民族的作家作品,同样是"骏马奖"的重要组成部分,更有利于这些历史上书面文学发展相对滞缓的少数民族作家的脱颖而出,也有利于我国少数民族文学的大发展、大繁荣。

其实,新中国70年的历史,在中国文明史上,在人类文明史上,是一个伟大的创举,使中国的55个少数民族,尤其是人口较少、历史发展水平滞后的少数民族,一步跨越历史鸿沟,跨入社会主义社会,迈进新时代。如今,我国55个少数民族都拥有中国作家协会会员,都有全国少数民族"骏马奖"获得者,当然也有获得茅盾文学奖、鲁迅文学奖的佼佼者,从而开启了中国少数民族文学新时代的篇章。少数民族文学作品的思想性、艺术性、时代性普遍有了新的提升,正在同步从文学高原向高峰攀登。

春的脚步从这里启程

立春一过便是春。今年(2020年)的立春在阳历2月4日。当然,在南方应是春色万千,但是,在北方虽过立春,依然天寒地冻。驱车疾驶在北京环路,不经意间你会发现,垂柳枝条已染淡淡的鹅黄,那便是地气所致——春天的步伐无可抵挡。甚或你会发现玉兰树亦在悄悄孕育着花蕾,而杨树也不示弱,正在暗中较劲,为抽芽吐叶积蓄力量,枝头开始绽出浅灰色的骨朵。

不过,北京的春天其实是从每年一度的人民大会堂迎春茶话会启程的。那自然是另一番情景。

我大概是从20世纪90年代初期开始参加每年一度的迎春茶话会,迄今也有20多年光景。

那时候,在可以一次容纳3000人的人民大会堂宴会厅,每一张桌子上都摆着一碟水仙,已经花蕾绽放,洁白的花瓣,映衬着鹅黄的花蕊,飘着淡淡的幽香。京式茶点和橘子、香蕉等水果摆在眼前。人们欢聚在一起,相识的人们互道安好,不相识的人也互致问候。如今一杯茶水囊括天下,一派其乐融融的景象,节日氛围涌动其间。

当然,每一年的春节茶话会,都会有一场精美的文艺演出。欢乐祥和的气氛随着那些曼妙的音乐歌舞,久久萦回,不绝于耳,更是在内心成为一种持之久远的美好记忆。音乐给人带来听觉的快乐，舞蹈给人以视觉的愉悦。音乐和歌舞交织在一起，产生着震撼人心的艺术效果。春天正是从心灵深处走来。

今年的迎春茶话会依然有一场演出，由中央民族歌舞团的各民族演员联袂登场表演。56个民族，56朵花。各民族兄弟姐妹身着色彩斑斓的民族服饰，在台上翩翩起舞，形成华丽的彩色链条，犹如一道彩虹跨落舞台，如比生动，如此华美，把《北京喜讯到边寨》诠释得活灵活现。舞蹈《阿嘎人》和《骏马归来》，更是把古老的藏族生活和蒙古族草原生活展现得热烈奔放，充满活力和张力。《阿嘎人》甚至讲述着细腻优美的爱情故事情节，让人们领略了藏族人民劳动生活画面的别样情致。

合唱《花儿与少年》，把回族人民的心声婉转唱出，令人感动。经典歌曲就是这样，一首歌会成为一个民族的形象符号。《多谢了》是早年传遍大江南北的电影《刘三姐》的主题歌，是著名作曲家雷振邦先生创作的不朽歌曲之一，体现了壮族人民的美好形象，在人民大会堂迎春茶话会上听来，更是声声入耳入心。一个"多谢了"，代表着我们共同的心声：感谢我们的伟大祖国，感谢我们共同生活的伟大时代。著名彝族歌唱家曲比阿乌将彝族歌曲《索玛花开》唱出了全新的意境。其实，所有的老歌都能唱出全新的韵味，而每一位歌者都会赋予各自的新意。由四位维吾尔族艺术家演奏的《且比亚特木卡姆》，将迎春茶话会的氛围引向了一个高潮。真正的艺术就是这样，一经诞生便会有自己的生命，它会穿越千年，带着历史的积淀，百折不挠一路自行走来，在新时代挥发新的光芒。这就是生生不息的中华民族传统文化的活力所在。

且歌且舞的《同心共筑中国梦》让迎春茶话会在高潮中戛然而止。在新时代新的春天,同心共祝中国梦,无疑是我们56个民族共同的心愿。北京的春天正从迎春茶话会这里起步走来。